Maria Venturi
Das Labyrinth der Liebe

SERIE PIPER

Zu diesem Buch

Die attraktive Linda Parodi ist achtunddreißig, alleinerziehende Mutter einer aufmüpfigen Dreizehnjährigen und eines vierjährigen Pflegesohns. Mit viel Temperament und Humor meistert sie mehr oder weniger erfolgreich das tagtägliche Chaos. Nur auf ihre beste Freundin, die Psychologin Sara, ist Verlaß – auch wenn Sara mit gutgemeinter Kritik nicht gerade hinter dem Busch hält. Als Linda auch noch ihren Job zu verlieren droht, ist das Maß übervoll. Da tritt Matteo in ihr Leben: gutaussehend, sensibel und acht Jahre jünger als Linda. Die beiden verbringen gegen viele Widerstände eine intensive und leidenschaftliche Zeit miteinander, doch Linda hat schon zu viel erlebt, um noch an die ganz große Liebe zu glauben. Aber sie unterschätzt Matteo ...

Maria Venturi wurde in Florenz geboren und lebt in der Lombardei. In ihrer Heimat, wo ihre Bücher die Bestsellerlisten erobern und Auflagen in Millionenhöhen erreichen, ist Maria Venturi ein gefeierter Star. In Deutschland wurde sie als Autorin des TV-Mehrteilers »Sieg der Liebe« bekannt. Auf deutsch liegen außerdem vor: »Fahr mit mir nach Paris«, »Das Licht der Sterne«, »Und bald ein neuer Morgen«, »Amore heißt Liebe« und »Das Licht eines Sommers«.

Maria Venturi
Das Labyrinth der Liebe

Roman

Aus dem Italienischen von
Monika Zenkteler-Cagliesi

Piper München Zürich

Ungekürzte Taschenbuchausgabe
Piper Verlag GmbH, München
September 2001

Titel der italienischen Originalausgabe:
»Il rumore dei ricordi«, Rizzoli, Mailand 1997

Umschlag: Büro Hamburg
Stefanie Oberbeck, Isabel Bünermann
Umschlagabbildung: Tony Stone (oben), Superstock (unten)
Satz: Friedrich Pustet, Regensburg
Druck und Bindung: Clausen & Bosse, Leck
Printed in Germany ISBN 3-492-23393-7

ERSTER TEIL

*Ich frage mich nie, warum ich so viele Fehler begangen habe;
und an dem Tag, an dem ich es begriffen hätte,
würde ich auch die Dreistigkeit oder die Rechtfertigung
dafür finden, dasselbe wieder zu tun.*

George Sand

I

Vielleicht hatte sie einen Hund gezeichnet, der wie ein Huhn aussah. Oder eine Geschichte erzählt und dabei eine Kleinigkeit verändert. Oder ein Versprechen vergessen: Es war unmöglich, genau nachzuvollziehen, was sie als unvollkommene Mutter enttarnt hatte, aber Linda erinnerte sich sehr genau, daß ihre Tochter gerade einmal vier Jahre alt gewesen war, als ihre Kinderaugen zum erstenmal feindselig aufblitzten und sie verächtlich ansahen.

Jetzt, mit vierzehneinhalb, verachtete Carlotta beinahe alles, was ihre Mutter tat oder sagte. Die Scheidung vom ersten Mann, ihrem Vater, und die Trennung vom zweiten hatten sie offensichtlich zu der Einsicht gebracht, eine untaugliche Frau zur Mutter zu haben: ja, nicht einmal fähig, einen Mann zu halten.

»Mama, ich rede mit dir. Hast du gehört, was ich gesagt habe?«

»Ja, allerdings. Diese Bluse gefällt dir nicht und …«

»Diese Bluse ist *scheußlich*.«

»In Ordnung, ich werde sie morgen umtauschen. Ich glaube, damit ist das Thema abgeschlossen.«

»Wie kommst du bloß darauf, daß ich so etwas anziehen würde?«

Linda warf ihrer Freundin Sara einen Blick zu, doch die werte Frau Psychologin schien in die Lektüre einer Zeitung vertieft, und so sah sie wieder zu ihrer Tochter.

»Ich fand sie hübsch, aber wie es scheint, haben wir nicht den gleichen Geschmack.«

»Du hast gar keinen Geschmack, das ist allseits bekannt. Wie oft habe ich dir schon gesagt, daß du mir nichts kaufen sollst, wenn ich es nicht selbst ausgesucht habe?«

»Ich werde mich bemühen, demnächst daran zu denken. In meinem Alter läßt das Gedächtnis allmählich nach, das ist *allseits bekannt.*«

Carlotta verzog ihre Lippen. »Du hältst dich wohl für geistreich?« Sie drehte sich um und ging aus dem Zimmer.

Sara hob ihren Kopf von der Zeitung. »Du hast alles falsch gemacht, Linda.«

»Beziehst du dich auf mein Leben oder auf den Kauf dieser Bluse?«

»Du mußt aufhören, Carlotta zu behandeln, als ob sie dein ärgster Feind wäre.«

»Sie ist ganz sicher die bedrohlichste Attacke auf mein Selbstwertgefühl. Wenn ich sie ließe, würde sie mich in Stücke reißen.«

»Du solltest sie aber lassen, genau das ist der Punkt.«

Linda riß die Augen auf. »Habe ich richtig verstanden? Ich soll zugeben, daß ich der Versager bin, für den meine Tochter mich hält?«

»Das wird in der Tat schwierig, bei der vorzüglichen Meinung, die du von dir hast.«

»Wenn man dich so hört, könnte man meinen, ich sei eine Verrückte, die sich für Napoleons Schwester hält.«

Sara griff nach dem Päckchen Zigaretten. Sie zündete sich eine an und tat einen kräftigen Zug. »Carlotta hat Schuldgefühle, weil sie es nicht schafft, Mitleid für dich aufzubringen.«

»Was soll das sein, eine neue Psychologierichtung? Seit wann sollen gute Eltern denn solche Gefühle in ihren Kindern wecken?«

»Seit jeher. Gute Eltern sind keine unbesiegbaren Wesen, die vor Fehlschlägen und bitteren Erfahrungen gefeit sind. Und es ist nur richtig, daß ...«

»Was das angeht«, unterbrach Linda sie sarkastisch, »bin ich ein hervorragendes Beispiel.«

»Warum läßt du dann Carlotta nicht an deinem Kummer teilhaben? Warum versteifst du dich darauf, ihr nur einen undurchdringlichen Panzer zu zeigen?«

»Also ehrlich: Ich bin davon überzeugt, daß es am besten ist, so gut es geht herunterzuspielen, was passiert ist, um ihre Unbeschwertheit zu schützen.«

»Welche Unbeschwertheit? Ihr Vater hat ein Kind mit seiner neuen Frau, dein zweiter Mann hat dich wegen einer anderen Frau verlassen, das Jugendamt hält dich nicht mehr für geeignet, euer Pflegekind zu adoptieren. Als wäre das nicht genug, läufst du gerade Gefahr, deine Stelle zu verlieren. Carlotta ist kein kleines Mädchen mehr, Linda, und sie versteht sehr gut, was los ist.«

»Genau deshalb bemühe ich mich, vertrauenswürdig und heiter auf sie zu wirken.«

»Mit dem Ergebnis, daß du verantwortungslos und gefühlskalt auf sie wirkst.«

»Besser, als ihr Kummer zu bereiten.«

»*Besser* für sie oder für dich?«

Linda kniff ihre Lippen zusammen. »Ich rieche schon förmlich die nächste Boshaftigkeit. Mach nur weiter, teure Freundin.«

»Lassen wir das.«

»Warum denn? Schieß los, es wird mich schon nicht umbringen.«

»Da ist sie wieder: Linda, die Unschlagbare, Linda, die Unaufhaltsame. Wieviele Jahre hast du gebraucht, um dir diesen Granitpanzer zuzulegen?«

»Es ist einfach unglaublich! Deine Patienten zahlen dir einen Haufen Geld, damit du ihnen hilfst, ein Fünkchen Selbstwertgefühl zu finden, und meines würdest du am liebsten gratis vernichten!«

»Ich möchte nur, daß du endlich der Wirklichkeit ins Auge siehst und dir deine Schwächen und Fehler eingestehst.«

»Sollte ich einmal deine Hilfe brauchen, werde ich deine Sekretärin um einen Termin bitten.«

»Du bist dabei, alles um dich herum zu verwüsten, Linda.«

»Wenn du meine Exmänner meinst, so weißt du ebensogut wie ich, daß Antonio ein Versager und Fabio ein Idiot war. Ich sehe ihren Verlust als höchstes Glück an.«

»Als Freundin muß ich dir sagen, daß ich nie verstanden habe, warum du sie geheiratet hast.«

»Und als Psychologin?«

»Du hast meine Meinung und meine Ratschläge nie gebraucht.«

In ihrer Stimme schwang ein leiser Vorwurf mit. Später, als sie abends bei Tisch saßen, scherzte Sara mit Francesco, plauderte mit Carlotta und vermied tunlichst, ihre Freundin anzusehen.

»Bist du sicher, daß sie nicht lesbisch ist?« frotzelte Fabio. Ihr zweiter Mann hatte weder in sprachlichen noch in Herzensdingen Feingefühl. Linda räkelte sich in der Wanne und dachte zurück. Sie mußte jedoch ehrlich zugeben, daß er nicht der einzige war, mit dem sie wegen Sara aneinandergeraten war.

Allen voran war da ihre Mutter. »Traue ihr nicht! *Sie ist neidisch auf dich*!« Damit hatte sie ihr schon in den Ohren gelegen, als sie sich in der Mittelschule kennengelernt hatten, und sie ließ bis heute nicht locker: Sie war nicht davon abzubringen, daß hinter jeder Verrücktheit ihrer Tochter die treulose Freundin steckte, von der sie abhängig war.

In Wahrheit hatte die Freundin ihr dasselbe gepredigt wie ihre Mutter und dabei sogar genau dieselben bedauernden und warnenden Worte gebraucht. Doch Sara war offenbar ohnehin dazu verurteilt, falsch eingeschätzt zu werden. Sogar ihr Arbeitseifer und der Erfolg, den sie als Psychologin hatte, wandten sich gegen sie: Es gab genügend boshafte Typen wie

Fabio, die ihr offensichtliches Desinteresse an der Ehe mit dauernden Unterstellungen und schlechten Witzen quittierten. Antonio behauptete etwas vorsichtiger, sie hätte sich ihrer Karriere gewidmet, weil kein Mann sie hatte heiraten wollen.

Der Gedanke an ihren ersten Mann führte Linda die elende Lage, in der sie sich derzeit befand, vor Augen. Die entspannende Wirkung des Bades war ebenso dahin wie, wieder einmal, das Wochenende, an dem sie ans Telefon gehen konnte, ohne befürchten zu müssen, es sei die Sozialarbeiterin oder der Leiter ihrer Bank. Am nächsten Tag, dem Montag, würden sich alle Probleme, die sie in diesen zwei Tagen beiseite geschoben hatte, wieder vor ihr auftürmen.

Als allererstes mußte sie ihr Konto ausgleichen, das mit acht Millionen Lire im Minus stand. Das entsprach mehr oder weniger der Summe, die sie für Carlottas Zahnarzt, ihre Brille, das Schulgeld, die Bücher und die neue Skiausrüstung vorgestreckt hatte: die berühmt-berüchtigten »Extras«, für die eigentlich Antonio aufkommen sollte und um die sie ihn seit Wochen vergeblich gebeten hatte. Seit ihrer Scheidung war es noch nie vorgekommen, doch diesen Monat hatte sie ihr Gehalt noch nicht bekommen, und auch der Arbeitsplatz selbst war in Gefahr. Und mit ihren achtunddreißig Jahren würde es nicht einfach werden, eine neue Stelle zu finden, da machte sie sich natürlich nichts vor.

Der Schreck ließ sie in der Wanne hochschnellen. Ich will jetzt nicht darüber nachdenken, gebot sie sich und tauchte wieder ins Wasser. Carlotta und Francesco schliefen, ihre Mutter hatte bereits ihren gewohnten wöchentlichen Anruf getätigt, und ihr blieb noch eine ruhige Nacht, bevor sie den Kampf gegen die Probleme wieder würde antreten müssen. In den nächsten zehn Stunden würde niemand sie stören.

Sie drückte auf den Knopf der Wassermassage, lehnte sich zurück und versuchte, sich auf das angenehme Prickeln an ihren Füßen und entlang der Wirbelsäule zu konzentrieren.

»Unser Auto fällt auseinander! Konntest du nicht ein neues

anschaffen, statt diese blöde Wanne zu kaufen?« Wenn sie jetzt an Carlottas damaligen Kommentar dachte, wunderte Linda sich, daß sie in Rage geraten war. Sie selbst wußte nur allzu gut, daß es eine unnötige Anschaffung gewesen war, und anstatt ihre Tochter anzufahren, hätte sie ihren eigenen Leichtsinn eingestehen sollen. Die Wahrheit ist, daß ich Kritik nicht ertragen kann, dachte sie, als sie sich umdrehte und ihren Bauch den Wasserstrahlen zukehrte.

Was ist denn so schlimm daran, daß ich mich für eine intelligente, redliche, konstruktive, geistreiche und starke Frau halte und daß ich mich aufrege, wenn ich merke, daß die Menschen, die ich liebe, das nicht würdigen? Ich bin *wirklich* so, wie ich mich sehe. Und außer Haus schätzen und bewundern mich alle.

»Weil du es bestens verstehst, die Supersympathische herauszukehren.« Auch so ein Spruch von Carlotta. Linda drehte sich nervös auf die andere Seite. Was hatte sie sich zuschulden kommen lassen, daß dieses Mädchen ihr gegenüber so feindselig eingestellt war? Keine der Mütter, die sie kannte, hatte ein so problematisches und kraftraubendes Verhältnis zu ihrer Tochter. Vielmehr sah sie nur respektvolle Teenager um sich herum, zuvorkommend und nett.

Wer ist denn nun das Ungeheuer – ich oder Carlotta? fragte sie sich. Keine von beiden, gab sie sich sofort zur Antwort. Müdigkeit und Sorgen lassen mich alles schwarz sehen, während ich dem Himmel danken müßte, daß er mich vor wirklichen Dramen verschont hat. Habe ich etwa ein drogensüchtiges oder unheilbar krankes Kind? Hat mich vielleicht ein Unfall auf immer an den Rollstuhl gefesselt? Haben wir denn kein Dach über dem Kopf oder leiden Hunger? Nichts von alledem. Also reiß dich zusammen und rück deine Probleme wieder ins rechte Maß, befahl sie sich.

Sie hatte drei Millionen Lire für einen Kursus für Entspannungstechniken und mentale Dynamik ausgegeben. Und auch wenn der vorgebliche amerikanische Psychiater William Butler sich nach der sechsten Unterrichtsstunde mitsamt Namensschild in Nichts aufgelöst hatte, bedauerte sie die Ausgabe keineswegs. Wer immer dieser Mann und seine junge Assistentin auch gewesen sein mochten, sie hatten ihr beigebracht, *positiv zu denken*. Denn Saras spöttischer Sarkasmus in Ehren, aber mit gesundem Menschenverstand und gutem Willen allein kam sie nicht weiter.

Mit rigoros aufgestellten Dynamikübungen, die einem erst im Laufe der Zeit in Fleisch und Blut übergingen, mußte man einen mentalen Mechanismus aktivieren. Sie hatte dieses Ziel noch nicht erreicht, und damit erklärte sie sich auch die Ängste und die Depression, die von ihr Besitz ergriffen hatten.

Linda schaltete die Wassermassage aus und schloß die Augen: Die Kontaktaufnahme mit dem Bewußtsein erforderte Stille und höchste Konzentration. Sie legte ihre Hände auf den Bauch und spürte unter den Fingern, wie ihre Bauchdecke sich beim Atmen hob und senkte. »Ich atme verbrauchte Energie aus und neue ein«, wiederholte sie gewissenhaft. Niemals Probleme mit einem von Müdigkeit verunreinigten Körper angehen: Das war eine Grundregel.

Als sie sich völlig entspannt hatte, ging sie zur nächsten Stufe über: dem Erlangen körperlicher Schwerelosigkeit. Es war die zweite Regel: Die Gedanken konnten sich nur zu Wahrhaftigkeit und Freude aufschwingen, wenn sie von jeglicher Konditionierung und allen körperlichen Lasten befreit waren. »Mein Körper taucht ein in die Stille. Meine Füße werden ganz leicht, meine Waden werden ganz leicht, meine ...«

»Mama, gehts dir nicht gut?« Carlottas Stimme, jemand rüttelte an ihr.

Linda fuhr hoch. Wie lange schlief sie schon? »Es geht mir ausgezeichnet«, beeilte sie sich zu antworten. »Ich habe nur ein Bad genommen.«

»Um diese Zeit?«

»Wie spät ist es?«

»Fast Mitternacht. Du solltest schlafen gehen, wenn du dich morgen nicht wie ein Zombie fühlen willst.«

»Bin schon unterwegs.« Linda stieg aus der Wanne und

hüllte sich in ihren Bademantel. Sie lächelte Carlotta zaghaft an. »Ich bin eingeschlafen.«

»Ich habe die Wassermassage nicht mehr gehört, und da dachte ich, dir wäre was passiert.«

»Ach nein, meine Tochter macht sich Sorgen um mich!«

»Du denkst daran, daß morgen nachmittag um fünf die Sozialarbeiterin kommt?«

»Natürlich.«

»Ich mache mir Sorgen wegen Francesco, Mama. Es wäre furchtbar, wenn sie ihn uns wegnehmen würden.«

»Du darfst so etwas nicht einmal denken.«

»Ich muß aber daran denken. In Italien haben sie noch nie eine alleinstehende Frau ein Kind adoptieren lassen.«

»Als sie uns Francesco in Pflege gaben, war ich verheiratet. Es wäre verrückt, wenn sie ihn nach vier Jahren in ein Heim oder zu einer anderen Familie schicken würden.«

»Mama, wir sind keine *Familie*.«

»Nur weil hier kein Mann im Haus ist? Da irrst du dich. Wir sind eine Mutter und zwei Kinder, und ich stelle mich jedem, der ...«

»Hauptsache, du überzeugst den Richter.«

»Für mich ist die Hauptsache, daß du daran glaubst.«

Carlotta legte ihre Arme um sich. »Dein zweiter Mann fehlt mir nicht, wenn du das meinst. Und er fehlt auch Francesco nicht. Er war immer unterwegs, und wir waren ihm egal.«

»Das ist nicht wahr.«

»Warum versuchst du ihn in Schutz zu nehmen, Mama? Fabio war nicht mein Vater, und er war mir auch egal. Es tut mir nur wegen dir leid, daß er gegangen ist.«

»Es war kein großer Verlust«, räumte Linda ein.

»Ich habe ihn letztens mit seiner Amerikanerin gesehen. Sie ist eine *grauenhafte* Alte.«

»Sie ist nur fünf Jahre älter als ich, Carlotta!«

»Sie wirkt, als wäre sie deine Mutter. Und du bist hundertmal hübscher. Ich verstehe nicht, wie Fabio dich wegen so einer verlassen konnte.«

Linda errötete vor Freude. »Sie besitzt eine Kunstgalerie und ist *hundertmal* reicher als ich. Für einen Maler ist sie die Traumfrau.« Bemüht, den seltenen Augenblick des Verständnisses nicht zu zerstören, beeilte sie sich hinzuzufügen: »Laß uns nicht mehr darüber reden. Würde es dir etwas ausmachen, mir eine warme Milch zu machen, während ich mir die Haare föne?«

»Sofort.« Carlotta wollte schon gehen, zögerte aber noch einmal. »Dein Büro wird doch nicht dichtmachen, oder? Wenn du arbeitslos wirst, dann hat der Richter einen Grund mehr, uns Francesco wegzunehmen.«

Mach dir keine Sorgen, wollte sie sagen. Doch sie hielt sich noch rechtzeitig zurück: Ihre Tochter machte sich wirklich Sorgen und wollte nicht mit Floskeln abgespeist werden. »Alles hängt von den Erben ab, von seiner Frau und den Kindern«, erklärte sie.

»Das weiß ich doch. Haben sie denn noch nichts entschieden?«

»Leider nein. Morgen früh sollen wir uns angeblich mit dem Sohn treffen, aber das ist schon dreimal verschoben worden.« Sie sah das angespannte Gesicht ihrer Tochter und fügte schnell hinzu: »Das könnte ein gutes Zeichen sein!«

»Inwiefern?«

»Wenn die Erben nach zwei Monaten immer noch nicht wissen, was sie tun sollen, dann scheint ihnen die Schließung der Firma offenbar nicht die beste oder einzige Lösung zu sein. Und solange sie Zweifel haben, gibt es noch Hoffnung.«

»Mama, du warst schon immer eine Optimistin.«

Zum erstenmal klang es wie eine Feststellung, ohne jeden polemischen Unterton, und Linda behielt die übliche Litanei vom positiven Denken diesmal für sich. »Ich kann nur hoffen, daß es nicht soweit kommt, aber ich weiß sehr wohl, daß ich von jetzt auf gleich ohne Arbeit dastehen könnte«, gab sie ehrlich zu.

»Ich gehe dir die Milch warm machen. Ich warte in der Küche, beeil dich.«

Linda schaltete den Fön ein und ertappte sich dabei, wie sie vor sich hin sang. Wann war Carlotta zum letztenmal so zuvorkommend und freundlich gewesen? *Du bist hundertmal hübscher* ... Selbst wenn dieses Kompliment von Tom Cruise gekommen wäre, hätte es sie nicht mehr überrascht und gefreut. All ihre Sorgen waren verflogen, und nicht einmal der Gedanke an den bevorstehenden Montag konnte ihre Laune trüben.

Warum sollte alles schieflaufen? Die Befürchtungen hatten ihre Gedanken durcheinandergebracht, bis ihr schließlich das Schlimmste als einzige und unausweichliche Realität erschienen war. Und dabei war das Schlimmste, wie Dr. Butler immer wieder betonte, nur die Ausnahme.

Es war *undenkbar*, daß Antonio nach ihrem letzten Anruf am Freitag nachmittag vergessen haben sollte, das Geld auf ihr Konto zu überweisen. Es wäre verrückt, wenn die Besuche der Sozialarbeiterin darauf abzielten, ein Kind aus der Familie zu reißen, die es im Alter von zwei Monaten aufgenommen hatte und in der es seit nunmehr vier Jahren glücklich lebte. Es war schwarzseherisch, davon auszugehen, daß ein Maklerbüro geschlossen werden sollte, das im vorigen Jahr, dem kritischsten, einen Gewinn von achtzig Millionen Lire abgeworfen hatte.

Und in jedem Fall war sie stark genug, auch dem Schlimmsten zu begegnen, ohne sich geschlagen zu geben, sagte sich Linda und zog den Stecker heraus. Ich bin richtig hübsch, stellte sie heiter fest und schnitt eine Grimasse vor dem Spiegel.

Sie ging zu ihrer Tochter in die Küche. Carlotta hatte die Milch schon eingegossen und Servietten unter die Tassen gelegt. »Ich habe Hunger bekommen«, sagte sie und knabberte an einem Grissino.

»Ich auch.« Linda nahm eine Schachtel mit Waffeln aus dem Schrank und stellte sie auf den Tisch. »Das ist besser als Grissini«, sagte sie lachend.

Auch Carlotta lachte. »Morgen werde ich sowieso voller Pickel sein, dann kann ich mir auch etwas Kakao in die Milch tun.«

»Morgen wirst du todmüde sein. Ich bin eine gewissenlose Mutter, anstatt dich ins Bett zu schicken, sitzen wir hier und schlemmen!«

II

Mit fünf Jahren wollte er Astronaut werden, mit zehn Skilehrer, mit sechzehn Journalist. Als Matteo Morelli vom Gymnasium abging, war ihm nur klar, was er auf keinen Fall tun wollte: in die Maklerfirma seines Vaters einsteigen. Er hatte sich mit wenig Überzeugung für Jura eingeschrieben, aber sein angeborenes Pflichtbewußtsein und die Begegnung mit Anna hatten ihn alle Prüfungen pünktlich bestehen lassen.

Anna war die erste und letzte Frau, die in ihm den Wunsch nach der Ehe geweckt hatte. Und gleich nach seinem Diplom hatte er, um sie so schnell wie möglich heiraten zu können, nach der erstbesten Arbeitsstelle gegriffen, die sich ihm bot: in der Rechtsabteilung einer Bank. Ein Glückstreffer nach Meinung seiner Kommilitonen. Schwamm über all seine Ambitionen, so sah er das. Mit Anna zusammenzuleben war jedoch jedes Opfer wert.

Mit den Monaten hatte seine Leidenschaft abgenommen und war schließlich erloschen. Sich von seiner Freundin zu trennen war ihm leichter gefallen, als seine Bank zu verlassen: Als er am eigenen Leib erfahren hatte, wie schwierig es war, eine besser bezahlte Stellung zu finden, bemühte er sich, seine Position auszubauen, und hörte auf, sie als vorübergehende Notlösung anzusehen. Als er sich mit der Situation abgefunden hatte, zeigte er Ehrgeiz und Engagement, die ihm im Laufe der Jahre die gebührende Anerkennung brachten. Auch wenn ihm bewußt war, nicht alles erreicht zu haben, so war er dennoch mit seinem Job und seinem Verdienst zufrieden. Die feste Anstellung bot gegenüber einer freiberuflichen Tätigkeit viele Vorteile, allen voran den, daß er die Arbeit hinter sich lassen konnte, wenn er das Büro verließ.

Der plötzliche Tod seines Vaters zwang ihn, die Karten wieder neu zu mischen. Das Maklerbüro, von dem er nach der Schule so entschieden Abstand genommen hatte, gehörte ihm nun zu einem Drittel, aber die Entscheidung, wie es damit weitergehen sollte, hing von ihm allein ab, da seine Mutter und seine Schwester weder die Lust noch das Zeug dazu hatten, zu Geschäftsfrauen zu werden. Zunächst hatte er gemeint, es sei die beste Lösung, die Räumlichkeiten und die Lizenz zu verkaufen, doch nach einem Monat voller Termine und Verhandlungen konfrontierte ihn der Buchhalter mit der entmutigenden Wirklichkeit: Die potentiellen Käufer, die geglaubt hatten, es mit den üblichen Erben zu tun zu haben, die die Angelegenheit nur möglichst schnell abwickeln wollten, hatten ihre Angebote zurückgezogen, als sie merkten, daß dies nicht der Fall war.

Die zweite Möglichkeit, nämlich die Leitung der Firma jemandem so lange anzuvertrauen, bis er sie für einen angemessenen Preis verkaufen konnte, war von Anfang an unrealistisch: Gesetzt den Fall, es würde sich eine verantwortungsbewußte und fähige Person finden, dann würde sie sicher keinen befristeten Vertrag eingehen. Somit blieben Matteo nur noch zwei Auswege: Die Pforten zu schließen und das Haus in aller Ruhe zum Verkauf auszuschreiben, oder bei der Bank zu kündigen und die Arbeit seines Vaters weiterzuführen, indem er die Leitung des Büros selbst übernahm.

Die Entscheidung für die zweite Lösung würde sicherlich eine finanzielle Verbesserung mit sich bringen. Doch um welchen Preis? Sein Vater hatte die Firma auf dem Stand belassen, auf dem sie zu Gründungszeiten durch Großvater Giacomo gewesen war: Die Einrichtung war immer noch die alte, es gab weder Computer noch eine Datenbank, die Verkäufer waren im Schnitt fünfzig Jahre alt. Abgesehen von dem guten Ruf, den die Firma genoß, mußte alles modernisiert und umstrukturiert werden. Und dies würde hohe finanzielle Belastungen mit sich bringen und ihm viel Kraft abverlangen.

Im Alter von dreißig Jahren hatte Matteo die Perspektive vor sich, sein geregeltes Leben auf den Kopf zu stellen. Und er war keineswegs sicher, ob er das wollte. Noch an diesem Morgen, in zwei Stunden, würde er den Angestellten seine Entscheidung mitteilen müssen, und er wußte noch immer nicht, wie sie aussah.

In Wahrheit hatte er in den Wochen, die seit dem Tod seines Vaters verstrichen waren, das Problem die ganze Zeit vor sich hergeschoben, fest davon überzeugt, daß sein Instinkt, der Lauf der Dinge oder etwas Unvorhergesehenes ihm zu Hilfe kommen und die Entscheidung abnehmen würde. Anstatt sich intensiv Gedanken zu machen, hatte er auf eine plötzliche Eingebung gehofft. Und mit einem Schlag wurde ihm klar, daß der Alltag ihm nicht den geringsten Anhaltspunkt geliefert hatte.

Bei der Bank hatte es weder Streit noch Probleme gegeben, die Grund für eine Kündigung gewesen wären, andererseits aber auch keine Sonderprämien, die ihn zum Bleiben veranlaßt hätten. Die Agentur hatte in der Zwischenzeit keine vielversprechenden Gewinne, aber auch keine bedeutenden Verluste gebracht. Seine Mutter wie seine Schwester hüteten sich, in irgendeiner Form Druck auf ihn auszuüben, und sogar seine Freundin Isabella warf nicht wie sonst mit guten Ratschlägen um sich. Hätten sie sich nicht so unbeteiligt gezeigt, hätte er wenigstens widersprechen und mit ihr streiten können.

Jetzt fühlte er, daß er mit dem Rücken zur Wand stand und gezwungen war, innerhalb von zwei Stunden eine Entscheidung zu treffen, die er mehr als einen Monat lang vor sich hergeschoben hatte.

Er rasierte sich zu Ende und ging ins Schlafzimmer zurück, um sich anzuziehen. Isabella war aufgewacht. Sie stand nackt, mit ausgebreiteten Armen und selbstvergessenem Gesichtsausdruck vor dem offenen Kleiderschrank.

»Soll das eine neue Yogaübung sein?« scherzte Matteo.

»Ich suche etwas zum Anziehen.«

»Was ist mit dem Kleid von gestern abend?«

»Willst du etwa, daß ich in einem weit ausgeschnittenen schwarzen Chiffonkleidchen an die Uni gehe?«

»Ich glaube kaum, daß einer der Dozenten etwas dagegen hätte.«

»Vorige Woche habe ich ein T-Shirt und eine Jeans hier gelassen. Sie sind verschwunden.«

Matteo zeigte auf die Kommode. »Ich habe sie in die unterste Schublade gelegt.«

»Jedes Ding am rechten Platz!« kommentierte Isabella spöttisch.

»Gibt es etwas daran auszusetzen, wenn man ordnungsliebend ist?«

»Nein. Aber bei dir ist das schon zwanghaft, du bist ein Ordnungsfanatiker. Kennst du überhaupt den Genuß, etwas irgendwo hin zu werfen? Oder die Freiheit, einen Zigarettenstummel in der Espressotasse auszudrücken?«

»Ich rauche nicht. Und ich kenne anregendere Freiheiten und Genüsse.«

»Die Wahrheit ist, daß du Mamas braves und ordentliches Söhnchen geblieben bist«, entgegnete Isabella und beugte sich über die Schublade, um die Jeans und das T-Shirt herauszuholen. Sie schnitt eine Grimasse und schwenkte die Sachen wie eine Trophäe. »Gewaschen und gebügelt! Bei wem soll ich mich bedanken?« Matteo beschloß, jegliche Auseinandersetzung im Keim zu ersticken. »Service des Hauses. Läßt du mich mal dran, ich brauche frische Unterwäsche.«

Isabella trat zur Seite, behielt ihn jedoch weiter im Blick, während er die oberste Schublade öffnete und Unterhose und Hemd von zwei perfekt gefalteten Stapeln nahm. Sie schnitt abermals eine Grimasse. »Jedes Ding am rechten Platz …«

»Das sagtest du bereits«, unterbrach Matteo sie.

»Ein Ordnungsfimmel ist Ausdruck von unflexiblem Geist.«

»Ich werde es meiner Mutter und Natalina ausrichten. Wie du genau weißt, kümmern sie sich um alles.«

»Könntest du denn nicht stundenweise eine Haushälterin einstellen?«

»Und welchen Vorteil hätte das für mich?«

»Du würdest dich endlich frei und als dein eigener Herr fühlen. Es macht keinen Sinn, daß du allein lebst, wenn deine Mutter und dein Tantchen dich weiter fest im Griff haben. In jedem Winkel stecken Zeichen ihrer liebevollen und unaufhaltsamen Organisation. Manchmal meine ich, sie kämen gleich unter dem Bett hervor!«

»Stimmt, da schlüpft Tantchen auch drunter, aber nur, um zu putzen. Um fünf Uhr nachmittags geht sie.«

»Ist sie nicht etwas zu alt, um sich um zwei Haushalte zu kümmern?«

»Natalina ist fünfundsechzig Jahre alt und weiß nicht, wohin mit ihren Energien.«

Isabella kniff ihre Lippen zusammen. »Aber nachdem sie euch fast fünfzig Jahre lang bedient hat, wäre es da nicht vielleicht an der Zeit ...«

»Bedient?« Matteo unterbrach sie. »Natalina hat meine Mutter großgezogen, dann mich und meine Schwester. Sie gehört zur Familie, und wir lieben sie heiß und innig.«

»Du kannst es drehen und wenden, wie du willst, aber die Ärmste ist und bleibt ein typisches Beispiel für althergebrachte Magdausbeuterei.«

»Ich gehe Frühstück machen«, sagte Matteo kurz angebunden. »Beeil dich, wenn es geht, ich habe gleich eine Verabredung mit den Angestellten meines Vaters.«

Er ging in die Küche und schaltete die Kaffeemaschine ein, doch kurz darauf wies ihn das rote Warnlämpchen darauf hin, daß der Kaffeebehälter leer war. Er erinnerte sich mit Verdruß daran, daß er gestern morgen die Dose geleert und den Kaffee leider nicht mit auf die Einkaufsliste geschrieben hatte.

Ohne sich große Hoffnungen zu machen, öffnete er den Schrank und war unendlich erleichtert, als er eine neue Kaffeedose erblickte. Auf dem Deckel lag ein Zettel von seiner Mutter: *Ich habe dir auch Honig und Vollkornkekse gekauft, die nicht auf der Liste standen. Du brauchst neue Socken und*

Unterhosen. Natalina hat das karierte und das dunkelgraue Sakko in die Reinigung gebracht, weil sie schmutzig waren.

Matteo warf den Zettel schnell in den Mülleimer. Wenn Isabella ihn zu lesen bekäme, ginge die Diskussion wieder von vorne los, und die Spötteleien und Sticheleien waren leicht auszudenken.

Er öffnete die Kaffeedose und füllte den Behälter der Espressomaschine. Stundenweise eine Haushälterin einstellen ... Warum sollte er? Es war lächerlich, das Haus einer Fremden zu überlassen, nur um zu beweisen, daß man »ein freier Mann und sein eigener Herr« war. Seine Freiheit bestand eben darin, von den lästigen täglichen Pflichten erlöst zu sein, und das dank zweier lieber Menschen, die sich genau das zu ihrer Aufgabe gemacht hatten.

Es war auch lächerlich, daß Isabella ihn hartnäckig für einen unreifen Mann hielt, nur weil er eine starke gefühlsmäßige Bindung zu seiner Familie aufrechterhalten hatte. Als Scheidungskind hatte sie zu beiden Elternteilen eine sehr schlechte Beziehung: Statt darunter zu leiden, gab sie es als Ausdruck großer gefühlsmäßiger und geistiger Unabhängigkeit aus. Folglich war ein liebender Sohn für sie automatisch ein Mamasöhnchen. Und jetzt hatte es auch noch den Anschein, als würde sie an seinen Gefühlen für Tantchen ebenfalls Anstoß nehmen.

Glücklicherweise war die Familie ihr einziges Kriegsgebiet, die Kämpfe blieben in den Ausmaßen von kleinen Konflikten und hinterließen weder Spuren noch Risse.

Isabella wußte, wie weit sie gehen durfte: Von allen Frauen, die er gekannt hatte, war sie die einzige, die über rationalen Spürsinn verfügte. Während ihrer Beziehung hatte er die wahre Bedeutung von »gesundem Instinkt« begriffen: Isabella ließ sich auf kein Gefühl, auf keine Entscheidung ein, bevor nicht ihr Verstand seine Einwilligung gegeben hatte.

Sie hatten sich vor vier Jahren bei einem Fest kennengelernt, zu dem er nur widerwillig gegangen war, und auch nur, weil er an jenem Abend nichts Besseres zu tun wußte. Gegen elf Uhr waren fast alle betrunken. Benommen von dem Lärm und von unerträglicher Langeweile gepackt, schlich er zum Ausgang. Isabella war ihm gefolgt und bat ihn, sie mitzunehmen. Zwei Tage später meldete sie sich telefonisch wieder, ganz offenkundig mit dem Wunsch, ihn wiederzusehen. Eher erstaunt als geschmeichelt von soviel Interesse, lud er sie zunächst ins Kino und wenige Tage später zum Essen ein. Danach nahm Isabella ihn mit zu sich rauf.

Eigentlich war die Initiative von ihr ausgegangen, und am Anfang ihrer Beziehung hatte er sich oft nach dem Grund gefragt: Ein hübsches und intelligentes Mädchen wie Isabella mußte doch ganze Schwärme von Bewunderern haben, und er fand es seltsam, daß sie sich in den Kopf gesetzt hatte, gerade ihn zu wollen. Nach einem Jahr waren sie immer noch zusammen, und auch das fand er seltsam. Objektiv betrachtet bot er ihr wenig, und darüber hinaus war ihm durchaus bewußt, daß er nicht der romantische und leidenschaftliche Mann war, der Frauen in Entzücken versetzt.

Erst mit der Zeit wurde ihm klar, daß sich zwischen ihnen genau die Art von Beziehung entwickelt hatte, wie Isabella sie wollte. Mit vierundzwanzig Jahren fühlte sie sich weder reif für die Ehe, noch wollte sie in eine große leidenschaftliche Affäre hineingezogen werden, die sie nur ablenken würde. Sie hatte sich mit dem festen Vorsatz, ihr Studium durchzuziehen, an der Medizinischen Fakultät eingeschrieben, und ihr einziges Ziel war, Kinderärztin zu werden.

Er war der Ruhepol in ihrem Gefühlsleben. Und ihm ging es bei ihr genauso: Isabella gab ihm all das, wonach er bei einer Frau suchte, ohne das zu fordern, wozu er nicht bereit oder fähig war. Ihre Beziehung hatte innerhalb der Grenzen, die sie stillschweigend gesetzt hatten, festen Halt. Die Möglichkeit, daß sie eines Tages schließlich heiraten würden, schloß die einer Trennung nicht aus, doch für den einen wie den anderen Fall war Matteo sich sicher, daß es sich ganz natürlich fügen würde, ohne Blessuren zu hinterlassen.

Nur das Berufsleben legte ihm durch den Lauf der Dinge Zwänge auf, dachte er wieder mißgelaunt. Er warf einen Blick auf die Uhr: In weniger als einer Stunde sollte das Treffen mit den Angestellten stattfinden. Eine Entscheidung zu fällen bedeutet immer zugleich, daß man seinen Widerwillen, die Zweifel und die Angst vor Veränderungen überwinden muß, aber in seinem Fall handelte es sich um einen wahren Gewaltakt: Er war gezwungen, sich mit einer Situation auseinanderzusetzen, die er nicht geschaffen hatte, mit der Aussicht, ungewollt das Wohlvertraute gegen etwas Vages einzutauschen.

Wie durch einen geschickten Taschenspielertrick zauberte er die Erinnerung an seinen Vater fort, bevor sie ihn zu sehr in Beschlag nehmen und düstere Reuegefühle in ihm hätte wecken können. Sein Vater hatte die Familie und das Leben geliebt, und er war sicherlich nicht mit sechzig Jahren gestorben, um ihn zu ärgern und dazu zu zwingen, das Büro weiterzuführen.

Er verlagerte seine Anschuldigungen auf Isabella. Was zum Teufel machte sie denn noch? Brauchte sie wirklich so lange, um sich zu duschen und ein Paar Jeans anzuziehen?

Genau in diesem Augenblick tauchte sie auf. »Kriege ich auch einen Kaffee?« fragte sie.

»Nur wenn du ihn in Windeseile trinkst. Ich habe keine Minute zu verlieren.«

»Dann laß uns gehen.«

»Und der Kaffee?«

»Ich habe es auch eilig, ich trinke einen in der Bar.«

»Ich kann dich bis zum Taxistand am Piazzale Loreto mitnehmen.«

»Ist gut.« Sie zögerte kurz. »Hast du wegen der Agentur eine Entscheidung getroffen?«

»Ich werde wohl bei der Bank kündigen und das Büro selbst weiterführen.«

»Du bist dir noch nicht sicher?«

Matteo verzog das Gesicht. »Sich zu entscheiden bedeutet oftmals, sich dem Unausweichlichen zu beugen.«

»Ich begreife nicht, wer dich *zwingt* …

»Das erkläre ich dir ein anderes Mal, es ist schon spät.«

III

Matteo parkte sein Auto in einer Seitenstraße der Via Porpora und schickte sich an, die zweihundert Meter bis zur Agentur zu laufen. Giacomo Morelli, sein Großvater väterlicherseits, war Ende der zwanziger Jahre völlig zufällig zu diesem Beruf gekommen. Nach einem Schußwechsel, der ihn um seinen linken Arm gebracht hatte, war er gezwungen, den Dienst bei den Carabinieri zu quittieren. Da er nach seiner Genesung keine bessere Alternative fand, begann er, bei seinem Schwiegervater und seinen Schwagern in ihrem kleinen, doch sehr gut laufenden Bauunternehmen auszuhelfen. Seine Aufgabe bestand darin, sich auf den Baustellen mit Kunden zu treffen, ihnen im Bau befindliche Wohnungen zu zeigen und gegebenenfalls Änderungen abzusprechen. Bald schon entpuppte Giacomo sich nicht nur als wahres Verkaufstalent, sondern stellte auch fest, daß diese Arbeit ihm Spaß machte. Und so beschloß er, sie zu seinem Beruf zu machen.

Von seinen Ersparnissen und einem Darlehen, das ihm der Schwiegervater gab, kaufte er ein kleines, zweistöckiges Gebäude mit einem schmalen Garten. Die obere Etage bezog er selbst mit seiner Frau und dem gerade geborenen Kind, während er in der unteren sein Büro einrichtete. Einen Schreibtisch, zwei Ledersessel und einen großen Aktenschrank mit grünen Glastüren und Goldverzierungen übernahm er von einem Buchhalter, der in Rente gegangen war.

Großvater Giacomo wurde schnell reich. Dank seiner Vergangenheit als Carabiniere, der Erfahrung, die er im Bausektor gewonnen hatte, und seinem kontaktfreudigen und heiteren Wesen behauptete er sich von Anfang an als höchst vertrauenswürdiger Immobilienmakler. Fünf Jahre später hatte er seinem Schwiegervater die Schulden zurückgezahlt und bereits ein nettes Sümmchen auf die hohe Kante gelegt.

Als Italien 1939 in den Krieg eintrat, wuchsen auch auf dem Immobiliensektor die Bedenken und die Zweifel. Erst mit

Beginn der Bombardements und der Flucht aus den Städten kam Bewegung in die Branche: Die Menschen verkauften aus Not oder Panik ihre Häuser. Im Gegensatz zu den unseriösen Maklern, die sich wie Hyänen auf diesen unglückseligen Markt stürzten, schloß Großvater Giacomo seine Agentur und floh mit Frau und Kind in ein Dorf im Val Brembana. Als der Krieg vorbei war, kehrte er nach Mailand zurück und machte sein Büro wieder auf. Die Ehrlichkeit, die er bewiesen hatte, festigte seinen Ruf als vertrauenswürdiger und korrekter Makler, und binnen kurzer Zeit machte er die Verluste wieder wett.

Aus den Trümmern entstanden wieder Häuser, und neue Viertel schossen am Stadtrand aus dem Boden. Die Agentur Morelli wurde zu einer sicheren Anlaufstelle im Mailand des Wiederaufbaus. Ende der vierziger Jahre zog Großvater Giacomo mit seiner Familie in ein neues Haus und verwandelte das gesamte Innere des Gebäudes an der Via Porpora in Büroräume. In der Zwischenzeit hatte er einen Buchhalter, eine Sekretärin und acht Verkäufer auf Provisionsbasis angestellt.

Als er sich zehn Jahre später aus dem Geschäft zurückzog, übernahm sein einziger Sohn Attilio ein gewinnbringendes und solides Unternehmen. Matteo konnte sich nur schwach an seinen Großvater erinnern, doch er war den Eindruck nie losgeworden, daß sein Vater nur wenig von dessen unternehmerischem Talent geerbt hatte. Im Grunde hatte er sich darauf beschränkt, von den Erträgen zu leben, die der gute Name der Agentur einbrachte, unfähig, ihr neue Impulse zu geben und sie gegenüber den zahlreichen anderen Büros, die im Laufe der Jahre entstanden waren, wettbewerbsfähig zu machen.

Die Unterhaltungskosten waren unterdessen sehr hoch. Vier der zwölf Verkäufer waren vor zwanzig Jahren verpflichtet worden, und zum festen Personal gehörten außerdem zwei alte weibliche Angestellte und eine Sekretärin. Was diese drei Frauen den ganzen Tag machten, war nur schwer nachvollziehbar, dachte Matteo auf seinem Weg zur Agentur. Angesichts der Zahlen, die der Buchhalter ihm vorgelegt hatte, handelte es sich ohne Zweifel um einen belastenden und ungerechtfertigten Personalüberschuß.

Der Gedanke daran, Mitarbeiter zu entlassen, machte ihm zu schaffen, und es war unter anderem diese Aussicht, die ihn bei der Entscheidung über die Zukunft der Agentur zögern ließ. Letztendlich war er aber zu dem Schluß gekommen, daß in der Weiterführung der Firma das geringere Übel lag: Immerhin würden dann nicht alle ihre Stelle verlieren. Wen er behalten wollte, vermochte er noch nicht zu sagen: Grundsätzlich würden die Ältesten, also die, die ohnehin kurz vor der Rente standen, gehen müssen. Doch auch im Immobiliengeschäft konnte Alter durchaus ein wertvolles Kapital an Beziehungen und Verkaufsstrategien bedeuten.

Hinzu kam, daß er von seiner Mutter gerade über die jüngste Angestellte nichts Vertrauenerweckendes vernommen hatte: Demnach war die Sekretärin eine auffallende und hübsche Frau, die bereits zweimal verheiratet gewesen war und weiterhin ein ungeregeltes Leben führte. Ganz offenkundig traf das zumindest auf die finanzielle Unordnung zu, mit der die betreffende Dame ihren Haushalt führte: Jeden zweiten Monat bat sie um einen Vorschuß, und im vergangenen Jahr hatte sie ein persönliches Darlehen von zwanzig Millionen Lire bei der Agentur aufgenommen.

Im Falle einer Entlassung würde er ihr die Summe, die sie der Firma noch schuldete, natürlich von der Abfindung abziehen.

Fünf nach zehn. Er zwang sich, schneller zu gehen, und fragte sich, warum er sich bloß in dieses Abenteuer hatte hineinziehen lassen. Verdruß, Probleme und ein Haufen Arbeit: Das war die Zukunft, die ihn erwartete, zumindest in den nächsten zwei oder drei Jahren. An einer roten Ampel mußte er stehenbleiben. Die Agentur lag auf der anderen Straßenseite, eingekeilt zwischen zwei wuchtigen Gebäuden, die im Laufe der vergangenen Jahrzehnte entstanden waren. Die kleine, bogenförmige Eingangstür und die alte rote Backsteinfassade verliehen dem Haus das Aussehen eines anmutigen und wertvollen Reliktes, das nur wie durch ein Wunder den Baggern entkommen war.

Matteo sah darin etwas Symbolisches. Ich werde alles neu einrichten, die Räume renovieren und ein Glasdach anbringen lassen müssen, sagte er sich und drückte auf die runde Messingklingel. Erst wenn er eine helle und ausgesucht moderne Einrichtung geschaffen haben würde, würde die Agentur endlich nicht mehr nach dem aussehen, was sie im Grunde war: ein altes, überholtes Familienunternehmen. Er hörte das Schloß aufschnappen und ging hinein.

Eine Frau erwartete ihn am Ende des kurzen Treppenabsatzes. Als er vor ihr stand, reichte sie ihm die Hand: »Ich bin Erminia Baldini, eine der Angestellten. Die anderen erwarten Sie im Konferenzraum.« War sie für seine Begrüßung ausgelost worden, oder war sie die Angestellte mit der höchsten Autorität, fragte sich Matteo ironisch, als er ihr auf den nächsten Treppenabsatz folgte.

Der »Konferenzraum« war im ersten Stock und mußte früher Großvater Giacomos Wohnzimmer gewesen sein. Wahrscheinlich hatten auch der alte Nußbaumtisch mit der grünlichen Glasplatte und die alten Stühle mit Rückenpolstern aus Leder zur Wohnzimmereinrichtung gehört. Als er den Raum betrat, standen die Angestellten auf, und Erminia Baldini übernahm wiederum die Vorstellung.

»Setzen Sie sich doch bitte«, sagte Matteo und lächelte in die Runde. Dann nahm auch er Platz und stellte überrascht fest, daß er verlegener war als die Menschen, die vor ihm saßen. In ihren Gesichtern lagen Herzlichkeit und ruhige Erwartung. Er erinnerte sich, daß er viele von ihnen bei der Beerdigung seines Vaters gesehen hatte.

Er lächelte erneut. »Sind wir vollzählig?« fragte er. Er hatte die attraktive und hübsche Sekretärin noch nicht ausgemacht.

»Linda Parodi, die Sekretärin, fehlt«, bestätigte eine der Angestellten. »Sie war schon da, aber vor einer halben Stunde hat man sie in die Bank bestellt.«

»Gibt es irgendein Problem?«

»Nein, nein«, gab Erminia Bladini schnell zurück. »Sie ist

wegen persönlicher Angelegenheiten zu ihrer Bank gegangen, wird aber sicher gleich hier sein.«

Matteo unterdrückte einen Kommentar. »Wir können auch ohne sie anfangen«, sagte er nur. »Zu allererst muß ich mich entschuldigen, daß ich Sie erst heute zusammengerufen habe. Der vorzeitige Tod meines Vaters hat mich nicht nur schwer getroffen, sondern mich auch mit einer gänzlich unerwarteten Verantwortung konfrontiert. Wie Sie sicher wissen, arbeite ich in der Rechtsabteilung einer Bank. Eine Tätigkeit als Makler hat nie zu meinen Plänen gehört, und genau deshalb hat die Entscheidung über die Zukunft der Agentur viel Zeit in Anspruch genommen. Ich will Sie jedoch nicht mit meinen Problemen langweilen. Ich habe Sie heute kommen lassen, um Ihnen mitzuteilen, daß ich die Geschäfte meines Vaters weiterführen werde. Natürlich wird es einige Veränderungen geben ...«

»Entschuldigt die Verspätung!« Eine junge Frau stürzte atemlos in den Raum und unterbrach seine Ausführungen. Sie nahm einen Stuhl, der an der Wand stand, setzte sich und warf eine große Handtasche auf den Tisch. Ihren flammend roten Locken, dem schwarzen Minirock und der Flatterbluse nach zu urteilen konnte sie nur die attraktive Sekretärin sein.

Er blickte sie betont fragend an und wartete, daß sie sich vorstellte, bezweifelte jedoch zugleich, daß die Botschaft überhaupt bei ihr ankommen würde. Zu seiner großen Überraschung sah er sie jedoch erröten. »Verzeihen Sie, ich bin Linda Parodi.«

»Ich sagte gerade zu Ihren Kollegen, daß ich beschlossen habe, die Arbeit meines Vaters fortzuführen. Kurzum, die Agentur wird nicht schließen.«

»Das ist wirklich eine gute Nachricht!« rief Linda sichtlich erleichtert aus.

Der Verkäufer neben ihr brachte sie mit einem Blick zum Schweigen. »Sie sprachen eben von einigen Veränderungen«, sagte er zu Matteo gewandt.

»Es war eigentlich nur eine Andeutung. Es versteht sich von

selbst, daß ich mich bemühen werde, die Arbeit der Agentur zu optimieren, und daß es einige Veränderungen geben wird, doch es scheint mir voreilig, jetzt schon darüber zu sprechen. Auch dies sind Punkte, die genaues Abwägen erfordern«, fuhr Matteo fort. Zugleich wurde ihm klar, wie lächerlich pathetisch seine Worte klangen.

Linda blickte ihm in die Augen. »Die Frage, die uns drängt, ist, ob wir unsere Arbeitsplätze behalten werden. Können Sie uns wenigstens im voraus sagen, ob die Veränderungen auch einen Abbau des Personals beinhalten?«

Diese unverblümte Frage ließ Matteos Unbehagen in Ärger umschlagen. »Die Bilanz der vergangenen zwei Jahre trägt nicht die Last von sieben Angestellten«, antwortete er ebenso deutlich. »Wenn sie in den nächsten Monaten auf demselben Niveau bleibt, wird der Personalabbau unverzichtbar.«

»Brutal gesagt, entweder wir sind liebe Kinder, oder wir werden bestraft«, erwiderte wiederum Linda, diesmal sarkastisch.

»Wieso brutal? Sie haben ein Grundprinzip wirtschaftlicher Strategie zum Ausdruck gebracht: Wenn eine Firma nicht läuft, dann verkleinert man sie, oder aber man wechselt das Personal aus, das hätte ...«

»Moment mal«, unterbrach ihn der älteste Verkäufer. »Sie unterschätzen einen sehr wichtigen Faktor, und zwar die Rezession, die den Bausektor besonders hart getroffen hat. Baustellen ruhen, die Nachfrage nach Häusern ist bedeutend zurückgegangen, die privaten und kleinen Bauherren ziehen es vor, direkt, unter Ausschluß eines Maklers, zu verhandeln ... Auch wenn wir die besten Verkäufer der Welt wären, könnten wir an dieser Tatsachen nichts ändern.«

Matteo nickte. »Nicht ohne Grund sprach ich vorhin davon, unsere Arbeit zu *optimieren*.«

»Sie erwähnten vorhin aber auch, daß Sie niemals Interesse an dieser Arbeit gehabt haben,« warf ein anderer Verkäufer ein. »Verzeihen Sie meine Aufrichtigkeit, aber nach welchen Kriterien können Sie in einem Bereich Eingriffe vornehmen, den Sie nicht kennen und in dem Sie keinerlei Erfahrungen haben?«

»Ich kenne seine Probleme und ich weiß, wie gesunde Firmen funktionieren.« Er hielt kurz inne und lächelte in die Runde. »Von der Rechtsabteilung einer Bank aus kann man äußerst schlechte und waghalsige finanzielle Manöver vorzüglich beobachten.«

Jetzt ergriff der jüngste Verkäufer das Wort. »Ihr Vater war gewiß kein waghalsiger Unternehmer. Bei allem Respekt für ihn, das einzige, was man ihm überhaupt vorwerfen könnte, wäre, nicht genügend in die Firmenwerbung investiert zu haben.«

Erminia Baldini gab ihm zu verstehen, daß er aufhören solle. Matteo fing den Blick der alten Angestellten auf und sagte ruhig: »Dieses Thema interessiert mich sehr. Bitte, fahren Sie fort, Herr ...«.

»Zanetti, Mario Zanetti. Ich arbeite seit fünfzehn Jahren in dieser Agentur, und ich glaube, ich hätte viel mehr Umsatz machen können, wenn Ihr Vater unserer Arbeit und der Firma selbst nicht gewisse Grenzen gesteckt hätte.«

»Können Sie mir einige konkrete Beispiele anführen?«

»Wir haben uns niemals über die Grenzen der Lombardei hinaus vorgewagt, und das brachte automatisch mit sich, daß wir auf dem Markt der Zweitwohnsitze außen vor sind. An der Adria, in Ligurien, im Aostatal, im Trentino gibt es Hunderte von Baustellen ... Auch heute, trotz der Rezession, entstehen in den Feriengebieten reihenweise Wohnblocks und Häuschen. Es hätte genügt, an diesen Orten einige Verkäufer auf Provisionsbasis einzustellen. Wir hätten auch selbst hinfahren und Kontakte knüpfen können.«

»Warum hat sich mein Vater Ihrer Meinung nach auf die Lombardei beschränkt?«

»Vielleicht weil er sich dem alten Bild der ›Mailänder‹ Agentur verbunden fühlte, wie sie es zu Zeiten der Gründung durch seinen Vater gewesen war. Oder vielleicht weil ...«

»Rede keinen Unsinn, Zanetti«, unterbrach Linda ihn barsch. »Du sprichst von den Feriengebieten, als sei es das Schlaraffenland. Aber weißt du auch, wie viele Häuser nicht über die Planungsphase hinausgekommen sind? Weißt du, wie viele kleine Firmen verschwunden sind, nachdem sie ›auf dem Papier‹ verkauft haben? Weißt du, wie viele Immobilienagenturen ihr Geld und ihr Ansehen verloren haben, weil sie unehrlichen und risikofreudigen Bauherren vertraut haben? Signor Attilio fühlte sich dem Bild einer soliden und gesunden Agentur verbunden, das ist die Wahrheit. Er wollte die Häuser, die Grundstücke oder die Ladenlokale, die er anbot, mit eigenen Augen sehen. Und er vermittelte erst zwischen Käufer und Verkäufer, wenn er sich eigenhändig von deren Vertrauenswürdigkeit überzeugt hatte. Vordatierte Schecks etwa haben niemals zu unseren Zahlungsarten gehört.«

Zanetti sah sie beinahe mitleidig an. »Während ich manche Märkte als Schlaraffenland ansehe, hältst du sie für einen von Banditen bevölkerten Dschungel. Auf ein Gebäude, das in der Planungsphase steckengeblieben ist, kommen Tausende, die fertig gebaut wurden. Einem unehrlichen Unternehmer stehen ganze Heere von kleinen und großen Firmen gegenüber, die Wohnviertel oder Dörfer zur vollsten Zufriedenheit ihrer Käufer gebaut haben. Heute kann man in überschaubarer Zeit Bankauskünfte einholen. Du drückst die richtigen Tasten, und auf dem Bildschirm erscheint alles, was du über eine Firma oder einen Unternehmer wissen mußt. Kannst du mir erklären, warum Signor Attilio sich immer geweigert hat, Computer in unserer Agentur einzuführen, liebe Linda?«

Matteo antwortete für sie: »Diese Investition habe ich als erstes eingeplant, um unsere Arbeit zu optimieren.« Er sah auf die Uhr und stand auf. »Es ist schon spät, und ich muß in die Bank. Ich habe noch nicht gekündigt.«

Alle erhoben sich. »Wann werden Sie Ihre Arbeit hier aufnehmen?« fragte Erminia Bladini.

»Ich denke, in wenigen Monaten. In der Zwischenzeit werden wir uns aber wiedersehen, und vor allem werde ich die Bedürfnisse und die Probleme der Agentur genauer prüfen. Bevor ich gehe, würde ich mich gern kurz in den Büros umsehen. Signora Baldini, führen Sie mich bitte herum?«

Die Frau errötete vor Freude. »Gewiß.«

Linda kam auf die Kollegin zu und nahm sie am Arm. »Hast du etwas dagegen, daß ich ihn begleite? Ich müßte ihn etwas fragen.«

»Na gut ... von mir aus.«

Im ersten Stock, gegenüber vom Konferenzraum, lagen zwei etwa zwanzig Quadratmeter große, gleich eingerichtete Zimmer: zwei einander gegenüberstehende, mit grünem Filz bezogene Schreibtische, zwei kleine Ledersessel und ein großer Aktenschrank aus grauem Metall. »Das sind die Büros der vier Verkäufer«, erklärte Linda. »Am Ende des Gangs liegen das Bad und eine alte Küche, in der wir Kaffee machen oder eine Kleinigkeit kochen, wenn wir keine Zeit oder Lust haben, essen zu gehen. Möchten Sie einen Blick hineinwerfen?«

»Nicht nötig. Was gibt es noch auf dieser Etage?«

»Das ist alles. Der Rest der Agentur liegt eine Etage tiefer. Ich weiß, daß Ihr Vater vor etwa dreißig Jahren umgebaut und aus den ursprünglichen drei Räumen vier gemacht hat.«

Matteo folgte ihr die Treppe hinunter. Zwei Zimmer lagen auf der rechten, zwei auf der linken Seite. Linda ging in den rechten Teil. »Das ist das Büro von Erminia und Beatrice, den beiden Angestellten, und weiter hinten liegt das Zimmer, das von den freien Mitarbeitern genutzt wird, wenn sie Kunden empfangen oder sonstige Büroarbeiten erledigen müssen.«

Matteo fielen die gleichen mit grünem Filz bezogenen Schreibtische und die gleichen metallenen Aktenschränke auf, wie er sie oben gesehen hatte. »Man kann nicht gerade behaupten, mein Vater hätte bei der Einrichtung allzuviel Phantasie walten lassen,« entschlüpfte es ihm.

»Verzeihen Sie, aber sehen Sie die Büros heute zum erstenmal?«

»Als ich klein war, habe ich meinen Vater oft besucht, aber ich habe niemals richtig auf die Einrichtung geachtet.«

»Signor Attilio war sehr tüchtig und ein Gentleman. Der Rest ist meiner Meinung nach nebensächlich.«

»Danke für die Belehrung. Können wir uns jetzt die anderen Zimmer ansehen?« erwiderte Matteo trocken.

»Folgen Sie mir bitte. Das ist mein Büro«, sagte Linda ebenso trocken, als sie die erste Tür auf der linken Seite öffnete.

»Oh, oh, hier fühlt man sich ja wie in Disneyland!«

Die Wände waren bläulichweiß gestrichen worden, der anonyme Metallschrank war durch eine Reihe Regale aus hellem Holz ersetzt, der alte Schreibtisch hellblau lackiert. Draußen vor dem Fenster rankte eine Glyzinie; überall waren immergrüne und blühende Pflanzen verteilt.

»Ich habe alles selbst gemacht. Und auf meine Kosten«, beeilte sich Linda zu erklären.

»Wie es aussieht, ist die Einrichtung für Sie keinesfalls Nebensache.«

»Sie steht sicher nicht an der Spitze meiner Werteskala.« Linda öffnete die zweite Tür. »Ich habe auch im Büro Ihres Vaters einige Verbesserungen durchgeführt, die aber *nicht* auf meine Kosten.«

»Warum entspannen Sie sich nicht, liebe Signora Parodi?«

»Weil Sie mich nervös machen. Sie platzen hier herein, fangen an, von Veränderungen, Strategien, *Optimierung* zu reden.«

Matteo konnte nicht umhin zu lachen. »Ich habe den Eindruck, daß dieses Wort keinem von Ihnen gefällt.«

»Was mich betrifft, so gefällt mir Ihr Auftreten nicht, als seien Sie John Wayne, der durch ein Indianercamp schreitet und einen angewiderten Blick in jedes Zelt wirft.«

»Es tut mir leid, wenn ich diesen Eindruck auf Sie gemacht habe. Das einzige, was stimmt, ist, daß wir die Räume modernisieren müssen ...«

»Angefangen bei den Schreibtischen bis hin zu den Angestellten, an dieser Agentur paßt Ihnen überhaupt nichts. Oder irre ich mich?«

»Sie irren sich. Bei der Versammlung vorhin war ich positiv überrascht von Ihren Einwänden. Sie zeugen von Verbundenheit mit der Firma und zugleich einer lobenswerten Fähigkeit, Dinge zu analysieren und zu kritisieren.«

»Und was sagen Sie zu den Schreibtischen?«

»Hätten die Cheyenne einige davon am Dorfeingang aufgestellt, wäre General Custer erschrocken geflüchtet, anstatt sie zu massakrieren.«

Lindas Augen blitzten heiter auf. »Wir könnten sie *optimieren*, indem wir sie wie meinen lackieren und den Filz durch Glasplatten ersetzen.«

»Sie wollen wohl immer das letzte Wort haben, nicht wahr?«

»Es kommt auch vor, daß mir mal die Argumente ausgehen.«

Matteo schlug sich auf die Stirn. »Apropos, vorhin sagten Sie zu Ihrer Kollegin, daß sie mich etwas fragen müßten.«

Linda schwieg einen Augenblick sichtlich verlegen. »Für den vergangenen Monat haben wir keine Gehälter erhalten«, nahm sie ihren Mut zusammen. »Der Buchhalter hat uns erklärt, daß die Bank die Konten gesperrt hätte und er uns die Gelder nicht ohne Zustimmung der Erben überweisen dürfte ...«

»Ich versichere Ihnen, daß ich nichts davon wußte. Ich ging davon aus, daß der Buchhalter die Gehälter ausgezahlt hat, und wenn es irgendwelche Probleme gab, dann verstehe ich nicht, warum er mich nicht davon in Kenntnis gesetzt hat.«

»Entschuldigen Sie, daß ich das angesprochen habe. Ich komme leider ohne das Gehalt nicht weiter.«

»Es war sehr richtig, und ich muß mich entschuldigen. Ich werde dafür sorgen, daß man Ihnen die Gehälter sofort überweist, richten Sie das bitte auch Ihren Kollegen aus.«

IV

Um halb fünf rief Carlotta im Büro an, um sie an die Verabredung mit der Sozialarbeiterin zu erinnern. »Mach dir keine Sorgen, ich wollte gerade gehen und werde rechtzeitig zu Hause sein«, sagte Linda. In Wirklichkeit hatte sie über den

Ereignissen der letzten Stunden diesen Termin vollkommen vergessen und war keineswegs fertig.

Erminia war zur Post gegangen, und sie hatte versprochen, einen wichtigen Anruf für sie entgegenzunehmen. Auch wenn Erminia in einer Viertelstunde wieder da sein sollte, so wäre sie trotzdem nicht pünktlich um fünf zu Hause. Und – schlimmer noch – sie hätte dann auch keine Zeit mehr, »sich als brave Frau zu verkleiden«, wie Sara scherzhaft ihren Look nannte, den sie für die Sozialarbeiterin annahm.

Sie zog eine Bürste und eine Packung Taschentücher aus ihrer Tasche, band ihre Haare im Nacken zusammen und schminkte sich ab, wobei ihr der Glasrahmen einer alten Campari-Reklame an der Wand als Spiegel diente. Mit diesem farblosen Gesicht und dem Minirock sah sie aus wie eine, die sich nach einer arbeitsreichen Nacht auf der Straße nach Hause schleppte, dachte sie und verzog das Gesicht. Auf einmal fiel ihr der alte Regenmantel ein, der seit Monaten in ihrem Büro hing: Sie hatte ihn an einem verregneten Morgen angezogen und immer wieder vergessen, ihn wieder mit nach Hause zu nehmen. Sie ließ die Tür offenstehen, damit sie das Telefon hörte, und lief in ihr Büro, um ihn zu holen. Zehn vor fünf.

Sie schlüpfte in den Mantel, zog den Gürtel zusammen und prüfte das Bild in dem provisorischen Spiegel. Ein Wunder – dank dieses Kleidungsstückes hatte sich die müde Dirne in eine leidende Vertriebene verwandelt: Der Erfolg bei der Sozialarbeiterin war ihr sicher. Vier Jahre zuvor, als man sie gemeinsam mit ihrem Mann vorgeladen hatte, um ihre Eignung als Pflegeeltern zu prüfen, hatte ihre Freundin Sara ihr empfohlen, in einem dunklen Kostüm, mit zusammengebundenem Haar und kaum geschminktem Gesicht aufzutreten. Sie konnte sich noch gut an ihre belustigte Reaktion erinnern: Und warum sollte sie? War sie etwa eine Mörderin, die die Geschworenen besänftigen und mitleidig stimmen mußte?

Erst in den letzten Monaten war ihr klargeworden, daß es war, als kämpfe man um die Absolution, wenn man ein Kind adoptieren wollte. Die angehende Mutter war erst einmal eine potentielle Angeklagte, die einen unglaublichen Berg von Unterstellungen abtragen mußte: Unreife, Egoismus, psychische Labilität, fehlende erzieherische Fähigkeiten, verheimlichte Abhängigkeiten. In ihrem Fall kamen noch Zweifel bezüglich ihrer Unzuverlässigkeit und Leichtlebigkeit hinzu.

Sie sind eine sehr hübsche Frau, hatte die Sozialarbeiterin bei ihrem ersten Treffen bemerkt. Linda hatte eindeutig Erstaunen, ja fast einen Vorwurf herausgehört. Eine rothaarige Frau mit blauen Augen, weißen Zähnen und schlanker Figur paßte nicht in das Bild einer guten Mutter.

Warum wünschen Sie sich dieses Kind so sehr? war ihre erste Frage gewesen. Sie wollte damit andeuten, daß eine schöne Frau Erfolg, Ruhm, einen reichen Mann wollen könnte – aber warum bloß ein fremdes Kind? Es handelte sich um einen ausgefallenen, folglich verdächtigen Wunsch.

Fünf vor fünf. Wo blieb bloß Erminia? Warum war sie immer noch nicht da? Ihre Wut richtete sich gegen die Kollegin. Sollte sie doch der Teufel holen, sie konnte nicht länger dableiben und ihr Büro bewachen. Sie ging zum Telefon und rief ein Taxi. Ihr Auto stand weit weg, und mit dem Taxi würde sie viel schneller daheim sein.

Linda kam mit fast einer halben Stunde Verspätung zu Hause an und rannte die Treppe hoch, statt auf den Fahrstuhl zu warten, während sie innerlich flehte, die Sozialarbeiterin möge noch nicht gegangen sein. Doch es war wohl ihr Glückstag, denn auch sie war zu spät gekommen.

»Ich habe sie gebeten, im Wohnzimmer Platz zu nehmen, und bin gerade dabei, ihr einen Kaffee zu machen», flüsterte Carlotta, die viel zu erleichtert über ihr Eintreffen war, um sie mit den erwarteten Vorwürfen zu überhäufen.

»Und wo ist Francesco?«

»Zusammen mit ihr im Wohnzimmer. Ich habe ihn eine Viertelstunde früher vom Kindergarten abgeholt, um ihn zu baden und umzuziehen. Aber jetzt mach mal voran.«

»Sofort. Mach mir bitte auch einen Kaffee. Und danke ...«

Als er sie sah, lief Francesco auf sie zu und warf sich ihr in die Arme. *Gut gemacht, mein Kleiner,* lobte Linda ihn in Gedanken, als sie ihn hochhob und ihm einen Kuß auf die Stirn drückte, *du bist mir eine große Hilfe.* Sie setzte ihn langsam ab und hoffte, daß die Sozialarbeiterin bemerkt hatte, wie sehr der Junge an ihr hing.

»Verzeihen Sie die Verspätung», sagte sie mit einem reuevollen Lächeln. »Wir hatten heute ein Treffen mit dem neuen Chef, und ich konnte unmöglich früher gehen.« Sie setzte sich ihr gegenüber.

»Ich hoffe, daß er Ihnen gute Nachrichten überbracht hat.«

Die Frau kam sofort auf den Punkt. Linda lächelte sie erneut an. »O ja. Wenigstens was das angeht, gibt es keine Probleme mehr: Die Agentur läuft weiter, und die Gefahr der Arbeitslosigkeit ist gebannt.« Sie hoffte, es möge wahr sein.

»Das freut mich für Sie. Ihre Arbeitszeiten sind allerdings ein Problem. Sie können sich keine Haushälterin leisten, und das Kind ist fast den ganzen Nachmittag sich selbst überlassen.«

»Um meinen Bruder kümmere ich mich«, sagte Carlotta trocken und kam mit dem Tablett näher. »Ich hole ihn jeden Nachmittag vom Kindergarten ab, und er bleibt bei mir, bis meine Mutter nach Hause kommt.«

Die Sozialarbeiterin wollte etwas erwidern, doch Linda kam ihr zuvor. »Es wäre mir lieber, wir könnten uns allein unterhalten. Carlotta, würdest du bitte Francesco mitnehmen?«

Ihre Tochter stellte das Tablett auf den Couchtisch und nahm den Kleinen am Arm. »Ich bin fast fünfzehn, und in meinem Alter gehen viele Mädchen putzen oder jobben als Babysitter.«

»Bitte Carlotta, laß uns allein.«

Als sich die Tür hinter dem Mädchen schloß, wollte die Sozialarbeiterin das Thema wieder aufgreifen, doch Linda ließ ihr keine Zeit dazu. »Viele Mütter arbeiten außer Haus und können sich keine Haushälterin leisten», sagte sie und beugte sich vor, »aber das bedeutet keineswegs, daß die Kinder sich selbst überlassen sind. Man muß sich nur organisieren. Ich bringe

Francesco zum Kindergarten, bevor ich ins Büro fahre, und seine Schwester holt ihn ab und paßt auf ihn auf, wie sie schon gesagt hat. Normalerweise komme ich nie nach sechs nach Hause. Ich bereite das Abendessen vor, wasche das Kind, sehe mit ihm und Carlotta fern. Wo ist das Problem?«

»Das Kind könnte morgens mit Fieber aufwachen und nicht in den Kindergarten gehen können. Oder Carlotta könnte krank werden und nicht in der Lage sein, ihn abzuholen ...«

»Das ist schon vorgekommen. Wenn es meinen Kindern nicht gutgeht, nehme ich mir einen Tag frei. Wenn nötig, auch länger.«

»Aber auf diese Weise riskieren Sie, Ihren Arbeitsplatz zu verlieren.«

»Glücklicherweise habe ich keine empfindlichen und kränkelnden Kinder. Francescos letzte Grippe liegt sieben Monate zurück.«

»Ich muß zugeben, daß er einen gut genährten und gepflegten Eindruck macht.« Ein Lächeln huschte über ihre Lippen.

Linda ergriff ihre Hände. »Signorina Franchi, ich liebe dieses Kind von ganzem Herzen. Man hat ihn mir anvertraut, als er zwei Monate alt war, und niemand wollte ihn haben, weil seine Mutter drogenabhängig war, an einer Überdosis gestorben ist, und sein chilenischer Vater Dauergast im Gefängnis war ...«

»Man hat ihn Ihnen anvertraut, weil Ihre Freundin eine Freundin des Jugendrichters war ...«

»War die Entscheidung etwa falsch? Haben Sie nicht selbst gesagt, daß Francesco ein gut genährter und gepflegter Junge ist?«

Die Frau betrachtete sie aufmerksam. »Ich verstehe immer noch nicht, warum Sie so viel auf sich genommen haben, um ihn zu sich zu nehmen und die Pflegschaft zu bekommen.«

Wie oft hatte sie ihr das schon erklärt? Eines Nachmittags hatte sie Sara in die Einrichtung begleitet, in der der Kleine lag, und hatte ihn dort gesehen. Er lag reglos in einer Wiege, der Schnuller hing aus seinem Mund, und die weit aufgerissenen Augen starrten an die Decke, in dem herzzerreißenden *Be-*

wußtsein, wie verlassen er war. Bei dieser Erinnerung füllten sich ihre Augen mit Tränen.

»Liebe auf den ersten Blick«, flüsterte sie. Sie wischte die Tränen weg. »Ich habe fünf Monate gebraucht, um ihm das erste Lächeln zu entlocken. Carlotta und ich sind seine Familie. Ich wage nicht einmal, an seine Gefühle zu denken, wenn man ihn fortbringen würde.«

»Es war nicht richtig, Linda, ihm zu verschweigen, daß Sie nicht seine richtige Mutter sind.«

»Meine Freundin, die Psychologin, ist einer Meinung mit Ihnen. Aber wie soll man einem Kind von vier Jahren klarmachen, daß ...«

»Kinder begreifen die Wahrheit immer.«

»Ersparen Sie mir bitte diese abgedroschenen Phrasen«, platzte Linda heraus.

»Ich wollte sagen, daß es für kleine Kinder keine Bedeutung hat, ob Adoptivmutter oder leibliche Mutter: Ihnen genügt, eine Mami zu haben«, erklärte die Frau freundlich.

»Aber der neue Richter will sie ihm wegnehmen.«

»Sie haben nicht die nötigen Voraussetzungen für eine Adoption, das ist der Punkt.«

»Nur weil ich in Scheidung lebe?«

»Sie wurden zweimal geschieden, und Sie könnten wieder heiraten und sich noch einmal scheiden lassen!«

»Selbst wenn das passieren sollte, so würde ich doch niemals aufhören, meinen Sohn zu lieben!«

»Aber der Junge liefe Gefahr, in einem instabilen Familienverband und ohne feste Bezugspunkte aufzuwachsen. Der Richter muß Francescos langfristiges Wohlergehen beurteilen. Besser heute Trennungsschmerz als nicht wiedergutzumachende Schäden in einer falschen Familie.«

Linda sah sie erschöpft an. »Mit anderen Worten, ich soll jede Hoffnung aufgeben?«

»Das habe ich nicht gesagt. Der Richter könnte trotz allem zu dem Urteil kommen, Sie seien für den Jungen eine unverzichtbare Bezugsperson ...«

»Signorina Franchi, auf wessen Seite stehen Sie? Was für eine Empfehlung wollen Sie abgeben, wenn man Sie darum bittet?«

»Nennen Sie mich doch Dora. Sie sind mir sehr sympathisch, aber ich verlasse mich nicht auf Gefühle. Und um ganz ehrlich zu sein, ich fühle mich noch nicht in der Lage, ein endgültiges Urteil abzugeben.«

»Wir könnten uns noch öfter treffen. Sie können mich alles fragen, Sie können all Ihre Zweifel äußern.«

Dora Franchi stand auf. »Das werde ich, Sie können sich darauf verlassen.«

Linda zeigte betrübt auf das Tablett. »Sie haben nicht einmal Ihren Kaffee getrunken ...«

»Ich werde es beim nächstenmal nachholen.«

Sie hatte Francesco drei Gutenachtgeschichten vorlesen müssen, bevor er endlich einschlief. Carlotta war im letzten Moment eingefallen, daß sie für den nächsten Tag noch einen Aufsatz schreiben mußte, und Linda hatte ihn praktisch für sie geschrieben. Als sie endlich duschen und sich für die Nacht fertig machen wollte, rief Sara an, um sich zu erkundigen, wie es bei der Arbeit und beim Treffen mit der Sozialarbeiterin gelaufen sei.

Es war unmöglich, sich kurz zu fassen, denn wie schon immer hatte sie alles haarklein wissen wollen, verlangte, alles noch einmal von vorn zu hören, und warf ständig ihr »drück dich deutlicher aus – was hat er genau gesagt? – und was hast du geantwortet?« ein. Der Bericht von diesem Tag dauerte etwa eine Stunde. Linda mußte sogar das Aussehen ihres neuen Chefs beschreiben.

»Ein gutaussehender junger Mann um die dreißig« war zu allgemein; Sara wollte wissen, ob er groß oder klein (»eher groß«), blond oder dunkel war (»mehr kastanienbraun«), welche Augenfarbe er hatte (»ich glaube, blau«), ob er vielleicht auch nur annähernd irgendeiner bekannten Persönlichkeit ähnelte (»ich würde sagen, Tom Cruise«).

Dieses *ich würde sagen* nach einem »aber darf man wissen,

wieso das so wichtig ist?« brachte ihr eine Schelte ein: Du bist zerstreut, du hast überhaupt keine Beobachtungsgabe, du verfügst über gar keinen Selbstschutzmechanismus, und jetzt paß bloß auf, daß du dich nicht in den neuen Chef verguckst.

Als Saras Neugier gestillt, ihr Gewissen nach der abschließenden Standpauke beruhigt war, und sie sich entschloß aufzulegen, war es schon Mitternacht. Zu spät, um noch zu duschen, zu spät, um sich einen Film anzusehen, zu spät, um Carlottas Vater anzurufen und ihm ein für allemal zu sagen, was sie von ihm hielt. Sie konnte nur noch ins Bett fallen, den Wecker stellen und schlafen.

Doch zwei Stunden später wälzte sie sich immer noch schlaflos hin und her. Saras anzügliche Fragen, die sie sonst schmunzeln ließen, hatte sie heute abend überhaupt nicht lustig gefunden. Sie war durcheinander, bedrückt und nervös. Ja, verärgert. Sara hielt sie für eine Art Heldin aus einem Fotoroman, voller Überraschungen und verrückter Ideen, Carlottas Vater behandelte sie wie ein Dummchen, das man ungestraft an der Nase herumführen konnte ... Warum hatte er das verdammte Geld immer noch nicht überwiesen? Warum hatte er sie wieder in die peinliche Situation gebracht, vom Bankdirektor einbestellt zu werden? Die Tatsache allein, daß er eine neue Familie gegründet hatte, gab ihm noch lange nicht das Recht, die Pflichten seiner ältesten Tochter gegenüber zu vergessen.

Morgen rufe ich ihn an, sagte sich Linda wieder einmal kämpferisch, und ich werde ihm sagen, daß der Spaß jetzt ein Ende hat. Er soll von jetzt an gefälligst die Alimente überweisen, die der Richter für Carlotta festgesetzt hat, und wenn er es nicht pünktlich tut, werde ich ihn von den Carabinieri vorladen lassen. Sie war es leid, sich freundlich und verständnisvoll zu zeigen, und leid, die ganze Verantwortung und alle Probleme auf sich zu nehmen. Sie war jetzt achtunddreißig Jahre alt, und immer hatte sie ihren Stolz an die erste Stelle gesetzt, doch niemand schien das zu würdigen. Im Glauben, einen Wert hochzuhalten, hatte sie das Bild einer Masochistin und einer Idiotin aufgebaut.

Achtunddreißig Jahre. Wo sind sie bloß geblieben? Waren es wirklich schon so viele? fragte Linda sich ungläubig. Die plötzliche Einsicht, eine Frau zu sein, die rasant auf die Vierzig zuging, ließ sie erschaudern und befremdete sie. War sie das in den Augen der anderen: eine jung *wirkende* und *noch* gutaussehende Frau? Wahrscheinlich. Während sie sich weiterhin wie ein junges Mädchen anzog, bewegte und sich selbst dafür *hielt*, während sie noch die Energie und den Elan von vor zehn oder zwanzig Jahren in sich spürte, hatten die Menschen um sie herum längst aufgehört, sie so zu sehen.

Paß bloß auf, daß du dich nicht in den neuen Chef verguckst, hatte Sara gesagt. Linda hatte es für eine der üblichen Anspielungen auf ihre überstürzten Handlungen gehalten, den üblichen Witz, der der romantischen und ungestümen Heldin aus dem Fotoroman galt. Dabei war es etwas völlig anderes. Die Freundin hatte sie ernsthaft vor der Gefahr gewarnt, die allen alleinstehenden Frauen ihres Alters drohte: sich in einen jüngeren Mann zu verlieben.

Sie hatte den Kopf so voller Sorgen und Probleme, daß sie nicht einmal bemerkt hatte, daß Matteo Morelli ein gutaussehender Mann war. Sie hatte ihn ja nicht einmal als Mann wahrgenommen: Für sie war er lediglich der Erbe der Agentur, die Person, von der ihr Arbeitsplatz abhing. Seit der Trennung von ihrem zweiten Mann hatte sie alles andere im Sinn, als sich in eine neue Liebesbeziehung zu verrennen.

Sie hatte das Feld der Verführungskünste freiwillig verlassen, und zwar in dem Bewußtsein, daß ihr alle Möglichkeiten offenstanden, wenn sie nur wollte. Sie wußte, daß sie hübsch war. Die Gesten, die Worte, die Sprechpausen und die Blicke, mit denen sich ein Mann verführen ließ, waren ihr in Fleisch und Blut übergegangen. Ihre Männer hatte sie nur verloren, weil sie es satt hatte, sie bei sich zu halten. Und sie hatte die letzten Jahre in dem Bewußtsein gelebt, daß sie – wenn sie endlich dem richtigen Mann begegnete – leichtes Spiel haben würde, ihn zu erobern. *Ich bin achtunddreißig Jahre alt.*

Ohne es zu merken, war sie in ein Alter gekommen, in dem

»der richtige Mann« gleichzusetzen war mit einem reifen Witwer, einem Junggesellen in Torschlußpanik oder auch einem Geschiedenen, der Restaurants und Wäschereien satt hatte. Es war beängstigend, sich wie eine Zwanzigjährige zu fühlen, und in Wirklichkeit zu einer Generation zu gehören, die Lichtjahre davon entfernt war. Es war lächerlich, sich in einem Alter für verführerisch zu halten, in dem die Gesten, die Blicke und die Verführungskünste auf die anderen nur noch wie ein rührseliges Spiel der Erinnerung und eine gequälte Nachäfferei der verlorenen Jugend wirkten.

Linda setzte sich im Bett auf. Wieso eigentlich *verlorene Jugend*? Rührselig ist vielmehr, sich mit achtunddreißig Jahren alt zu fühlen, sagte sie sich bestimmt. In meinem Alter verlieben sich Frauen, bekommen Kinder, brennen mit dem Geliebten durch, arbeiten als Vertreterinnen für Schönheitsprodukte, schnappen Zwanzigjährigen den Freund weg. Wenn ich durch die Stadt gehe, drehen sich auch junge Männer nach mir um. Wenn ich mich im Spiegel betrachte, sehe ich einen schlanken Körper und ein faltenloses Gesicht. Die Wahrheit ist, daß ich, *ohne daß es mir klar war*, am Rande einer Depression stehe. Es ist nur nicht früher passiert, weil ich viel zu beschäftigt war, um deprimiert zu sein.

Die letzten Jahre hatte sie stets im Laufschritt zwischen Wohnung und Agentur verbracht. Sie rannte einkaufen, rannte, wenn sie Francesco zum Kindergarten brachte, rannte zum Friseur, rannte wegen einer Überweisung zur Bank, rannte zu einer Verabredung: stets mit der Angst im Nacken, zu spät zum nächsten Termin zu kommen. Die Angst hatte sie schon dermaßen konditioniert, daß sie verlernt hatte, langsam zu gehen: Sie rannte sogar vom Wohnzimmer in die Küche. Wenn sie sich endlich setzen konnte, wurde sie von Problemen und Sorgen erdrückt.

Inzwischen war es drei Uhr morgens, und sie hatte noch nicht geschlafen.

Dr. William Butler in allen Ehren, aber sein Kurs hatte sie nur drei Millionen Lire zum Fenster hinauswerfen lassen. Sara hatte recht: das einzige, was sie gelernt hatte, waren vier dämliche Entspannungsübungen, die ihr in den seltenen Augenblicken einfielen, in denen sie schon entspannt war, während sie ansonsten ihre Nervosität nur noch steigerten.

V

An dem Morgen, an dem Matteo Morelli zum zweitenmal in die Agentur kam, war Linda gerade beim Notar, um einen Vertrag beurkunden zu lassen. Um elf, als sie wieder ins Büro kam, war er bereits wieder gegangen. Die Kollegen berichteten ihr, daß er in Begleitung eines befreundeten Architekten gekommen war und daß sie sich gemeinsam die Räumlichkeiten der Agentur angesehen hatten. Nach dem, was jemand verstanden zu haben glaubte, beabsichtigte der Architekt, alle Trennwände einzureißen und jede Etage in einen großen, offenen Raum zu verwandeln.

Einige Tage später bestätigte Matteo dies zum Teil, als er den Angestellten den Entwurf für den Umbau zeigte, der für die notwendigen Genehmigungen vorgelegt worden war. Die Verkäufer sollten demnach im oberen Geschoß bleiben, er, Linda und die Angestellten im unteren. Da eine Verbindung der Büros wegen der dazwischenliegenden Treppe schwierig und wenig ästhetisch war, würden die beiden Teile erhalten bleiben und die Wände lediglich durch durchsichtige Raumteiler ersetzt werden.

Die Genehmigung kam einen Monat später. Da es sich um einen äußerst einfachen Umbau handelte, bei dem weder tragende Wände eingerissen werden mußten noch neue Räume geschaffen wurden, bestellte der Architekt einen alten Maurer, der mit seinen beiden Söhnen und dem Schwiegersohn zusammenarbeitete. Die vier Männer begannen mit dem oberen Stockwerk und räumten es persönlich aus. Linda war von ihrem Arbeitstempo und ihrer Effizienz überrascht: In zwei Tagen rissen sie zwei Wände ein und trugen den gesamten Schutt ab. In den darauffolgenden vier Tagen verputzten sie die Wände, fliesten den Boden und installierten die Sanitäranlagen in dem kleinen Bad. Der Schwiegersohn und einer der Söhne arbeiteten selbst am Sonntag, um die Wände zu streichen.

Die Arbeiten in der unteren Etage gingen ebenso zügig weiter. Sobald jedoch die Elektriker, die Installateure für die Glaswände und die Fachleute für die Klimaanlage dazukamen, ging alles nur noch langsam voran. Als der Umbau fertig war, dauerte es weitere vier Wochen, bis die Möbel, die Computer und die neuen Telefone kamen.

Matteo Morelli überraschte die Angestellten mit logistischen Fähigkeiten und unerwartetem Organisationstalent. Um das Geschäft nicht zum Erliegen zu bringen, ordnete er an, daß während der ganzen Bauarbeiten abwechselnd ein Angestellter im Büro blieb, um Kunden zu empfangen oder Telefongespräche entgegenzunehmen. In der Zwischenzeit sollten alle anderen einen Kurs besuchen, den die Computerfirma auf Anfrage Matteo Morellis organisierte: Auf diese Weise würden sie nach dem Umbau keine Zeit damit verlieren müssen.

Nach ihrem ersten Bürodienst meinte Linda, in ein Teufelskarussell geraten zu sein: Sie war mit dröhnendem Schädel, vom Staub ergrautem Haar, trockener Kehle und steifem Nacken nach Hause zurückgekommen, den sie sich wegen der eisigen Luft geholt hatte, die durch die weit aufgerissenen Türen und Fenster hereinzog. Sie hatte es sich unter den warmen Strahlen der Wassermassage gemütlich gemacht und erleichtert daran gedacht, daß am nächsten Tag ihr Computerkurs beginnen sollte und weitere sechs Tage verstreichen würden, bevor sie wieder mit dem Bürodienst dran wäre.

Die Erleichterung hielt jedoch nicht lange vor: Der erste Kurstag war noch viel schlimmer, denn zu der Anstrengung, die sie das Verstehen kostete, war noch eine grenzenlose Verzweiflung dazugekommen. Sie würde es nie lernen! Sie war unbegabt. Sobald der Techniker den Mund auftat, verschloß sich ihr Geist, und die Erklärungen kamen ihr wie sinnlose Laute vor.

Während diese Laute immer ungeduldiger wurden und sie zum erstenmal in ihrem Leben an ihrer Intelligenz zweifelte, wirkten all ihre Kollegen wie Kinder, die Feuer und Flamme für ein neues Spielzeug waren. Am vierten Tag fragte sie, ob sie Erminias Dienst im Büro übernehmen könnte: Erminia stimmte begeistert zu. Und ebenso reagierten die anderen auf das gleichlautende Angebot.

Kurz gesagt, Linda brach den Kurs ab, um immer Bürodienst zu machen. Nachdem die Abrißarbeiten beendet, Staub und Lärm vorbei waren, war es dort angenehm geworden, und es war schön, aus nächster Nähe mitzuerleben, wie die neuen Büroräume entstanden, und einen Plausch mit dem Architekten zu halten, wenn er kam, um den Fortgang der Arbeiten zu überprüfen.

Das Gefühl der Frustration holte sie wieder ein, als eines morgens die Techniker kamen, um die Computer zu installieren. Sie war die einzige, die sie nicht bedienen konnte, und der älteste der Fachleute warf ihr einen verwunderten und mitleidigen Blick zu, der sie erstarren ließ, als sie ihn fragte, ob es möglich sei, anstelle des Computers eine traditionelle Schreibmaschine auf ihren Schreibtisch zu stellen.

»Sie machen Witze, oder?«

Sie machte keineswegs Witze. Sie war vielmehr von Panik ergriffen: Wie sollte sie einen Brief schreiben, einen Vertrag kopieren oder einen Entwurf aufsetzen? Plötzlich durchfuhr sie der Gedanke an eine ganz einfache Lösung: Die Schreibmaschine könnte sie sich von ihrem eigenen Geld kaufen.

Das Geschäft war nicht weit entfernt, und der Besitzer kannte sie gut, denn sie kaufte bei ihm immer die Farbbänder für die alten Remington-Schreibmaschinen im Büro. Er würde sicherlich einen Scheck annehmen, den er in einigen Tagen einlösen könnte. Sie schaltete den Anrufbeantworter ein, sagte den Technikern Bescheid, daß sie eine halbe Stunde lang weg sei, und lief zu dem Geschäft.

Warum unnötig Zeit verlieren?

Als mit den Arbeiten begonnen worden war, hatte man die Ordner und Mappen der Agentur eilig in einigen Kartons verstaut und in den Keller gebracht. Linda war gerade wieder zurückgekommen, als zwei junge Männer sie um die Schlüssel baten: Rechtsanwalt Morelli hatte sie damit beauftragt, die Kisten in sein Büro hochzubringen.

Kurz danach kam Matteo. Er grüßte sie freundlich, gab den Computerinstallateuren einige für Linda unverständliche Anweisungen, stieg mit einem von ihnen in die obere Etage, und als er wieder hinunterkam, fragte er sie, ob es ihr etwas ausmachen würde, mit dem Auspacken zu beginnen. »Heute nachmittag komme ich und helfe Ihnen dabei. In der Zwischenzeit sollten Sie schon einmal vorsortieren und alle unnützen Unterlagen wegwerfen.«

»Ich mache mich sofort dran«, sagte Linda begeistert. Sortieren und Wegwerfen waren ihre Spezialitäten. Anders als ihre Mutter, die sogar lose Bindfäden aufbewahrte, fand sie jedesmal, wenn sie einen Schrank aufräumte, unendlich viele unnütze Dinge zum Wegschmeißen.

Ihre Begeisterung hatte bei ihrem Chef offensichtlich eine Warnlampe entzündet. »Überprüfen Sie ganz genau, was Sie aussortieren. Manche Unterlagen müssen aus rechtlichen Gründen so lange aufbewahrt werden, bis ...«

»Seien Sie ganz beruhigt, das weiß ich.«

»Mit der Zeit werden wir alles auf Disketten übertragen. Besonders dringend ist es jetzt, alle Kunden abzuspeichern.«

»Aha.«

»Sie müssen gleich die Akten und Verträge heraussuchen, nach denen wir ein Kundennetz erstellen können.«

»Ich werde mir Mühe geben ...« Ihre Begeisterung begann nachzulassen.

Matteo sah sie fragend an. »Wissen Sie nicht, in welchen Kisten sie liegen?«

»Es ist so, daß wir alles schnell wegräumen mußten, und wir haben ziemlich wahllos gepackt ...« erklärte sie zerknirscht.

»Ohne den Inhalt auf den Kisten zu vermerken? Ohne die Unterlagen je nach Büro einzuteilen?« Er war verblüfft.

Lindas Unbehagen verschwand mit einem Schlag. Sie konnte dem neuen Chef nicht gestatten, sie wie ein Schulmädchen zu behandeln, das seine Hausaufgaben nicht gemacht hatte. »Sie waren nicht hier, als die Maurer gekommen sind, also können Sie auch nicht nachvollziehen, unter welchen Bedingungen wir die Regale und Schränke ausräumen mußten«, erklärte sie würdevoll.

»Jetzt werden Sie sich unnötigerweise ein zweites Mal mühen müssen, um alles zu sortieren.« Er lächelte ihr zu, wie um ihr zu verstehen zu geben, daß das Thema beendet war, und fügte kurz darauf hinzu: »Was sagen Sie zu dem neuen Büro?«

»Es wirkt ganz anders, wirklich wie *neu*.«

»Sie werden bemerkt haben, daß ich Sie alle an denselben Arbeitsplätzen belassen habe: die Verkäufer oben und Sie mit mir und den Angestellten hier unten.«

»Ich habe es bemerkt. Ich hänge sehr an den Glyzinien, die das Fenster vor meinem Schreibtisch umranken.«

Matteo blickte betrübt drein. »In einigen Wochen wird die Fassade erneuert, und dieses alte Klettergewächs wird herausgeschnitten werden müssen.«

»O nein! Könnte man nicht ...«

»Nein. Die Wurzeln dringen ins Mauerwerk ein, und die obersten Zweige könnten die Regenrinnen verstopfen. Wenn die Behörden die Genehmigung für eine Durchfahrt erteilen, dann möchte ich auch das Stückchen Garten im Hinterhof durch eine Garage ersetzen.«

»Sie sind wie Attila, wo Sie vorbeikommen, da wächst kein Gras mehr!«

»Vor einigen Monaten erinnerte ich Sie noch an John Wayne.«

Linda schlang ihre Arme um sich. »Jedenfalls sind Sie jemand, der alles aus dem Gleichgewicht bringt.«

»Mir ist klar, daß ich Ihre Gewohnheiten und Ihre Büros durcheinandergebracht habe, aber es war undenkbar, die Agentur in Schwung zu bringen, wenn man alles so gelassen hätte, wie es zu Zeiten meines Großvaters war. Wenn ich ganz ehrlich bin, dann grenzt es an ein Wunder, daß die Kunden beim Anblick der alten Schreibtische, der museumsreifen Schreibmaschinen und des verfallenden Gebäudes nicht die Flucht ergriffen haben.«

»Sie strahlten Stabilität und Tradition aus. Jetzt hingegen könnte man meinen, hier würde ein amerikanischer Spielfilm gedreht.«

»Heutzutage sehen beinahe alle Büros so aus«, erwiderte Matteo.

»Eben, wir haben unsere Identität verloren, um genau wie alle anderen zu werden.«

»Finden Sie es nicht angenehmer, auf einem ergonomisch geformten Stuhl vor einem Computer zu sitzen?«

Linda senkte den Blick und sah wieder auf. »Hören Sie, Signor Morelli ...«

»Nennen Sie mich einfach Matteo.«

»Ich habe mir gerade auf eigene Kosten eine traditionelle Olivetti gekauft, und sie wird heute nachmittag geliefert. Ich *hasse* Computer. Ich kann mich einfach nicht überwinden.«

»Aber hat man Ihnen im Kurs nicht beigebracht ...«

»Ich bin nur drei Tage hingegangen, dann habe ich immer den Dienst hier übernommen.«

»Und wer hat das entschieden?«

»Ich kann sehr schnell tippen, und ich brauche wirklich keinen Computer.«

»Und wenn *ich* eine Liste, einen Beleg oder eine Adresse aus dem PC brauche, was machen Sie dann?«

»Ich werde sie von einer der Angestellten heraussuchen lassen. Wenn es stimmt, daß alles in Überschallgeschwindigkeit herauskommt, dann werden Sie nicht lange warten müssen.«

»Signora Parodi ...«

»Nennen Sie mich einfach Linda.«

»Ich erwarte, daß Sie lernen, den Computer zu bedienen. Da Sie den Kurs versäumt haben, werde ich einen der Techniker bitten, herzukommen und Ihnen das Nötige zu erklären.«

»Das ist nicht nötig! Ich bin *wirklich* unbegabt.«

»Wir reden später weiter, jetzt habe ich einen Termin und muß gehen.«

Matteo kam erst am späten Nachmittag wieder. Linda kniete auf dem Boden, inmitten ordentlicher Papierstapel, die sie nach und nach wie einen Strahlenkranz um sich herum ausbreitete.

»Ich habe erst zwei Kartons, geleert«, verkündete sie und blickte zu ihm hoch. »Ich muß alles sehr gründlich überprüfen, um zu entscheiden, was aufbewahrt und was weggeworfen werden soll, und das ist sehr zeitraubend.«

Matteo überlegte kurz. »Machen wir es doch so: Sie reichen mir die Papiere aus den Kartons, und ich überprüfe sie.«

Nach zwei Stunden hatten sie sechs Kartons geleert. Linda holte hervor und reichte an, Matteo nahm und sah durch. Sie arbeiteten schweigend mit sich wiederholenden und nunmehr aufeinander eingespielten Bewegungen und unterbrachen sich nur, um die Papiere und Dokumente, die sie aussortiert hatten, in eine Ecke zu legen.

Beim siebten Karton hielt Matteo inne: »Es ist spät geworden, wir sollten morgen weitermachen.« Als er gerade aus dem Büro gehen wollte, erblickte er die neue Olivetti auf Lindas Schreibtisch.

Sie fing seinen Blick auf und kam ihm zuvor: »Was den Computer angeht, so wollte ich Ihnen sagen, daß ...«

»Sie müssen sich damit abfinden, Linda.«

»Aber wieso?« rief sie aus.

Matteo sah sie verblüfft an. »Ich kann mir Ihre Abneigung wirklich nicht erklären. Wir leben im Zeitalter der Informatik, inzwischen können sich nur alte Leute oder solche, die kurz vor der Pensionierung stehen, erlauben, die neuen Technologien zu ignorieren.«

»Lassen Sie mir bitte etwas Zeit.«

»Nun gut. Jetzt am Abend bin ich zu müde.« Matteo sah auf die Uhr. »Warten Sie bitte einen Moment auf mich, ich muß kurz telefonieren, und dann gehen wir zusammen«, sagte er noch und verschwand nebenan in dem kleinen käfigähnlichen Büro.

Die niedrigen, durchsichtigen Trennwände täuschten Diskretion nur vor. Linda sah ihn wählen und hörte ihn leise mit einer gewissen Isabella sprechen. Er fragte sie, ob sie die Theaterkarten gefunden hätte, ob sie lieber vor oder nach der Vorstellung zu Abend essen wollte und ob sie die Nacht bei ihm verbringen würde. Offenkundig war es seine Freundin. »Ich bin in einer halben Stunde bei dir«, sagte er zum Schluß.

Er kam aus dem Käfig hervor und trat zu ihr. Erst jetzt fiel Linda wieder ein, daß sie das Auto am Vorabend in die Werkstatt gebracht hatte. »Ich müßte mir noch ein Taxi bestellen, wenn Sie nichts dagegen haben.«

»Wenn es auf meinem Weg liegt, kann ich Sie mitnehmen.«

»Ich wohne in der Nähe der Fiera ...«

»Das ist kein Problem, ich muß nach Sempione. Los, gehen wir.«

Matteo hatte in einer nahe gelegenen Seitenstraße geparkt, und Linda stellte überrascht fest, daß er den alten kleinen Wagen von Signor Attilio fuhr. »Ich dachte, ihm wäre es wie den Schreibmaschinen und den Schreibtischen ergangen«, entschlüpfte es ihr beim Einsteigen.

»Der wird noch gebraucht. Im Stadtverkehr ist er unersetzlich, und ich mußte richtig kämpfen, um ihn meiner Schwester abzunehmen.« Schweigend fuhr er los.

»Haben Sie nur eine Schwester?« fragte Linda nach einiger Zeit.

»Ja. Sie hat vor einem Jahr geheiratet und erwartet ein Kind.« Er schwieg erneut. Dann brach er das Schweigen. »Sie haben zwei Kinder, wenn ich mich nicht irre.«

»Eine fünfzehnjährige Tochter und einen kleinen Sohn von vier.«

Matteo drehte sich zu ihr um und sah sie an. »Wie kommen Sie zu so einer großen Tochter?« Er schien wirklich überrascht.

»Ich bin achtunddreißig Jahre alt.« Es war besser, es direkt zu gestehen, sie würde ihr Alter ohnehin nicht vor ihrem Chef geheimhalten können.

Matteo verstummte ohne irgendeinen Kommentar von der Art »ach wirklich?« oder »ich dachte, Sie wären viel jünger«. Linda war sich nicht sicher, ob sie erleichtert oder enttäuscht sein sollte. »Ich habe mich von meinem ersten Mann scheiden lassen und lebe von meinem zweiten getrennt,« hörte sie sich sagen. Wollte sie ihn verblüffen, sofort die Leichen aus dem Keller holen, oder was sonst?

»Aber ...« entgegnete Matteo diesmal. Er lächelte sie flüchtig an. »Sie sind mir zu schnell ... Stillen Sie meine Neugier, wie sind Sie dazu gekommen, für die Agentur zu arbeiten?«

»Erminia ist eine alte Freundin meiner Mutter. Ich suchte händeringend nach einer Stelle, und sie hat Ihrem Vater von mir erzählt. Ich weiß nicht, ob er mich aus Mitleid oder vor Müdigkeit eingestellt hat: Als ich mich bei ihm vorgestellt habe, hielt ich ihm einen zehnminütigen Monolog und erzählte ihm von all meinen Problemen ... Als ich die Stelle dann hatte«, beeilte Linda sich zu sagen, »habe ich mir natürlich Arme und Beine ausgerissen, um ihm zu beweisen, daß sein Vertrauen in mich richtig investiert war. Auf meine Weise habe auch ich mich bemüht, die Arbeit zu *optimieren*.«

Matteo nickte. »Wer paßt tagsüber auf Ihre Kinder auf?«

»Die Große geht ganztags zur Schule, und wenn sie um vier fertig ist, holt sie ihren kleinen Bruder vom Kindergarten ab. Bis letztes Jahr war Francesco in einer privaten Krippe. Gegen einen saftigen Aufschlag behielten sie ihn bis halb sieben dort. Jetzt läuft alles viel besser, auch wenn es immer noch viele Probleme gibt. Leider habe ich weder Omas noch Tanten, mit denen ich rechnen könnte.«

»Ihre Mutter will sich nicht ...«

»Meine Mutter wohnt in Nervi. Vor zehn Jahren, als mein Vater in Rente ging, hat er die Wohnung in Mailand verkauft, seine Abfindung draufgelegt und eine kleine Wohnung an der Riviera gekauft.«

»Ich verstehe.«

»Ich nicht«, unterbrach sie in bitterem Tonfall. »Damals war meine erste Ehe im Begriff kaputtzugehen, Carlotta war noch klein, ich steckte bis zum Hals in Problemen ... Ich brauchte dringend Hilfe, aber meine Eltern machten sich aus dem Staub. Wissen Sie, was der geistreiche Leitspruch meiner Mutter ist? *Wer sich die Suppe einbrockt, der löffelt sie auch aus* – bezogen auf Kinder, Fehler, Schulden, Probleme. Vergangenen Sommer habe ich ihr die Kinder dagelassen, aber nach vier Tagen forderte sie mich auf, sie unverzüglich wieder abzuholen, denn sie hätte weder das entsprechende Alter noch die Energie, ihnen dauernd hinterher zu sein. *Alles zur rechten Zeit* ist noch so ein geistreicher Spruch von ihr.«

»Zumindest scheint sie unterhaltsam zu sein.«

»Sie ist eine Egoistin und unfähig, Opfer zu bringen.« Der alte Groll schwang in Lindas Stimme mit. »Aber wenn man sie so hört, dann ist sie die beste Mutter der Welt: Sie ruft mich jede Woche an, fragt nach den Enkelchen, begreift nicht, warum ich ihre gutgemeinten Ratschläge nicht befolge. Sie ist zutiefst davon überzeugt, daß jede Wahl, die ich getroffen, und jeder Fehler, den ich begangen habe, zum Ziel hatten, sie zu enttäuschen und sie daran zu hindern, in Frieden zu leben.«

Linda hielt kurz inne. »Es tut mir leid, daß ich Sie mit meinen Problemen überschüttet habe, Matteo. Normalerweise spiele ich weder das Opferlamm, noch ...«

»Das hatte ich schon verstanden!« Er drehte sich wieder zu ihr um. »Muß ich jetzt links oder rechts abbiegen?«

»Rechts. Das Haus, in dem ich wohne, liegt hundert Meter hinter der Ampel.«

VI

Matteo wartete, bis Linda im Hauseingang verschwunden war, und winkte noch einmal, bevor er losfuhr. Er war ziemlich durcheinander und fühlte sich leicht unbehaglich: Noch nie hatte er eine Frau kennengelernt, die ein derart kompliziertes Leben führte, und im Grunde konnte er es ihrer Mutter nicht verdenken, daß sie sich diesem ganzen Chaos entzogen hatte. In seinen Augen war das weniger Egoismus sondern vielmehr gesunder Selbstschutz. Den verkehrten Mann zu heiraten, nun gut, das konnte passieren, aber diese Linda hatte mit noch nicht einmal vierzig Jahren bereits zwei Scheidungen hinter sich, und da drängte sich doch der Verdacht auf, daß mit ihr etwas *verkehrt* lief.

Es ließ sich nicht leugnen, sie war großzügig und spontan und verfügte über jede Menge guten Willen, doch ebensowenig ließ sich leugnen, daß sie impulsiv und dickköpfig war und unfähig, ein geregeltes Leben zu führen. Allein schon, wie sie die Kisten gepackt hatte ... Und dann noch die absurde Abneigung gegen Computer und dieser unsinnige Kauf einer herkömmlichen Schreibmaschine!

Das Darlehen, um das sie seinen Vater gebeten hatte, und die ständigen Gehaltsvorschüsse ließen auf einen leichtsinnigen Umgang mit Geld schließen. Vom Unterhalt, den ihre Exmänner ihr zahlten, und ihrem Einkommen müßte sie eigentlich ganz gut leben können ...

Doch das war nicht sein Problem, und er verstand gar nicht, wieso er sich darüber Gedanken machte. Vermutlich weil es angesichts der Tatsachen moralisch nicht vertretbar war, Linda zu entlassen, auch wenn sie und eine der anderen Büroangestellten die beiden überflüssigsten Personen in der Agentur zu sein schienen und somit die ersten, die man entbehren könnte, wenn man das Personal reduzieren müßte. Drei Angestellte waren entschieden zuviel, und obwohl Erminia Baldini schon auf die sechzig zuging, hatte sie sich in der Abwicklung der erforderlichen Arbeiten, einschließlich der Sekretariatsaufgaben, als recht effektiv erwiesen. Doch wie sollte er den Mut finden, es Linda zu sagen?

Warum zum Teufel habe ich mich da hineinziehen lassen, fragte er sich, als er den Weg zu Isabella einschlug. Der Tod seines Vaters war der erste große Schmerz, den er erlebt hatte, und in gewisser Weise das einzige Problem, mit dem er in den dreißig Jahren seines Lebens konfrontiert worden war. Und er war zutiefst überzeugt davon, daß Unheil zumeist erst dann entstand, wenn man es, wie Linda, tollkühn herausforderte.

Der Anblick von Isabella, die bereits vor dem Hauseingang auf ihn wartete, rief ein merkwürdiges Gefühl der Erleichterung in ihm hervor und vertrieb seine finsteren Gedanken. Er war gern mit ihr zusammen, weil sie ihm ähnlich war, dachte er eine halbe Stunde später im Restaurant.

Er streckte seine Hände über den Tisch aus, um die ihren zu drücken. »Habe ich dir schon einmal gesagt, daß du ein außergewöhnliches Mädchen bist?« fragte er halb im Scherz.

»Nein, aber das habe ich mir gedacht, schließlich liebst du die Perfektion«, sagte Isabella lachend.

»Ich liebe dich, weil du unkompliziert, heiter und vertrauenswürdig bist.«

»Sprichst du von deiner Freundin oder von einer Bank?«

»Ich habe vorhin die Sekretärin der Agentur nach Hause gefahren, und während wir uns unterhielten, habe ich sie automatisch mit dir verglichen.«

»Wieso *automatisch*?«

»Sie ist eine Frau mit einem exzessiven Lebensstil, die Exmänner sammelt und das Unheil nur so anzieht.«

Isabella zog die Augenbrauen hoch. »Wenn ich mich recht erinnere, hast du mir erzählt, daß die Angestellten deines Vaters allesamt betagte Herren und rüstige alte Damen sind!«

»Linda ist achtunddreißig.«

»*Linda*? Sind wir schon beim Du?«

Matteo lachte. »Ich habe sie bisher nur dreimal gesehen, aber sie hat es fertiggebracht, mir ihr ganzes Leben zu erzählen. Sie ist eine sehr extrovertierte Person!«

»Hübsch?«

»Nun, ja. Wenn man auf diesen Typ steht.«

»Welchen *Typ*? Kannst du dich etwas genauer ausdrücken?« Isabella war nun offenbar neugierig geworden.

»Groß, lange Beine, volle Lippen, rote Locken. Alles in allem eine Frau, die auffällt.«

»So, so! Hört sich an wie die Beschreibung von Laura, dem Mädchen, mit dem du zusammen warst, als wir uns kennengelernt haben ...«

»Mit dir habe ich einen Qualitätssprung gemacht.«

»Meine Schönheit fällt aber auch auf«, bemerkte Isabella spitz.

»Perfektion sticht immer ins Auge«, gab er im gleichen Ton zurück.

»Du hast mir in der letzten Viertelstunde mehr Komplimente gemacht als in den letzten vier Jahren zusammen. Muß ich mir ernsthafte Sorgen machen?«

»Warum solltest du?«

»Männern fällt immer dann ein, daß ihre Frau perfekt ist, wenn sie sich selbst einreden müssen, daß es sich nicht lohnt, sie zu verlassen.«

Matteo lachte erneut. »Eine etwas verfrühte Befürchtung, schließlich sind wir noch nicht einmal verheiratet.«

Isabella holte tief Luft und sah ihm in die Augen. »Apropos, ich müßte etwas Wichtiges mit dir besprechen.«

»Muß ich mir nun ernsthafte Sorgen machen?«

»*Im Ernst*, Matteo. Wir sind jetzt seit vier Jahren zusammen, wir verstehen uns gut, es gibt keinerlei Probleme: Was für einen Sinn macht es, weiterhin zwei getrennte Haushalte zu führen?«

»Ich bin davon ausgegangen, daß es uns beiden so ganz recht ist, zumindest im Moment.«

»Jetzt nicht mehr. In deinem neuen Job wirst du keine festen Arbeitszeiten mehr haben. Du wirst abends müde und gestreßt nach Hause kommen und dich nur noch danach sehnen, dich in einen Sessel fallen zu lassen. Da wäre es doch nicht schlecht, wenn du neben deinen Pantoffeln und einem guten Abendessen auch mich vorfinden würdest.«

»Ich wußte gar nicht, daß du eine gute Köchin bist«, wandte Matteo nach einer Weile ein.

Isabella schüttelte den Kopf. »Bitte zieh das nicht ins Lächerliche. Ich habe lange darüber nachgedacht, und ich finde, zusammenzuziehen ist die beste Lösung, um eine Beziehungskrise zu vermeiden.«

»Ich dachte, du wolltest dein Examen machen und dich spezialisieren, bevor wir ...«

»Unser Zusammenleben wird mich nicht daran hindern, zur Uni zu gehen und zu studieren. Im Gegenteil, in gewisser Weise ...« Isabella unterbrach sich plötzlich. »Aber du *willst* ja gar nicht! Ich ... ich habe dir einen Schrecken eingejagt, und jetzt fühlst du dich überrumpelt!«

Der Kellner kam, um die Bestellung aufzunehmen, doch Matteo gab ihm ein Zeichen, noch zu warten. Als sie wieder allein waren, beugte er sich vor. »Red keinen Unsinn. Wir haben nur noch nie so kurzfristig Pläne gemacht, und du hast mich überrascht, das ist alles.«

»Lag die Vorstellung, wir könnten zusammenleben, dir bisher so fern?«

»Dir doch auch!«

»Das stimmt nicht. Sagen wir lieber, sentimental wie Frauen so sind, habe ich mir eingebildet, daß *ich* mir Zeit lasse, und ich habe mir auch eingebildet, daß du Freudensprünge machen würdest, wenn ich mich dafür entscheide.«

»Für Freudensprünge mußt du mir etwas Zeit lassen.«

»In Ordnung.« Sie stand auf. »Entschuldige mich, aber mir ist der Appetit vergangen.«

»Isabella, du bist unvernünftig und kindisch.«

»Ich weiß. Aber ich bin sehr gekränkt, und auch du mußt mir Zeit geben, bis es vorbeigeht.«

Matteo rief sie drei Tage später an, aber es lief nur der Anrufbeantworter. Vergeblich hinterließ er eine Nachricht mit der Bitte, sie möge sich melden. In der darauffolgenden Woche rief er weitere fünfmal an, doch er erreichte sie nie. Nach dem sechsten Anruf hinterließ er ihr eine eindeutige Nachricht: »*Wie ich sehe, brauchst du noch mehr Zeit, ruf mich an, wenn du soweit bist.*«

In der Tat nahm seine neue Arbeit ihn völlig in Anspruch, wie Isabella es vorausgesehen hatte. An manchen Abenden kam er so müde nach Hause, daß er vor dem Fernseher einschlief. Paradoxerweise dachte er nur an solchen Abenden an sie, und das auch nur, um festzustellen, wie anstrengend es doch wäre, ihre liebevoll zubereiteten Mahlzeiten zu würdigen, die Küche aufzuräumen, vom Tag zu berichten und wach zu bleiben, um sich zu unterhalten.

Er war gern mit Isabella zusammen, doch jetzt war wirklich der ungünstigste Zeitpunkt, ein gemeinsames Leben zu beginnen. Er brauchte seine Freiräume, die Ruhe und Ordnung, die er vorfand, wenn er nach Hause kam. Im Grunde seines Herzens war er sicher, daß auch sie nicht bereit war für eine derart feste Bindung: Ihr Vorschlag war sicherlich mehr eine Herausforderung gewesen, sie wollte lediglich eine Bestätigung ihrer Macht. Doch angesichts seiner spärlichen Begeisterung hatte sie zunächst auf stur geschaltet, und nun war sie beleidigt.

Matteo schämte sich einzugestehen, daß seine Versöhnungsversuche nicht gerade überzeugend und hartnäckig gewesen waren, doch im Moment war es ihm sogar *lieber*, daß Isabella auf Distanz blieb und ihn nicht von der Arbeit abhielt.

Bei eingehender Prüfung der finanziellen Lage hatte er festgestellt, daß die Umsätze der Agentur seit drei Jahren kontinuierlich zurückgegangen waren. Immer weniger und immer kleinere Bauunternehmen erteilten der Immobilienfirma Morelli Verkaufsaufträge, unter anderem weil viele Objekte nach Ablauf der Frist nicht verkauft worden waren. In dem Irrglauben, daß Tradition und der gute Name allein ausreichten, hatte sein

Vater aufgehört, Werbung für die Agentur zu machen, und schließlich sogar die Anzeige aus den gelben Seiten zurückgezogen. Mit dem Ergebnis, daß auch die Zahl der potentiellen Käufer oder Mieter erschreckend geschrumpft war.

»Von nächster Woche an werden wir wieder Anzeigen im *Corriere della Sera* schalten«, kündigte Matteo eines Nachmittags bei einer Sitzung an.

Aus dem übereinstimmenden »ausgezeichnet«, »das ist eine gute Idee«, »das wird uns helfen« hob sich Lindas Stimme hervor: »Und was sollen wir den Kunden verkaufen? Die Palette unserer Miet- und Kaufangebote ist zur Zeit sehr begrenzt. Ich denke, bevor wir werben, sollten wir unser Angebot erst einmal aufstocken.«

Matteo traf dieser Einwand in doppelter Hinsicht: Zum einen, weil er auf einen gesunden Menschenverstand schließen ließ (und er sich vorwerfen mußte, nicht selbst darauf gekommen zu sein), und zum anderen, weil es Linda war, die ihn vorbrachte. Sie war wirklich die letzte, von der er das erwartet hätte. Nun, da er Seite an Seite mit ihr arbeitete, hatte sie erneut ihre Unordnung, ihren Mangel an Konzentration und ihre Unfähigkeit, sich zu organisieren, unter Beweis gestellt. Doch wie es schien, hatte auch sie die eine oder andere gute Eigenschaft.

Das bestätigte sich drei Tage nach der Sitzung verblüffenderweise noch einmal, als nämlich Linda in sein Büro stürzte (diese Frau rannte aber auch immer!) und ihm einige maschinengeschriebene Seiten vorlegte. »Ich habe mir eine Liste aller Baugenehmigungen besorgt, die in den letzten Monaten in Mailand und Umgebung erteilt worden sind, und gestern abend habe ich zu Hause die Anschriften der Bauherren in alphabetischer Reihenfolge abgetippt. Wenn wir sie persönlich aufsuchen, werden wir sicher ein paar neue Kunden gewinnen.«

Als Matteo sie schweigend anstarrte, fragte sie verwirrt: »Stimmt etwas nicht?«

»Im Gegenteil! Das ist eine ausgezeichnete Idee, ich muß dir gratulieren.«

Linda errötete vor Freude, auch weil er sie spontan geduzt hatte. »Wir sollten mit den Baustellen beginnen, auf denen die Arbeiten schon weiter fortgeschritten sind. Heutzutage kaufen immer weniger Leute aufgrund von Bauzeichnungen«, fügte sie hinzu.

»Und ich hielt Sie ...«

»Bleiben wir ruhig beim Du. Wofür hast du mich gehalten?«

»Für jemanden, der immer in den Wolken schwebt«, gab er offen zu.

»Gute Ideen kommen immer von oben.« Sie lachte, nicht im geringsten beleidigt.

»Ich beginne mich zu fragen, was ich ohne dich machen würde«, sagte auch er lachend.

Die unerwartete Leistungsfähigkeit von Linda und den Verkäufern veränderte nachhaltig die Einstellung, mit der er die Leitung der Agentur übernommen hatte. Ohne ihre Erfahrung und ihre Ideen hätten alle Pläne für eine Wiederbelebung des Geschäfts elendig scheitern müssen.

Schon nach einer Woche zeigten die persönlichen Besuche bei den Baufirmen Erfolg. Die Agentur Morelli erhielt einen Exklusivvertrag für den Verkauf zweier Reihenhauskomplexe an den Mailänder Seen, einer Tiefgarage mit dreißig Stellplätzen im Raum Fiera und zweier eleganter Penthousewohnungen auf dem Corso di Porta Romana. Matteo beschloß, diese Erfolge zu feiern, und lud alle Angestellten und Außendienstverkäufer zu einem Abendessen ein.

»Welches Restaurant schlägst du vor?« fragte er Linda.

»Das kommt darauf an, was dir vorschwebt: Willst du uns mit deiner Vornehmheit und Großzügigkeit beeindrucken oder zu einem fröhlichen Gelage einladen?«

Es war typisch für sie, Fragen so zu formulieren, daß sie die gewünschte Antwort erhielt, soviel hatte er inzwischen herausbekommen. »Natürlich möchte ich lieber ein fröhliches Gelage.«

»Dann kenne ich eine alte Osteria in der Nähe von Segrate, die bei solchen Anlässen unschlagbar ist. Die Besitzerin ist eine siebzigjährige Witwe, die nur noch auf Vorbestellung und für Freunde kocht: dafür aber himmlisch!«

»Ich lasse dir freie Hand.«

Das Essen wurde für den folgenden Freitag angesetzt. Linda kopierte einen Plan mit der Wegbeschreibung und verteilte ihn an die Kollegen: Sie sollten sich um acht Uhr vor Ort treffen.

Matteo holte Linda mit dem Wagen ab und mußte zehn Minuten im Hauseingang auf sie warten. Schließlich stürzte sie völlig außer Atem und mit finsterem Gesicht heraus, doch zunächst fiel ihm das gar nicht auf. Was ihn beeindruckte, war ihre überraschende Wandlung: In Jeans und Mocassins, mit Pferdeschwanz und ungeschminktem Gesicht wirkte sie fast wie eine Internatsschülerin bei ihrer ersten Verabredung. »Ich habe dich noch nie so gesehen«, sagte er, als er ihr die Autotür aufhielt.

»Diese dämliche Babysitterin ist noch nicht gekommen«, schimpfte sie beim Einsteigen. Ich habe die Kinder abends noch nie allein gelassen, ich hoffe ...«

»Sollen wir noch einen Augenblick warten?«

»In einer Viertelstunde tischt die Chefin auf, und wir sind jetzt schon zu spät dran. Außerdem geht die Babysitterin nicht mehr ans Telefon, sie ist sicher auf dem Weg hierher.«

Sie kramte in der Tasche nach einem Päckchen Zigaretten. Als sie eine anzünden wollte, überlegte sie es sich doch wieder anders. »Ich sollte endlich damit aufhören«, knurrte sie.

»Soll das heißen, ich muß bald nicht mehr in eine Rauchwolke gehüllt arbeiten?«

»Dreißig Sekunden an einer roten Ampel zu stehen ist wie das Passivrauchen von zwanzig Zigaretten.«

»Auch wenn das so wäre, würden mir trotzdem deine zwanzig erspart bleiben.«

»Ich bin nervös, Matteo. Provoziere mich lieber nicht.«

Er reichte ihr sein Handy. »Willst du anrufen und fragen, ob die Babysitterin da ist?«

Linda schüttelte den Kopf. »Sobald sie da ist, zieht sie den Stecker raus, damit Francesco einschlafen kann.«

Zwei Stunden später schienen Lindas Angst und Nervosität verflogen. Zum erstenmal sah Matteo sie außerhalb des Büros, und sie erwies sich als unerschöpflicher Quell von Überraschungen: Sie war unzweifelhaft eine außergewöhnliche Frau, lebhaft und faszinierend. Nach dem Essen war die Stimmung so ungezwungen, daß die Angestellten zu singen begannen, Witze erzählten und schließlich ein Glücksspiel improvisierten: Matteo fühlte sich wie früher auf einer Klassenfahrt.

Er merkte jedoch, wie sich von Zeit zu Zeit Lindas Gesicht verfinsterte: Sicher dachte sie an ihre Kinder. Es war merkwürdig, daß sie sich geweigert hatte, zu Hause anzurufen. Er hatte es ihr einige Male vorgeschlagen, doch er hatte lediglich zur Antwort bekommen: »Auf gar keinen Fall, nachher hat die Babysitterin vergessen, den Stecker wieder einzustöpseln, oder nimmt einfach nicht ab. Ich würde glatt einen Herzinfarkt bekommen!«

Ganz gleich, ob es unlogisch, ja geradezu masochistisch war, diese Frau hörte nicht auf, ihn zu verblüffen.

Die letzte, leider ziemlich unangenehme Überraschung erwartete ihn am Ende des Abends. Es war halb drei: Matteo hatte gerade den Wagen vor Lindas Haus geparkt und sie zur Tür begleitet, als ein Mann herausgeschossen kam.

Linda blieb wie vom Blitz getroffen stehen. »Antonio!« rief sie zugleich überrascht und erschrocken. »Was machst du denn hier, um diese Zeit?«

Der Mann kam bedrohlich auf sie zu. »Eigentlich müßte ich dich fragen, wo du dich um diese Zeit herumtreibst! Was bist du nur für eine Mutter? Wie kannst du zwei Kinder allein zu Hause lassen?«

»Ist ... ist etwas passiert?« Lindas Stimme war von Panik verzerrt.

»Carlotta hat um zehn angerufen. Der Junge hatte hohes Fieber, und sie wußte nicht, was sie tun sollte! Also mußte ich hierher rasen, den Notarzt rufen, in die Apotheke gehen und ...«

»Wie geht es ihm jetzt?«

»Sie sind beide eingeschlafen. Was bist du nur für eine Mutter?« wiederholte er wütend.

Matteo trat einen Schritt vor. »Linda war gerade bei einem Geschäftsessen. Ich bin Morelli, der Inhaber der Agentur.«

Der Mann winkte ungeduldig ab, als wolle er sagen, daß ihn das nicht interessierte, und fuhr fort: »Wegen deiner Gewissenlosigkeit mußte ich meine Frau und meinen Sohn alleine lassen.«

»Carlotta ist auch deine Tochter«, flüsterte Linda.

»Aber es ging ja nicht ihr schlecht! Dieses Kind ist ein Fremder für mich ... und auch für sie. Was ist dir nur in den Sinn gekommen, es zu adoptieren, bei dem Leben, das du führst? Ich glaube langsam, daß meine Tochter ihre Freizeit und ihre Nächte damit verbringt, die Babysitterin für dich zu spielen! Wolltest du sie mir deshalb nicht geben?«

»Jetzt reicht's,« unterbrach ihn Matteo, der vor Empörung kochte.

»Sie geht das gar nichts an. Das Problem betrifft nur mich und meine Exfrau.«

»Dann versuchen Sie, es sachlich zu lösen, statt so einen Unsinn zu reden und hier herumzubrüllen.«

»Was erlauben Sie sich?« Er wandte sich an Linda. »Nimm mir dein Freundchen außer Reichweite, sonst poliere ich ihm die Fresse.«

»Er ist nicht mein ...«

Matteo schob sie unsanft beiseite und pflanzte sich mit geballten Fäusten vor Antonio auf. »Na los, Meister. Wenn du mit mir streiten willst, ich bin bereit.« Antonio wich unwillkürlich zurück, und Matteo sagte spöttisch: »Es ist einfacher, eine wehrlose Frau anzupöbeln, stimmt's?«

»Hört bitte auf«, mischte Linda sich ein.

Ihr Exmann pflichtete sofort bei: »Ist wohl auch besser so, Schlägereien sind doch jämmerlich, ich bin so etwas nicht gewöhnt.«

Er machte Anstalten, kehrtzumachen und zu gehen, doch Linda packte ihn mit aller Kraft am Arm. »*Du* bist jämmerlich, du hast heute zum erstenmal seit zehn Jahren ein Problem deiner Tochter gelöst, und schon hältst du dich für einen Märtyrer. Du bist jämmerlich, weil du mir vorwirfst, eine schlechte Mutter zu sein, während du ein in jeder Hinsicht nicht vorhandener Vater bist. Hast du je ein Hobby, eine Sorge, eine Freude mit ihr geteilt? Hast du je auch nur eine Lira Unterhalt für sie gezahlt? Du solltest dich einfach nur schämen.« Ihr war die Puste ausgegangen.

»Bist du fertig?«

»Noch nicht. Von nun an wirst du all die Pflichten wahrnehmen, die der Richter und deine Rolle als Vater dir auferlegen, und paß gut auf, daß du es nicht vergißt, sonst zeige ich dich an. Jetzt bin ich fertig.«

»Darüber reden wir noch ...«

»Wenn du Einwände haben solltest, klär das mit meinem Anwalt. Und jetzt verschwinde.«

Antonio ging fluchend zu seinem Auto. Linda sah ihm nach, wie er einstieg und den Motor anließ. Als er hinter der Straßenbiegung verschwunden war, blickte sie Matteo an. »Es tut mir leid, daß du in eine so peinliche Situation mit hineingezogen wurdest.«

»Ich bin entsetzt. Wie konntest du nur so einen Mann heiraten?«

»Das ist eine lange Geschichte. Ich muß jetzt erst einmal nach Hause.«

»Ich komm mit dir rauf.«

»Es ist spät. Mach dir keine Sorgen, ich bin okay ....«

Sie nahm die Schlüssel aus der Tasche und suchte den für die Haustür. Sie zitterte.

Matteo nahm ihr den Bund sanft aus den Händen. »Ich komme mit rauf«, sagte er noch einmal und schloß auf.

VII

Linda zeigte ihm das Wohnzimmer. »Mach es dir schon mal bequem, ich sehe kurz nach, wie es den Kindern geht, und komme gleich nach«, sagte sie und schlich auf Zehenspitzen zur gegenüberliegenden Tür.

Matteo setzte sich und stand sofort wieder auf, er war zu angespannt, um ruhig sitzen zu bleiben. Mehr als die unangenehme Situation beunruhigte ihn die Reaktion, die die Begegnung mit diesem Mann bei ihm ausgelöst hatte. Er empfand Mitleid mit Linda und machte sich Sorgen um sie, und zugleich hatte er Schuldgefühle, weil er nicht gleich begriffen hatte, wie bewundernswert und stark sie war.

In den letzten Wochen war sie immer lange im Büro geblieben, hatte samstags gearbeitet, sonntags die Baustellen besucht: Hatte er sich je gefragt, wieviel sie all das kostete? Während er sie für unorganisiert und ein bißchen verrückt hielt, ihre Verfügbarkeit als selbstverständlich hinnahm, vollbrachte sie wahre Wunder, um Haus und Büro, Kinder und sonstiges Unvorhergesehenes unter einen Hut zu bringen. Und nie hatte sie protestiert oder geklagt, daß sie müde sei.

Die Schulden, die Darlehen, die leichtsinnigen Ehen, die ihm wenige Stunden zuvor noch als Zeichen für ein oberflächliches und ungeregeltes Leben erschienen waren, erkannte er nun als das, was sie waren: bittere Probleme. Allein der Gedanke an Lindas Exmann trieb ihm Zornesröte ins Gesicht. Ein Schurke. Ein Feigling. Und der Verdacht drängte sich ihm auf, daß der zweite nicht viel besser war.

Ich muß etwas tun, um ihr zu helfen, sagte er zu sich selbst, während er zum Bücherregal ging und automatisch zwei Bücher zurückstellte, die herausgefallen waren. Sein Blick fiel auf die silbergerahmten Photos, die auf dem Tischchen gleich daneben standen. Er beugte sich vor, um sie zu betrachten: Linda in ihrem Kommunionskleid, Linda, die auf Schlittschuhen eine Pirouette drehte, Linda mit einem Neugeborenen im Arm,

Linda auf einer Schaukel mit einem kleinen Mädchen auf dem Schoß, das gleiche kleine Mädchen beim Breiessen, ein kleiner Junge, der umherkrabbelt ...

Er nahm das Photo mit Linda im Kommunionskleid in die Hand. Unter dem weißen Spitzenkrönchen blitzte eine feuerrote Strähne hervor. Also sind ihre roten Haare gar nicht gefärbt, dachte er verblüfft. Er betrachtete noch eine Weile die Einzelheiten: Obwohl es sich um das klassische gestellte Bild handelte, blickte Linda fröhlich und mit einem strahlenden Lächeln in die Kamera.

»Entschuldige, ich habe noch kurz mit Carlotta gesprochen, sie ist wach geworden. Und dann habe ich Francesco Fieber gemessen«, sagte Linda und trat hinter ihn.

»Wie geht es ihm?«

»Das Fiebermittel scheint zu wirken, er ist ruhig.« Sie lächelte ihm kurz zu. »Warum stehst du noch?«

»Ich habe mir deine Photos angesehen.« Er zeigte ihr das Bild, das er in der Hand hielt. »Du bist die gleiche geblieben.«

Linda schüttelte traurig den Kopf und setzte sich. »Im Moment fühle ich mich, als wäre ich hundert Jahre alt ... Matteo, ich muß mich noch einmal für das entschuldigen, was gerade passiert ist.«

»Ist es etwa deine Schuld?« erwiderte er und setzte sich neben sie.

»Ich hatte noch nie eine derart heftige Auseinandersetzung mit Antonio wie heute abend. Im Gegenteil, ich war stolz darauf, eine halbwegs zivile Beziehung zu meinen Exmännern zu haben.«

»Was verstehst du unter zivil? Hinzunehmen, daß sie sich wie Mistkerle aufführen, ohne etwas dagegen zu sagen, ohne je um etwas zu bitten?«

»Eine Freundin von mir ist Psychologin, sie sagt, daß ich zum größten Unsinn bereit wäre, nur um meine Überlegenheit zu wahren«, gab Linda ernst zu.

»Und was sagt sie zu deinen Exmännern?«

»Sie beschränkt sich darauf, sie stillschweigend zu verachten.«

»Deine Freundin gefällt mir.«

»Sie ist der wichtigste Mensch für mich, nach meinen Kindern.«

Matteo räusperte sich. »Du hast mir nie gesagt, daß Francesco ein Adoptivkind ist.«

»Bisher ist er leider nur mein Pflegekind. Letztes Jahr habe ich einen Antrag gestellt, um ihn adoptieren zu können. Der Fall ist einem jungen Jugendrichter vorgelegt worden, und in zwei Monaten wird entschieden, ob man ihn mir läßt oder wegnimmt.« Lindas Augen füllten sich mit Tränen.

»*Ihn dir wegnimmt*? Und warum?«

»Ich bin eine alleinstehende Frau, zudem mit zwei mißglückten Ehen, was die Sache noch schlimmer macht. Der Richter ist nicht sicher, ob ich dem Kind die Zuneigung und Geborgenheit geben kann, die es braucht, um glücklich aufzuwachsen«, sagte sie finster.

»Das ist doch verrückt. Hast du wenigstens einen guten Anwalt?«

»Ich habe einen Anwalt, und damit hat es sich. Ich wäre betteln oder stehlen gegangen, um mir den Beistand eines Staranwaltes zu holen, doch meine Freundin, von der ich vorhin erzählte, meint, daß es den Jugendrichter mißtrauisch machen würde, wenn ich mit einem namhaften Juristen ankäme. Weißt du, hier kommt es nicht auf ein gelehrtes Plädoyer oder auf Spitzfindigkeiten an. Der Richter muß sich *selbst* davon überzeugen, daß ich für Francesco die bestmögliche Adoptivmutter sein kann. Und genau deshalb hat meine Freundin Sara es vermieden, wie sonst ihre Beziehungen spielen zu lassen.«

»Aber es muß doch einen Weg geben, diesen Richter zur Vernunft zu bringen!«

»Die Sozialarbeiterin, die mir bis vor kurzem spinnefeind war, ist jetzt auf meiner Seite. Vor zwei Tagen ist ihre Meinung erstmals ins Wanken geraten, und sie hat gesagt, daß sie sich zu meinen Gunsten aussprechen wird.«

»Wie gnädig.«

»Es ist nicht leicht, einer Sozialarbeiterin zu gefallen«, sagte Linda würdevoll. In ihrer Stimme klang ein fast kindlicher Stolz mit, der Matteo rührte und gleich darauf erschreckte. *Du bist gefühllos*, hatte ihm eine seiner ersten Freundinnen vorgeworfen. Und das stimmte. Was geschah plötzlich mit ihm? Er *durfte* sich nicht in dieses Meer von Problemen hineinziehen lassen. Doch sobald er versuchte, wieder er selbst zu werden, er, der für gewöhnlich Komplikationen und Schwierigkeiten aus dem Weg ging, wuchs der Schreck noch. Doch er war inzwischen nicht nur mittendrin: Er war empört, beschämt, und brannte darauf, zu beschützen und zu trösten …

Er sah auf die Uhr, wie immer, wenn er sich unwohl fühlte oder wenn er wieder in die Wirklichkeit zurückfinden wollte.

Linda fing seinen Blick auf und sprang eilig auf. »Es ist schon spät, und ich habe dich lange genug aufgehalten.«

Auch er stand langsam auf. »Ich bin nicht müde.«

»Dafür wirst du morgen früh müde sein … vielmehr heute. Es ist vier Uhr morgens.«

»Ich rufe dich gegen zehn an, um zu hören, wie es dem Kleinen geht.«

Linda sah ihn zerknirscht an. »Ich glaube, ich werde einen Tag freinehmen müssen.«

»Kümmere dich erst einmal um deinen Jungen und mach dir keine Sorgen wegen der Agentur.«

»Carlotta meinte, daß Francesco plötzlich Krämpfe bekommen hat und sie deswegen so erschrocken ist. Vielleicht kam das hohe Fieber von den Krämpfen, aber Francesco hatte so etwas noch nie, und ich möchte den Kinderarzt kommen lassen, damit er ihn etwas genauer untersucht als der Notdienst.«

»Kümmere dich nur um deinen Sohn,« wiederholte Matteo. »Wir schaffen es auch ohne dich.«

»Es tut mir wirklich leid. Ich weiß, wieviel im Moment zu tun ist, und …«

»Linda, hör auf mit deinen Schuldgefühlen.«

Sie nickte stumm. Wenn das nur so einfach wäre, dachte sie,

während sie ihn zur Tür begleitete. Ihre Tage waren ein einziger Wettlauf mit der Zeit, in dem sie ihren Terminen hinterherjagte, und während sie eine Pflicht erfüllte, dachte sie schuldbewußt an eine andere, die sie vernachlässigte.

Um neun Uhr hatte Francesco wieder vierzig Grad Fieber, und kurz darauf, als der Kinderarzt kam, klagte er über heftige Kopfschmerzen. Zwei Tage später war das Fieber trotz der verschriebenen Behandlung immer noch nicht zurückgegangen. Da die Fiebermittel nicht mehr wirkten, stieg die Temperatur wieder. Schließlich empfahl der Kinderarzt, Francesco in ein Krankenhaus einzuweisen, zumindest bis die Untersuchungen abgeschlossen seien und eine Diagnose gestellt würde.

Fünf Tag behielt man ihn dort, bis man endlich ein Virusfieber feststellte, was Linda zwar recht vage erschien, sie jedoch beruhigte. Das Fieber hatte die Krämpfe verursacht. Linda war erleichtert, daß es sich nicht, wie sie insgeheim befürchtet hatte, um die Symptome von Epilepsie handelte (die medizinischen Ratgeber, die sie hektisch wälzte, hatten sie in ihrer Angst nur bestärkt), und holte Francesco nach Hause. Nun galt es wieder, das Problem der Arbeit anzugehen.

In jenen Tagen hatte Matteo sie regelmäßig angerufen und den Jungen sogar im Krankenhaus besucht. Und immer wieder hatte er gesagt, daß sie sich wegen der Arbeit keine Sorgen machen sollte. Doch Linda war sich der Unannehmlichkeiten und der organisatorischen Probleme bewußt, die ihr Fernbleiben verursachte. Da waren Firmen, die sie kontaktiert, Vertragsentwürfe, die sie angefertigt, Termine und Besichtigungen, die sie festgesetzt hatte. Sie *mußte* wieder arbeiten gehen, und sei es auch nur ein paar Stunden am Tag – aber wer sollte für Francesco sorgen? Babysittern traute sie nicht mehr, Sara war gerade erst von einem Kongreß zurückgekehrt und war überbelegt, und die Sozialarbeiterin um Hilfe zu bitten wäre einem Eingeständnis ihrer Adoptionsunwürdigkeit gleichgekommen ... Somit konnte sie sich nur noch an ihre Mutter wenden.

Schon nach den ersten dreißig Sekunden des Telefonats war

ihr *ich kann nicht* eindeutig und endgültig, doch Linda mußte sich noch eine weitere Viertelstunde peinliche Rechtfertigungen, unerwünschte Ratschläge und unterschwellige Vorwürfe anhören.

Kaum daß sie aufgelegt hatte, kam Matteo zu Besuch. Verbittert faßte sie in wenigen Worten die Unterredung mit ihrer Mutter zusammen. »Wie du siehst, behält das eherne *Wer sich die Suppe einbrockt, der löffelt sie auch aus* seine Gültigkeit.«

»Linda, ich habe keine Lust, dir weitere hundertmal zu sagen, daß du dir wegen der Arbeit keine Sorgen machen sollst!«

»Mir wäre lieber, wenn du ein bestimmender und abgebrühter Vorgesetzter wärst. Bei soviel Verständnis fühle ich mich noch schlechter, denn ich weiß genau, daß meine Anwesenheit in der Agentur zur Zeit dringend nötig wäre.«

»Sag ruhig unabdingbar«, spottete Matteo. »Man muß nun einmal Prioritäten setzen.«

Linda war seit acht Tagen zu Hause, als die Prioritäten sich unerwartet verschoben. Der Direktor der Bank, in der Matteo gearbeitet hatte, brachte ihn mit Giovanni Loi in Kontakt, einem Kunden, der Inhaber einer wichtigen Baufirma war. Im Zuge eines Zusammenschlusses mit zwei anderen Unternehmen hatte Loi von einer Gesellschaft, die in finanziellen Schwierigkeiten steckte, einen Wohnkomplex mit achtzig Wohnungen am Gardasee übernommen.

»Zwanzig sind bereits in der Planungsphase verkauft worden,« erklärte Matteo, »doch für die anderen sechzig und für die gewerblichen Räume könnte unsere Agentur die Exklusivrechte bekommen. Alles hängt von …«

»… den Garantien ab, die wir bieten, und dem Prozentsatz, den wir für die Vermittlung nehmen«, unterbrach Linda selbstsicher.

»Falsche Antwort!« fuhr Matteo fort. »Alles hängt von dem Treffen mit dem Inhaber ab und von dem Eindruck, den er von uns gewinnt. Loi ist, wenn ich recht verstanden habe, meinem Vater sehr ähnlich: gleiches Alter, gleiches Mißtrauen allem

Neuen gegenüber, das gleiche Vertrauen in den eigenen Instinkt.«

»Erzähl mir nicht, daß er die gleiche Aversion gegen Informatik und Computer hat!« Da Matteo der Witz offenbar entging, sah sie ihn fragend an. »Wo ist das Problem?«

»Wir müssen ihn nächsten Samstag in seinem Haus in Antibes an der Côte D'Azur besuchen. Er fährt jedes Wochenende dorthin.«

»*Wir* müssen?«

Matteo wich der Frage aus. »Giovanni Loi hält große Stücke auf die Meinung seiner Frau, und sie wird mit ihm in Antibes sein. Ich kann mit älteren Damen nicht besonders gut umgehen, und ich wäre viel entspannter und ruhiger, wenn du mit mir kommen würdest.«

Linda sah ihn neugierig an. »Ich dachte, du hättest eine Freundin.«

»Wir hatten vor drei Monaten eine Auseinandersetzung, und seitdem habe ich nichts mehr von ihr gehört.«

»Das wäre eine gute Gelegenheit, die Beziehung wieder aufleben zu lassen.«

»Linda, ich möchte, daß *du* mitkommst. Wir könnten neben dem üblichen Austausch von Banalitäten auch über die Arbeit und die Agentur reden. Ich weiß noch viel zu wenig, um mit der entsprechenden Selbstsicherheit auftreten zu können.«

Linda nickte geistesabwesend. »Mit den Kindern wird das leider problematisch.«

»Das weiß ich doch. Aber ich hätte da einen Vorschlag: Natalina, mein altes Kindermädchen, das noch bei uns lebt, könnte zu dir nach Hause kommen und sich um sie kümmern, während wir weg sind. Ich versichere dir, du kannst dich auf sie verlassen: Sie hat erst meine Mutter, später meine Schwester und mich großgezogen.«

»Ich muß darüber nachdenken.«

»Du mußt nur ja sagen.«

»Wäre denn diese Natalina überhaupt dazu bereit, bei mir zu wohnen?«

»Ich muß sie nur bitten, dann macht sie es schon.«

Linda zögerte. »Ich weiß nicht so recht ... Meine Kinder kennen sie nicht, und für sie ist es vielleicht auch schwierig, in einer fremden Umgebung.«

»Weißt du, was mir machen? Morgen nachmittag bringe ich sie zu dir, und ihr lernt euch alle kennen, dann wird es keine Probleme geben.«

VIII

Sobald er wieder im Büro war, griff Matteo zum Telefon und kündigte sich noch für den gleichen Abend bei seiner Mutter zum Essen an, weil er etwas mit ihr besprechen müsse. Nein, es gab keine Schwierigkeiten mit der Agentur. Nein, Isabella würde nicht mitkommen. Nein, es war nicht nötig, daß auch seine Schwester anwesend war. Nein, es war wirklich nichts *Wichtiges*, er hatte auch keine schlechte Nachricht, im Gegenteil ...

Er legte grinsend auf, mit dem unterschwelligen Sadismus eines Henkers: Seine Mutter war zu neugierig gewesen. Zur Strafe verriet er ihr nichts und ließ sie den ganzen Tag zappeln. Als er am Abend zu ihr ging, war er sich sicher, sie zitternd vor Aufregung an der Tür vorzufinden.

Statt dessen öffnete ihm Natalina. »Deine Mutter fönt sich die Haare, sie hat gesagt, daß du schon einmal die Glühbirne in der Garderobe auswechseln sollst«, sagte sie trocken. Seit sie vor sechs Monaten beim Abstauben des Bücherregals gestürzt war, hatte man ihr verboten, die Leiter zu benutzen. Bis jetzt hatte sie sich noch nicht mit der Einschränkung ihrer Aufgaben abgefunden.

Natalina wollte alles machen und alles schaffen. Matteo konnte sich nicht erinnern, sie je sitzen gesehen zu haben: Selbst wenn sie ihrer großen Leidenschaft nachging und sich das Quiz von Mike Bongiorno im Fernsehen ansah, lief sie im Wohnzimmer hin und her und fand immer etwas zu tun. Klein, muskulös und robust wie ein Stier, mit ernstem und stets wachsamem Blick: Matteo konnte sich nur schwer vorstellen, daß auch sie alt wurde.

Natalina war für ihn und für seine Schwester Paola eine Vertraute, eine Verschworene und eine große Freundin zugleich gewesen. Hinter ihrer griesgrämigen Art und ihrer rauhen Schale verbargen sich die Lebensfreude und die Naivität eines jungen Mädchens. Selbst als Matteo und seine Schwester noch klein waren, hatten sie sie nie als Erwachsene gesehen: Sie spielte mit ihnen, ereiferte sich und konnte auch richtig wütend werden, ohne je die behutsame Nachsicht an den Tag zu legen, die den Großen eigen ist, wenn sie sich mit Kindern beschäftigen. Erst mit den Jahren sollten Matteo und seine Schwester begreifen, wie bitter Natalinas ersten zwanzig Lebensjahre gewesen waren: Sie hatte ihre Geschichte erzählt, als sei es ein Roman, wobei sie die schmerzlichsten Einzelheiten ausließ (vielleicht hatte sie sie verdrängt), um sich voller Eifer den abenteuerlichsten Episoden zu widmen.

Als Kind einer bitterarmen Bauernfamilie in Süditalien geboren, wurde sie mit fünf Jahren von Onkel und Tante nach Amerika gebracht. Während der Onkel und die Tante arbeiten gingen, paßte sie auf deren vier Kinder auf. Sie hatte nie eine Schule besucht und lesen (jedoch nie schreiben) aus den Büchern der kleinen Cousins gelernt. Sie war sechzehn, als der Onkel in dunkle Machenschaften hineingezogen wurde und überstürzt mit der Familie in seine Heimat fliehen mußte. Natalina hinterließ er »als Pfand« einem seiner Partner aus diesen schmutzigen Geschäften.

Bei diesem Partner handelte es sich, wie Natalina sagte, um einen ausgesprochen anständigen Herren, der sie wie eine Tochter in sein Haus aufnahm und sie, sechs Monate nachdem er Witwer geworden war, in den Staat Maryland brachte und heiratete. Leider kam ihr Wagen auf dem Heimweg von der Straße ab, und der Mann war auf der Stelle tot. Seine Kinder ließen die Hochzeitsurkunde verschwinden und setzten Natalina vor die Tür. Da sie bereits die ganze Nacht umhergestreift war und nicht wußte, was sie tun sollte, betrat sie eine katholische Kirche und wartete, bis der Pfarrer seine Predigt beendet hatte, um ihn um Hilfe zu bitten.

Der Pfarrer wandte sich an das Konsulat, und Natalina wurde nach Italien zurückgeschickt. Ihre Mutter war tot, ihr Vater konnte sich nicht mehr an sie erinnern, ihre Geschwister waren Fremde für sie ...

An dieser Stelle, wenn der kleine Matteo und die kleine Paola den Atem anhielten, wurde Natalinas Stimme plötzlich wieder fröhlich und lebhaft: Nun kam der geheimnisvolle Höhepunkt, der kurz und knapp ausfiel wie jedes Happy End. »In dem Hotel an der Küste, wo ich als Zimmermädchen arbeitete, lernte ich eure Großeltern kennen, die dort gerade Ferien machten. Eure Mama war damals noch ein ganz kleines Fräulein. Von da an wich ich ihnen nicht mehr von der Seite.«

Auf ihr Drängen, weiterzuerzählen, sagte Natalina einfach nur schroff: »Was gibt's da noch zu erzählen? Als eure Mama geheiratet hat, bin ich mit ihr gegangen, dann wurdet ihr geboren, und den Rest kennt ihr ja.«

Ist schon sonderbar, dachte Matteo, als er von der Leiter stieg, daß man in den zwei Minuten, die man braucht, um eine Glühbirne auszuwechseln, ein ganzes Leben Revue passieren lassen kann.

»Hast du sie auch ordentlich festgeschraubt?« fragte Natalina mißtrauisch.

»Natürlich! Ich mache *alles* ordentlich«, scherzte er.

»Dafür tauge ich gar nichts mehr, wenn man deiner Mutter glaubt. Gestern hat sie sogar gesagt, es sei zu anstrengend für mich, zu dir zu gehen.«

»Und was hast du gesagt?«

»Ich hab sie sofort zum Schweigen gebracht. *Jetzt ist es aber gut, setz dich hin und ruh dich aus, guck ein bißchen fern* ... Für wen hält die mich, für ihre Sklavin?«

»Mama sorgt sich um dich, weil sie dich gern hat.«

»Sie sorgt sich, weil sie mich für blöd hält. In New York bin ich auch zurechtgekommen, ganz allein, in einer stürmischen Nacht.«

»Ich weiß, ich weiß.«

»Aber Schluß jetzt, sonst rege ich mich nur auf. Setz dich vor den Fernseher, das Essen steht schon auf dem Herd.« Bevor sie in die Küche ging, machte Natalina einen kleinen Schlenker zum Badezimmer und klopfte energisch an die Tür: »Beeil dich mit dem Haarefönen, das Essen ist gleich fertig.«

Matteo merkte sofort, wenn seine Mutter gekränkt war oder irgend etwas auf dem Herzen hatte: Statt sich zurückzuhalten und jegliches Gespräch im Keim zu ersticken, wie man es von jedem anderen beleidigten Gemüt erwartet hätte, gab sie sich übertrieben herzlich und gesprächig. Das war eine ihrer längst durchschauten Strategien, mit der sie ihren Gesprächspartner irreführen wollte, um dann wie aus heiterem Himmel völlig unerwartet zum Angriff überzugehen.

So auch an diesem Abend. Kaum daß seine Mutter sich entschlossen hatte, sich zu ihm zu gesellen, und ihm um den Hals gefallen war, als hätte sie ihn seit Monaten nicht gesehen, stellte Matteo sich schon einmal seelisch auf den unvermeidlichen Augenblick ein, in dem sie zur Sache kommen und ihre Vorwürfe erheben würde. Doch sie waren schon beim Obst angelangt, und seine Mutter machte immer noch fröhlich Konversation und lächelte liebenswert, ohne darüber hinaus das geringste Anzeichen jener Neugier erkennen zu lassen, die er in ihr geweckt zu haben glaubte.

Nun war es Matteo, der klare Anzeichen von Ungeduld erkennen ließ. Worauf wartete sie noch, ehe sie die Katze aus dem Sack ließ? Erst als Natalina sich erhob und ankündigte, daß sie den Kaffee aufsetzen wolle, schenkte seine Mutter ihm ihr x-tes Lächeln. »Ich habe heute mit Isabella gesprochen«, sagte sie beiläufig.

»Wir sehen uns zur Zeit kaum.«

»Sie hat seit drei Monaten nichts von dir gehört.«

»Wir hatten eine Auseinandersetzung und ...«

»Das hat sie mir erzählt.«

»Ich wußte nicht, daß ihr Freundinnen seid«, bemerkte Matteo ironisch.

»Sie ist ein nettes Mädchen. Wann wirst du sie anrufen?«

»Mama, ich glaube nicht ...«

»Paolas Schwiegervater ist sehr gut mit Malavasi befreundet, einem deiner Verkäufer«, unterbrach sie ihn plötzlich.

Matteo sah sie an, als wäre sie verrückt geworden. »Was hat denn jetzt der Schwiegervater von Paola damit zu tun?«

»Malavasi hat ihm erzählt, daß du immer mit deiner Sekretärin zusammen bist.«

»Natürlich, sie ist schließlich meine Sekretärin. Außerdem wollte ich heute abend gerade über sie ...«

»Tu nicht so, als würdest du mich nicht verstehen! Alle wissen, daß diese Frau dir den Kopf verdreht hat!«

»Wer ist *alle*?«

Natalina kehrte mit dem Kaffee zurück, stellte die Tasse vor ihn hin und gab ihm zu verstehen, ruhig zu bleiben. »Trink, solange er heiß ist.«

Seine Mutter verwies Natalina auf ihren Stuhl. »Laß uns bitte ausreden.« Und an ihren Sohn gewandt sagte sie: »Alle in der Agentur. Heute nachmittag wollte ich dich im Büro anrufen, und eine deiner Angestellten hat mir gesagt, daß du zu dieser Frau nach Hause gefahren bist.«

»Sie heißt Linda, Mama. Seit einigen Tagen kann sie nicht ins Büro kommen, weil ihr Kind krank ist, und deshalb mußte ich zu ihr fahren. Um etwas Geschäftliches zu besprechen.«

»Und wer soll diese Linda sein? Ein Finanzgenie?« fragte seine Mutter sarkastisch.

»Sie ist eine unersetzliche Mitarbeiterin«, antwortete er scharf. Er hob den Blick und sah seiner Mutter in die Augen. »Nächsten Samstag muß ich eine kleine Geschäftsreise machen, und Lindas Anwesenheit ist unerläßlich. Heute abend bin ich extra gekommen, um dich zu fragen, ob Natalina ein paar Tage zu ihr ziehen und während ihrer Abwesenheit auf die Kinder aufpassen könnte.«

»Halt Natalina aus der Sache raus!« schrie sie. »Hast du denn den Verstand verloren? Schämst du dich nicht, dich mit einer reifen Frau einzulassen, die zwei Kinder hat und eine Vergangenheit ...«

»Linda ist noch nicht einmal vierzig, und sie ist eine ehrliche und achtbare Person.«

»Also leugnest du nicht! Du hast ein Verhältnis mit ihr!«

»Mama, das geht dich nichts an.« Er zwang sich, ruhig zu bleiben. »Ich bin nur hierhergekommen, um dich zu fragen, ob Natalina bei Linda wohnen kann, während ...«

»Warum fragst du nicht mich?« mischte Natalina sich beleidigt ein. »Habe ich keinen eigenen Mund? Brauche ich die Erlaubnis deiner Mutter, um irgendwo hinzugehen?«

»Du hast recht«, stimmte Matteo erleichtert zu. Er hatte diese unangenehme Szene wirklich nicht vorausgesehen und befürchtete langsam, daß seine Mutter stur bleiben und ihm für die Reise mit Linda einen Strich durch die Rechnung machen würde.

Er lächelte dem Kindermädchen mit einem Augenzwinkern dankbar zu. »Und, tust du mir den Gefallen und ziehst vorübergehend in die Wohnung meiner Sekretärin?«

Natalina schüttelte energisch den Kopf. »Nein.«

Er sah sie verwirrt an. »Was hast du gesagt?«

»*Nein, nein und nochmals nein*«, wiederholte sie im Tonfall eines trotzigen kleinen Mädchens.

Matteo sprang auf. »Trotzdem vielen Dank ...« Er schwieg einen Augenblick. »Von morgen an werde ich dir auch die Mühe ersparen, bei mir sauberzumachen. In deinem Alter muß man vorsichtig sein«, sagte er in dem gleichen trotzigen Ton.

Auch seine Mutter stand auf. »Wenn sonst nichts weiter anliegt, dann kannst du ja gehen.«

»Gibst du mir bitte den Wohnungsschlüssel zurück?«

»Natalina, hol ihn bitte.« Sie wandte sich an ihren Sohn. »Du hast vergessen, mir den Grund deiner Reise mitzuteilen. Die

Agentur gehört auch mir und deiner Schwester, und von nun an tätest du gut daran, uns über all deine Vorhaben und Entscheidungen in Kenntnis zu setzen.«

»Ich werde diesen Verkäufer beauftragen, euch auf dem Laufenden zu halten.«

Immer noch bedrückt und mit einem Gefühl von Ungläubigkeit und Widerwillen wachte Matteo um fünf Uhr morgens auf. Noch nie hatte er eine so heftige Auseinandersetzung mit seiner Mutter gehabt, noch war sie jemals derart aggressiv und boshaft gewesen. Doch er war wütender auf sich selbst als auf sie. Warum hatte er der Diskussion nicht gleich ein Ende gesetzt und klargestellt, daß ihn mit Linda lediglich ein Arbeitsverhältnis verband? Was hatte ihn bloß dazu getrieben, seine Mutter glauben zu machen, daß er ein Verhältnis mit Linda hatte?

Alles hatte sich von dem Moment an hochgeschaukelt, als seine Mutter ein mutmaßliches Verhältnis als undenkbar und unpassend darstellte: ihr lieber Junge in den Fängen einer lebenserfahrenen, *reifen* Frau. Ja, genau dieses empörende Vorurteil und diese strikt ablehnende Haltung hatten seine Reaktion ausgelöst – eine Reaktion, die ihm auf einmal überhaupt nicht mehr unbegründet erschien.

Er hatte sich in Linda verliebt, und indem er seine Mutter glauben machte, sie sei seine Geliebte, hatte er nur in der Zeit vorgegriffen. *Er wollte* eine Beziehung mit Linda, und indem er klarstellte, daß es sich bei ihr um eine achtbare Person handelte, hatte er lediglich schon einmal einige Vorkehrungen getroffen. Wenn der Moment einmal käme, würde es keinen Streit, keine Vorwürfe mehr geben. In gewisser Weise war es so besser: Das Thema war vom Tisch, noch bevor es aktuell werden würde.

Was Natalina betraf, so war es vielleicht an der Zeit, sie von ihrem Sockel zu heben. Dieses zum Mythos stilisierte Geschöpf mit dem jugendlichen Elan war zu einer launischen und egoistischen alten Jungfer geworden. Die Zuneigung zu ihr blieb unverändert, doch er zog es vor, sie nicht mehr um sich herum zu haben.

Jetzt aber stellte sich wieder das Problem, das er so leicht zu lösen gehofft hatte: Wem konnte man nun Lindas Kinder anvertrauen? Bevor er ins Büro ging, würde er bei ihr vorbeischauen, um mit ihr darüber zu reden. Natürlich ohne zu erwähnen, was bei seiner Mutter vorgefallen war. Er müßte sich irgend etwas einfallen lassen: daß es Natalina nicht gutging oder daß sie sich einen Fuß gebrochen hatte.

Doch das war gar nicht nötig. Als er um zehn Uhr zu Linda kam, überraschte sie ihn gleich mit der guten Nachricht: Die Freundin Sara hatte am Wochenende frei und würde sich um die Kinder kümmern.

Matteo zwang sich, seine Erleichterung nicht allzusehr durchscheinen zu lassen. »Wenn du meinst, daß es so besser ist ...«

»Meine Kinder kennen sie gut, und ich wollte dein altes Kindermädchen nicht zu sehr strapazieren. Aber willst du dich nicht setzen? Sara ist noch da.«

Sie kniete auf dem Teppich vor Francesco und half ihm, ein Puzzle zusammenzusetzen. Als Linda sie einander vorstellte, blickte sie kurz auf und winkte mit der freien Hand (in der anderen hielt sie eine Zigarette), begleitet von einem lässigen »Hi!«

»Hi«, gab Matteo zurück. Saras Blick ruhte wieder auf dem Puzzle, doch er hatte das Gefühl, in den wenigen Augenblicken vom Scheitel bis zur Sohle analysiert worden zu sein.

»Ich mache dir einen Kaffee«, sagte Linda und verschwand in der Küche. Matteo setzte sich auf die Sofalehne und beugte sich über das Puzzle, um Haltung zu bewahren. Ein Auge von Aladin blickte ihn verschmitzt an. Unter den bunten Kartonstückchen, die zu seinen Füßen ausgebreitet lagen, entdeckte er das andere Auge und hielt es dem Kleinen hin, der lächelnd danach griff. »Danke! Willst du auch mitspielen?«

»Ich bleibe einfach hier sitzen, und wenn ich ein Teil sehe, das du gebrauchen kannst, gebe ich es dir.«

Das Kind streckte die Arme aus. »Aber ich kann alle Teile gebrauchen!«

Matteo strich ihm gerührt und amüsiert zugleich über das Haar. »Dann helfe ich dir, sie zu suchen.« Mit größter Konzentration neigte er den Kopf, und sein Blick fiel auf ein kleines Häufchen Asche, das Sara auf den Teppich gefallen war. Automatisch nahm er einen Silberteller vom Wohnzimmertisch und stellte ihn neben sie.

Sara blickte ihn erneut an. »Botschaft angekommen. Aber das ist kein Aschenbecher, das ist ein Zierteller.« Ihre Augen lachten.

»Das tut mir leid.«

»Warum?« Sie drückte sorgfältig die Zigarette aus. »Wie alle Raucher habe ich ein zwiespältiges Verhältnis zu Aschenbechern.«

»Ich habe nie geraucht.«

»Bravo, das hören wir gern.«

»Mein Vater hat geraucht, allerdings Zigarren«, hörte Matteo sich sagen. Warum mußte die Freundin von Linda ihn so einschüchtern, daß er sich zum Idioten machte? Er kam sich vor wie bei einem Test in der Schule, wo er den Fragen, auf die er nicht vorbereitet war, auswich und den erstbesten Blödsinn von sich gab, der ihm einfiel.

»Sara, entweder wir spielen jetzt, oder ich gehe in mein Zimmer, Trickfilme gucken«, protestierte Francesco.

»Das ist eine gute Idee. Ich muß nämlich gleich arbeiten gehen, aber am Samstag machen wir so viele Puzzles, wie du willst.«

»Ich helfe dir, die Teile wieder in die Schachtel zu tun«, bot Matteo an, in der Hoffnung, daß Linda in der Zwischenzeit aus der Küche zurückkehren würde. Die Vorstellung, mit der Psychologin allein zu bleiben, behagte ihm überhaupt nicht.

»Das mach ich nachher«, entschied der Kleine.

Und schon war auch er verschwunden. Wie lange dauerte es bloß, einen Kaffee zu machen? Sara stand vom Teppich auf, setzte sich auf den Sessel gegenüber und schlug die Beine übereinander. »Wie gefällt Ihnen Ihr neuer Job in der Agentur?« erkundigte sie sich freundlich.

»Sehr gut. Ich habe gehört, daß Sie Lindas Kinder nehmen, und möchte mich recht herzlich für den Gefallen bedanken, den Sie damit indirekt auch mir erweisen.«

Sara warf ihm einen schrägen Blick zu. »Es freut mich, daß Linda Ihnen so hilfreich ist.«

»Am Anfang habe ich sie unterschätzt. Jedenfalls schien sie mir etwas chaotisch und nachlässig, wissen Sie, wie jemand, der immer in den Wolken schwebt ...«

Schon wieder dieser Blick. »So ist sie auch!«

»Wie alle kreativen und begeisterungsfähigen Menschen«, ereiferte sich Matteo. »Dafür hat Linda die außergewöhnliche Gabe, die Probleme an der Wurzel zu packen und sofort die beste Lösung zu finden.«

Sara wurde ernst. »Überschätzen Sie sie nicht. Linda kreist seit Jahren um die gleichen Probleme, und für einige hat sie bisher nur katastrophale Lösungen gefunden.«

Nun war er es, der sie ansah. »Ich habe Antonio kennengelernt, ihren ersten Mann. Das war der widerwärtigste Mensch, der mir je begegnet ist.«

»Wenn Sie erst Fabio, ihren zweiten Mann, kennenlernen, begreifen Sie, daß es immer noch eine Steigerung gibt.«

»Linda hat mir nie von ihm erzählt.«

»Er ist ein selbstverliebter, aufgeblasener Gernegroß und sonst gar nichts. Linda hat ihn praktisch drei Jahre lang ausgehalten, in der Überzeugung, der Nachwelt ein mißverstandenes Genie zu übergeben. Fabios größtes Glück ist, daß noch nicht alle begriffen haben, was für eine Null er ist. Im Moment lebt er bei einer Galeristin mittleren Alters, die ein Vermögen an ihn verschwendet: offiziell, um seine Bilder zu vermarkten, in Wirklichkeit aber, um sich die dankbaren Dienste eines jungen Mannes zu sichern.«

»Unglaublich, daß eine Frau wie Linda solche Typen heiraten konnte. Wie erklären Sie sich das als ihre Freundin?«

Linda kam ins Wohnzimmer zurück, als sein Unbehagen

gerade verflogen war und er im Gegenteil sogar begann, die unverhoffte Gelegenheit zu schätzen, mit ihrer besten Freundin über sie zu sprechen. Natürlich endete die Unterhaltung an diesem Punkt. »Wir sehen uns«, sagte Matteo zu ihr, als sie sich verabschiedeten. Es klang wie der übliche Austausch von Höflichkeiten, doch das war es keineswegs.

IX

Freitag, der Abend vor der Abreise. Linda kam um fünf aus dem Büro und lief in eine nahe gelegene Boutique, wo sie einige Tage zuvor ein schwarzes Kostüm mit atlasüberzogenen Rockaufschlägen und ebensolchen Knöpfen gesehen hatte. Das war genau das klassische Kleidungsstück, das ihr fehlte. Sie hoffte, daß es nicht schon verkauft war, und vor allem, daß sie bargeldlos würde zahlen können.

An der Schaufensterscheibe klebte ein Aufkleber mit einem Kreditkartensymbol, und sie trat ein. Das Kostüm war noch da, doch als sie es anprobierte, stellte sie fest, daß es sie zu einer strengen und vornehmen Dame machte, die sie einfach nicht war. Freundlich schlug sie das Angebot aus, ein grünes Jackett und eine Tunika aus geblümter Seide zu probieren, und steuerte mit großen Schritten die nächste Querstraße, die Via Porpora, an, wo sie ihren Wagen geparkt hatte.

In knapp zwei Stunden sollte Sara zu ihr nach Hause kommen. Bis dahin mußte sie Carlottas Zimmer für sie herrichten, für Carlotta das Schlafsofa in Francescos Zimmer aufklappen, das Abendessen vorbereiten, den Tisch decken.

Sie hoffte, daß die Kinder an diesem Abend schnell einschliefen und die Freundin etwas Interessantes im Fernsehen fände. Sie mußte sich schließlich noch die Haare waschen, die Beine enthaaren, sich entscheiden, welche Kleider sie mitnehmen wollte, den Koffer packen. Ich mache immer alles auf den letzten Drücker, weil ich vorher andauernd etwas anderes zu tun habe, erwiderte sie innerlich mit Zorn auf die Vorhaltungen, die ihr alle ständig machten.

Plötzlich blieb sie wie angewurzelt stehen: Wo war ihr Auto? Sie erinnerte sich genau, daß sie den Wagen am Morgen zwischen dem Blumengeschäft und der Bäckerei geparkt hatte. Jetzt herrschte dort nur gähnende Leere. Sie starrte auf das Nichts, während sie überlegte, was sie tun sollte. Wer konnte bloß einen verbeulten, altersschwachen, zwölf Jahre alten Wagen geklaut haben?

Die Antwort erhielt sie von einer alten Frau, die sich aus einem Fenster im ersten Stock lehnte: Wenn sie den roten Wagen suche, der sei vor zwei Stunden abgeschleppt worden, weil er die Zufahrt zur Garage des Mietshauses blockierte. Erst jetzt bemerkte Linda, daß sie vor einer Einfahrt mit einem riesigen, gut sichtbaren Schild am Tor geparkt hatte.

Sich selbst und ihre Zerstreutheit verfluchend betrat sie eine Bar und rief zu Hause an, um Carlotta zu erklären, was geschehen war, und Bescheid zu sagen, daß sie später käme. Es dauerte länger, als sie dachte, bis sie ihren Wagen wiederhatte, und es war fast neun Uhr, als sie endlich zu Hause eintraf.

Sara hatte den Kindern etwas zu essen gemacht und die Betten für die Nacht vorbereitet. Nun sahen sie sich gemeinsam einen Film im Fernsehen an. »Geh etwas essen und kümmere dich nicht um uns. Ich habe dir ein Kotelett im Ofen gelassen«, sagte sie zu ihr.

Ohne es noch einmal aufzuwärmen, legte Linda das Kotelett zwischen zwei Brötchenhälften und ging kauend in ihr Zimmer. Mit der freien Hand zog sie einen Koffer aus dem oberen Fach im Kleiderschrank und legte ihn aufs Bett. Sie ließ den Schrank offenstehen und betrachtete geistesabwesend ihre Kleider, die darin hingen, während sie sich die letzten Bissen in den Mund schob.

Wenn du alles über eine Frau wissen willst, sieh dir einfach nur ihre Garderobe an, dachte sie ernst. Ein Blick auf ihre Kleider genügte, und man wußte, daß sie einer Frau mit viel Phantasie und einem kleinen Budget gehörten, die fröhlich war, doch ein einfaches Leben führte. Man sah weder Markenklamotten noch Abendgarderobe, sondern nur bunte Kleider und Kombinationen für den Tag, die eindeutig als Freizeitlook einzuordnen waren. »Statt dir hier und da zehn Billigteile zu kaufen, könntest du dir ruhig mal ein Teil mit Klasse leisten«, warf Carlotta ihr stets vor. Wahrscheinlich hatte sie recht.

Zum Teufel damit, dachte sie schulterzuckend. Ich muß ja nicht auf eine Modenschau oder zu einem Empfang bei Hofe, sondern nur zu einem alten Bauunternehmer nach Hause, um mich einer Prüfung durch seine Frau unterziehen zu lassen, während er und Matteo übers Geschäft reden. Entschlossen nahm sie die schlichtesten Kleidungsstücke von den Bügeln und legte sie in den Koffer. Es war fast zehn Uhr, und Francesco war immer noch auf.

Sie ging ins Wohnzimmer, darauf vorbereitet, ihm wie üblich gut zureden zu müssen, um ihn vom Fernseher loszureißen, doch er hatte schon seinen Schlafanzug an. »Sara hat versprochen, daß sie mir *drei* Märchen erzählt«, verkündete er freudig.

»Und ich verspreche, daß ich dir ein schönes Geschenk mitbringe, wenn du morgen ein liebes Kind bist.«

Francesco sah sie überlegen an. »Aber wenn ich böse bin, ist auch nicht schlimm, weil dann hast du das Geschenk ja schon gekauft und gibst es mir trotzdem.«

»Männer«, stöhnte Sara. »Mit vier Jahren wissen sie schon, wo es langgeht.«

Linda enthaarte gerade ihre Beine, als Carlotta sich von ihr verabschieden kam. Sie blieb an der Badezimmertür stehen. »Ich dachte, du gehst auf Geschäftsreise,« bemerkte sie. Doch sie ließ ihr nicht die Zeit, sich zu rechtfertigen. »Mein Vater hat heute angerufen und mich für Sonntag zum Mittagessen eingeladen. Wenn du nichts dagegen hast, kommt er mich abholen und bringt mich auch wieder nach Hause.«

Linda zwang sich, nicht polemisch zu werden. »Meinetwegen.«

»Ich geh ins Bett. Ciao, amüsier dich gut.«

Sie kam zu ihr und hielt ihr eine Wange hin. Carlotta gab ihr nie einen Kuß; sie beschränkte sich darauf, sich graziös küssen zu lassen, und erst vor kurzem hatte sie aufgehört, sich die Wange danach zu reiben, als wollte sie den Abdruck der Lippen wegwischen. Manchmal kam es Linda vor, als empfände ihre Tochter geradezu körperlichen Abscheu vor ihr.

Doch im Moment wollte sie sich nicht mit den üblichen schwarzen Gedanken die Laune verderben. Sie drehte die Brause auf, und als sie die Reste der Enthaarungscreme von den Beinen abgewaschen hatte, verteilte sie Duschöl auf dem ganzen Körper, stellte sich unter den Wasserstrahl und rieb sich kräftig ab. Dann hüllte sie sich in den Bademantel und fönte ihr Haar, wobei sie die kleinste Stufe einschaltete, um keinen unnötigen Lärm zu machen.

Sie klebte gerade belebende Feuchtigkeitspflaster um die Lippen und auf das Kinn, als Sara an die Badezimmertür klopfte. Sie blieb stehen, um sie ebenso perplex und verächtlich anzustarren wie Carlotta eben. »Was hast du dir denn da ins Gesicht geklebt?«

Linda zeigte auf die Schachtel. »Lies selbst.«

Sara überging die Aufforderung. »Du bist achtunddreißig«, sagte sie mit seltsamer Stimme.

»Eben. Wenn ich zwanzig wäre, hätte ich es nicht nötig, mich zu restaurieren.«

»Du bist zu jung für Restaurationen und zu alt für Matteo Morelli.«

»Wovon redest du eigentlich?« fragte Linda steif.

»Matteo ist nicht wie deine Ehemänner. Wenn du dich auf eine Affäre mit ihm einläßt, wird es dir das Herz brechen.«

»Ich verstehe immer noch nicht ...«

»Und auch er wird am Boden zerstört sein, wenn er kapiert, daß er es nicht packt.«

»Dieses ganze Theater wegen acht Jahren Altersunterschied«, platzte sie sarkastisch heraus. »Es geht mir ums Prinzip, damit das klar ist.«

»Warum sprechen wir nicht offen miteinander, Linda?«

»Weil ich morgen um fünf Uhr aufstehen muß.«

»Ruf ihn an und sag ihm, es geht dir nicht gut. Fahr nicht.«

»Bist du verrückt geworden? Wir fahren geschäftlich nach Antibes, falls du das vergessen hast.«

Sara schüttelte den Kopf. »Ihr fahrt schnurstracks ins Bett, und du machst dich so aufgeregt und ungeduldig zurecht wie ein junges Mädchen vor der Hochzeitsnacht.«

»Ich weigere mich, dir weiter zuzuhören.«

»Du erwartest doch nichts anderes, als daß du dich wieder verliebst, und er ist auf der Suche nach der großen Leidenschaft. Ihr seid der klassische Fall zweier falscher Menschen, die sich zum richtigen Zeitpunkt begegnen, um einander das zu geben, was sie brauchen. Doch wenn euch die Leidenschaft nicht mehr genügt, werdet ihr merken, daß ihr gar nicht mehr verlangen könnt. Schlimmer noch: Ihr werdet merken, daß ihr das, was ihr einander geben könnt, überhaupt nicht wollt.«

»Bist du nicht etwas voreilig?« fragte Linda, bemüht, eine Miene aufzusetzen, die irgendwo zwischen skeptisch und gelangweilt lag.

»Ich bin nur besorgt, weil du nicht sehen willst, was auf dich zukommt.«

Sie hob den Kopf. »Vielleicht weiß ich das, und es macht mir gar keine Angst.«

»Genau diese Gewissenlosigkeit hat dich immer dazu gebracht …«

»Nicht jetzt, Sara. Es ist spät, und ich muß schlafen,« brach Linda die Unterhaltung ab.

Als um fünf Uhr der Wecker klingelte, stellte Linda ihn auf sechs. Am Abend zuvor hatte sie sich vorgenommen, ihr Haar mit dem Lockenstab in Form zu bringen, die Nägel zu lackieren, im Schrank nach dem alten Chanelkostüm zu suchen, das Fabio ihr geschenkt hatte, als sie noch verlobt gewesen waren. Doch nach der Unterredung mit der Freundin und der Nacht, die sie hinter sich hatte, hatte sie nicht mehr die geringste Lust dazu. Wie weggeblasen waren die Aufregung und Ungeduld »eines jungen Mädchens vor der Hochzeitsnacht«, sie war ganz langsam in ein schwarzes Loch gefallen. Sara hatte recht: Sie rannte blauäugig in die Katastrophe, getrieben von einem seit Jahren unbemerkten oder unterdrückten Bedürfnis nach Liebe.

Matteo Morelli war ihr zu Beginn als das erschienen, was er war: ein Junge, der Lichtjahre von ihr entfernt war. Nie hätte sie ihn als ein potentielles Objekt ihrer Begierde betrachtet, hätte er nicht angefangen, sie mit eindeutigem Interesse anzusehen und ihre Nähe zu suchen. Doch während ihr Verstand ihr verbot, das zur Kenntnis zu nehmen, lockte ihr Unterbewußtsein sie in die Falle, indem es sie an jede Geste, jeden Blick, jedes Wort erinnerte. Matteos Einladung nach Antibes hatte ihrer Bewußtwerdung brutal auf die Sprünge geholfen: Er liebt mich, und ich liebe ihn, und das ist das einzige, was zählt.

Doch so war es nicht. Wie Sara gesagt hatte, würden sie, sobald die erste Leidenschaft verflogen wäre, einander gleichgültig und ängstlich gegenüberstehen. Er wird eine von tausend elenden Problemen überforderte Familienmutter vor sich sehen, ich einen ungeduldigen Jungen, der nichts lieber täte, als sich davonzumachen, dachte sie. Er wird auf eine junge Frau an seiner Seite warten, mit der er eine gemeinsame Zukunft und eine Familie aufbauen kann, ich werde mich im Morgengrauen davonschleichen, gedemütigt und jammernd.

Wenn ich mich auf ihn einlasse, wird er mir das Herz brechen. Nein, sie durfte nicht fahren. Sie griff mechanisch zum Telefon, zog die Hand jedoch sofort wieder zurück. Matteo um halb sechs wecken, um irgendeine ergreifende Ausrede vorzubringen ... War sie denn verrückt geworden? War es denn möglich, daß sie immer erst eine Dummheit machen mußte, um zu der naheliegendsten Lösung zu gelangen? Wenn sie die Abreise in letzter Minute absagte, würde sie Matteo nur allzu deutlich zu verstehen geben, daß sie Angst vor dem hatte, was sie für ihn empfand, und ihn dadurch zwingen, sich seinerseits zu offenbaren. Und sobald sie das getan hätte, gäbe es kein Zurück mehr für sie.

Es gab nur eine Möglichkeit, diese Gefahr zu bannen: die Distanz wieder herzustellen, die zu Beginn zwischen ihnen bestanden hatte. Von nun an, nahm sie sich vor, würde sie auf das aufregende Verführungsspiel verzichten müssen, um ihm als diejenige vor Augen zu treten, die sie war: eine achtunddreißigjährige Frau mit zwei Kindern, die zwei mißglückte Ehen hinter sich hatte und ein Leben voller Komplikationen führte. Noch hatten sie die Schwelle, hinter der es kein Zurück mehr gab, nicht überschritten, und die ausgebremste und entmutigte Leidenschaft würde unvermeidlich erlöschen.

Als der Wecker erneut klingelte, schlich Linda auf Zehenspitzen aus dem Bett und ging in die Küche, um sich einen Kaffee zu machen. Sie war todmüde. Und verzweifelt.

Um halb sieben ein kurzes Klingeln: Matteo war da. Er wartete vor der Haustür auf sie und nahm sofort ihren Koffer. Mit der anderen Hand führte er sie zum Auto: Ein Sportwagen, mit dem sie ihn noch nie gesehen hatte, der aber zu dem reichen, verwöhnten Jungen paßte, der er war.

»Steig ruhig schon mal ein«, sagte er, während er den Koffer verstaute.

Linda zwang sich, nicht zu jubeln, weil er sie nicht wie eine reife Frau behandelt und ihr die Autotür aufgehalten hatte. »Fahren wir?« fragte er fröhlich, als er startete und sich kurz zu ihr drehte, um sie anzusehen.

Sie nickte stumm. Sie hatte sich vor kaum mehr als einer Stunde auferlegt, sich endlich ihrem Alter entsprechend zu verhalten: Das war eine zu kurze Zeit, um sich klar darüber zu werden, *wie* sie antworten, reden, sich bewegen sollte.

»Alles in Ordnung bei dir zu Hause? Ist deine Freundin Sara pünktlich dagewesen?«

»Ja, alles in Ordnung ... Wie lange fahren wir bis nach Antibes?«

»Nicht länger als vier Stunden, wenn nicht viel Verkehr ist. Bist du müde?«

»Francesco ist letzte Nacht oft aufgewacht«, log sie.

Matteo drehte sich erneut zu ihr, um sie anzusehen. »Du bist wirklich ein bißchen blaß.«

»Das ist meine natürliche Hautfarbe, wenn ich mich nicht schminke.«

»Ungeschminkt und mit offenen Haaren siehst du aus wie ein junges Mädchen«, erwiderte Matteo, und das war ein ernstgemeintes Kompliment.

»Das bin ich schon lange nicht mehr, leider.«

»Du redest ja schon wie meine Mutter!« sagte er lachend. »Als sie fünfzig geworden ist, hat sie uns verboten, ihren Geburtstag zu feiern.«

»Ist auch wirklich kein Grund zum Feiern, wenn man alt wird.«

»Meine Mutter will nur, daß wir vergessen, wie viele Jahre sie auf dem Papier zählt. In Wirklichkeit fühlt sie sich alles andere als alt.«

»Wie alt ist sie jetzt?«

»Zweiundfünfzig.«

Vierzehn Jahre älter als ich, rechnete Linda im Geiste aus. Vor nur vierzehn Jahren war ich vierundzwanzig, und im Handumdrehen bin ich achtunddreißig geworden. Im Handumdrehen werde ich so alt sein wie Matteos Mutter ... Meine besten Jahre liegen schon hinter mir, und ... Es schnürte ihr die Kehle zu.

»Stimmt etwas nicht mit dir, Linda?« Sie standen an einer Ampel, und Matteo sah sie forschend an.

»Ich bin nur müde.«

»Weißt du, daß es das erste Mal ist, seit wir uns kennen, daß ich so etwas aus deinem Munde höre? Du hast eine scheinbar unerschöpfliche Energie und Widerstandskraft, und manchmal frage ich mich ...«

»Ich habe nicht mehr die Energie von früher«, unterbrach sie ihn mit Grabesmine. *Mach dich nur selbst runter, ausgezeichnet.*

»Wer weiß, was du mit sechzig sagst!«

Der fröhliche Klang seiner Stimme heiterte sie keineswegs

auf. Stumm zuckte sie mit den Achseln und lehnte den Kopf zurück. Ich würde alles geben, wenn ich meine Jugend zurückhaben könnte, dachte sie. Ich sitze neben einem Mann, den ich zurückweisen *muß*, weil es mir verboten ist, ihn zu lieben. Jede dämliche Kuh hat das Recht dazu, vorausgesetzt, sie ist jung wie er. Meine besten Jahre sind dahin, ich habe gesetzt und verloren. Mein Gott, warum nur habe ich dieses Alter erreicht ohne einen anständigen Mann an meiner Seite? Was hat mich nur dazu getrieben, mich nach Antonio schon wieder kopfüber in eine Beziehung mit einem Taugenichts zu stürzen? *Ich weiß es nicht*, beantwortete sie sich selbst ihre Fragen. Fabio ist in mein Leben getreten und wieder verschwunden, ohne auch nur eine Spur oder eine Erinnerung zu hinterlassen. Abgesehen von seiner Reaktion, als ich ihm von Francesco erzählt habe. »Ich will keine Kinder, wozu brauchen wir noch ein Kind? Du hast doch schon Carlotta ...« Doch ihr zweiter Mann hatte unzählige Male so armselig reagiert und sich dumm benommen. Und jetzt, da sie zum erstenmal seit drei Jahren an ihn dachte, war sie von diesem Abbild an Egoismus, Eitelkeit und geistiger Armut überwältigt. Nein, ich will mich nicht daran erinnern. Ich will nicht, daß es mir noch schlechter geht. Sie schloß die Augen, um ihre Tränen zu unterdrücken.

»Linda, du mußt mir deinen Ausweis geben.« Matteos Stimme, seine Hand, die sie sanft schüttelte.

»Wo sind wir?« Sie fuhr hoch.

»In Ventimiglia. Es tut mir leid, daß ich dich wecken mußte.«

Linda blickte auf die Tasche auf ihrem Schoß. »Und mir tut es leid, daß ich eingeschlafen bin. Entschuldige«, fügte sie beschämt hinzu und hielt ihm den Paß hin.

»Wofür denn? Du warst offenbar wirklich müde: Du warst schon weg, noch bevor wir die Autobahn erreicht hatten. Sollen wir vor der Grenze noch irgendwo halten und einen Kaffee trinken?«

»Ja, danke, den könnte ich jetzt wirklich gebrauchen.«

X

Wenn sie später an die Fahrt von Ventimiglia nach Antibes zurückdachte, wunderte sich Linda immer wieder darüber, daß sie lediglich eine visuelle Erinnerung daran behalten hatte: Sie erinnerte sich nur an ein ständiges Wechselspiel von Tunneln und Felsen, an Dörfer, die auf Gebirgskämmen und Klippen über dem Meer thronten, fast als hätte sie während der ganzen Reise den Blick nur starr geradeaus gerichtet, wie in Trance. Sehr wahrscheinlich hatte sie sorgfältig daran gearbeitet, das Bild der lebhaften und brillanten Frau zu zerstören, die sie in Matteos Augen war, denn schließlich hatte sie sich verboten, ihn zu ermutigen. Ebenso wahrscheinlich war es, daß die Reise dermaßen bitter und melancholisch verlief, daß ihr Gedächtnis gnädigerweise die Erinnerung daran ausgelöscht hatte.

Sicher war nur, daß weder ihr nachlässiges Äußeres noch die hochmütigen Anspielungen auf ihr nicht mehr ganz jugendliches Alter, nicht der Schlaf, in den sie sich geflüchtet hatte, und auch nicht das darauffolgende düstere Schweigen irgendwie dazu geführt hatten, Matteos Gefühle für sie erkalten zu lassen. Die Trübung der Erinnerung dauerte bis zu dem Augenblick, in dem sie in Antibes ankamen und er ihr eine weiße Villa mit himmelblauen Fensterläden zeigte …

»Das muß die Villa der Lois sein«, sagte er. Er ließ die Hand sinken und legte sie auf ihre Hände, die sie im Schoß gefaltet hatte. »Hör auf, dich zu quälen, Linda.«

»Aber ich …«

Matteo brachte den Wagen vor dem mit Bougainvilleen bewachsenen Gittertor zum Stehen. Er schwieg eine Weile, den Blick ins Nichts gerichtet, dann wandte er sich langsam zu ihr und sah sie an. »Ich liebe dich«, sagte er einfach, als wäre es die natürlichste und selbstverständlichste Sache der Welt.

Noch bevor sie antworten konnte, war Matteo auch schon aus dem Wagen gestiegen. Ein Paar mittleren Alters kam ihnen durch das Tor entgegen. Nun stieg auch Linda aus, mit geröteten Wangen und weichen Knien. Als Giovanni Loi seine Frau Anna vorstellte, war sie selbst überrascht, daß es ihr gelang, zu lächeln und die Hand auszustrecken.

Matteo legte einen Arm um ihre Schultern und sagte scherzhaft: »Das ist Linda, die einzige unentbehrliche Frau in meinem Leben.«

Linda errötete erneut. War es eine indirekte Art, die Gegenwart einer geschätzten Mitarbeiterin in Antibes zu rechtfertigen, oder eine Anspielung darauf, daß ihre Beziehung nicht nur geschäftlicher Natur war? Sie lächelte den Eheleuten Loi verlegen zu. »Ich habe schon zu Zeiten seines Vaters in der Agentur gearbeitet ...«

Die Hausherrin erwiderte das Lächeln und bat sie, einzutreten. Während sie Linda zum Badezimmer begleitete, damit sie sich frisch machen konnte, entschuldigte sie sich, daß sie ihnen keine Unterkunft gewähren konnte: Ihr Sohn und ihre Schwägerin hatten sich überraschend mit einem befreundeten Pärchen angekündigt, und es war nicht genügend Platz für alle. Doch ihr Mann hatte, fügte sie hinzu, zwei Zimmer in einem kleinen Hotel auf einem Hügel reserviert. »Es wird Ihnen sicher gefallen. Vom Balkon aus hat man Blick auf ein Lavendelfeld und das Meer. Mein Mann und ich haben uns vor zehn Jahren sofort in das Städtchen verliebt, als wir uns das Panorama vom Balkon dieses Hotels aus ansahen.«

Anna Loi war eine extrovertierte und herzliche Frau mit schneeweißem Haar und kleinen, hellen Augen, die einen durchdringend ansahen. Sie hielt ihr ein Leinenhandtuch hin und wies auf Reinigungstücher und kleine Seifen in einem Körbchen: »Bedienen Sie sich«, sagte sie freundlich. »Ich seh mal schnell in der Küche nach meiner Fischsuppe. Ich hoffe, sie mögen Fischsuppe.«

»Sehr sogar, vielen Dank.«

Als Linda das Bad verließ, wartete die Frau vor der Tür auf sie. Sie bemerkte sofort, daß sie sich einen Lidstrich gezogen und das Haar gekämmt hatte, das sie nun in einem weicheren

Pferdeschwanz trug. »Das ist ihre natürliche Haarfarbe, stimmt's?«

»Ja. Als ich zwanzig war, habe ich sie dunkler gefärbt, weil ich es nicht mehr ertrug, wie ein Mädchen auszusehen, das sich die Haare rot färbt«, beichtete sie lachend, und schon fühlte sie sich ermutigt und selbstsicher. Diese aufmerksame Frau hatte ihr Haar bemerkt, nicht ihr Alter. Sie dachte bestimmt, daß sie und Matteo ein Verhältnis hatten, und trotzdem zeigte sie sich keineswegs verblüfft oder geringschätzig, ganz als wäre ihr der Altersunterschied nicht aufgefallen.

»Ich muß auch oft lügen, damit ich ehrlich wirke«, sagte Anna Loi mit einem Zwinkern. Sie nahm sie am Arm. »Ich zeige Ihnen nachher das Haus. Aber jetzt sollten wir erst mal wieder zu unseren Männern gehen.«

Matteo und Giovanni Loi hatten es sich auf der blühenden Veranda bequem gemacht, vor ihnen stand eine Flasche Weißwein. Sie setzten sich dazu, und Linda bemerkte sofort, daß etwas nicht stimmte: Im Gegensatz zu seiner Frau schien Loi zögerlich, als fühlte er sich nicht wohl in seiner Haut.

Auch als sie sich zu Tisch begaben, sprach er wenig und machte den Eindruck, als hinge er seinen Gedanken nach. Beim Kaffee schließlich sagte er plötzlich verlegen: »Ich fürchte, Sie haben die Reise umsonst gemacht.«

Linda sah ihn fragend an, und der Mann räusperte sich. »Gestern früh kam der Verwalter der Firma Gerini in mein Büro und hat mir einen Vertragsentwurf mit sehr interessanten Angeboten vorgelegt. Auch wenn ich noch nichts entschieden habe, denke ich, daß ich ihm das Verkaufsmandat für meine Wohnanlage am Gardasee übertragen werde.«

Ohne mit der Wimper zu zucken, steckte Matteo diesen Schlag ein. »Natürlich steht es Ihnen frei, wie Sie sich entscheiden. Aber Sie haben unsere Vorschläge noch nicht gehört.«

Loi schüttelte den Kopf. »Ich will ganz offen sein, Morelli, ich kann mir nicht vorstellen, daß Ihre Agentur mir die gleichen Garantien bieten kann. Die Firma Gerini wirbt regelmäßig in den lokalen Fernsehsendern, und das würde sie auch für meine

Anlage machen. Die Lancierung im Fernsehen würde von einer entsprechenden Printkampagne in den Lokalzeitungen und im *Corriere della Sera* begleitet. Und dann muß man noch berücksichtigen, daß Gerini auch in Privathaushalten präsent ist: In jedem Briefkasten steckt regelmäßig ein Prospekt mit ihren Angeboten ...«

Der Mann legte eine kurze Pause ein, in der er Matteo und Linda einen verlegenen Blick zuwarf, wie jemand, der wider Willen grausam vorgehen muß. »Ich glaube nicht, daß die Agentur Morelli sich die gleichen Investitionen erlauben kann. Was natürlich Ihrer Vertrauenswürdigkeit keinen Abbruch tut«, beeilte er sich hinzuzufügen, »aber ich denke, daß man heute, wenn man an einem Urlaubsort verkaufen will ...«

»Ich verstehe Sie sehr gut, Signor Loi, Sie müssen sich nicht rechtfertigen«, unterbrach ihn Matteo. »Antibes ist wunderbar, Ihre Frau hat ein hervorragendes Mittagessen zubereitet, und somit war unsere Reise keineswegs umsonst.«

Giovanni Loi schien außerordentlich erleichtert. »Ich sehe, Sie sind ein vernünftiger Mensch. Ich versichere Ihnen, daß sich gewiß eine andere Gelegenheit für eine Zusammenarbeit finden wird.«

»Einen Moment bitte«, vernahm man nun Lindas Stimme. »Bevor wir das Thema beenden, möchte ich nur wissen, ob unsere Agentur eine falsche Information erhalten hat. Wir hatten nun wirklich keinerlei Hinweise, daß es sich bei den Wohnkomplexen am Gardasee um einen kostengünstigen *sozialen* Wohnungsbau handelt.«

Matteo sah sie verblüfft an, und der Unternehmer erstarrte. »*Sozialen* Wohnungsbau?« brach er beinahe gekränkt hervor. »Wie kommen Sie denn darauf? Es handelt sich um eine Luxusanlage mit erstklassiger Ausstattung, die eindeutig auf eine gutgestellte Klientel abzielt.«

Linda sah ihn mit offenkundiger Verwirrung an. »Das verstehe ich aber immer noch nicht ... Glauben Sie denn, daß diese Art von Kunden ein Ferienhaus oder ein Ladenlokal aufgrund einer Broschüre im Briefkasten oder einer Werbesendung im Lokalfernsehen kauft?«

»Und warum nicht?« knurrte der Bauunternehmer.

»Weil es sich um Werbemittel handelt, die sofort Assoziationen an Reihenhäuser hervorrufen, an Bungalows, die alle gleich aussehen, komplett möblierte Appartements, kurzum, Knüllerangebote zu Dumping-Preisen, die sich vor allem an Leute richten, die Gemeinschaftsschwimmbäder, Freizeitanlagen mit Barbecue-Abenden und ›individuelle Ratenzahlung‹ attraktiv finden«, sagte sie eindringlich und ohne Luft zu holen.

Das Schweigen des Bauunternehmers und Matteos bewundernder Blick ließen sie vor Befriedigung erschaudern.

»Die Signorina hat recht«, rief Anna Loi.

Linda lächelte ihr zu und setzte ihren Vortrag fort, als spräche sie nur mit ihr. »Ohne der Firma Gerini ihre Seriosität absprechen zu wollen, so habe ich doch meine Zweifel an der ›Flächendeckung‹, die Ihr Mann vorhin ansprach. Die Haushalte werden heutzutage mit Wurfsendungen überhäuft, die meist sofort im Mülleimer landen. Und die lokalen Fernsehsender preisen lediglich diesen oder jenen noch im Bau befindlichen Gebäudekomplex an ... Kurz und gut, es gibt keine Differenzierung in der Vermarktung, und die gleichen An- und Verkaufsagenturen bieten die gleichen Verkaufsschlager mit den gleichen Argumenten an. Mit dem Resultat, daß in den Augen der potentiellen Käufer eine Agentur so gut ist wie die andere ...«

Giovanni Loi dachte eine Weile nach. »Auf welche Argumente beruft sich denn die Agentur Morelli? Also, mal ganz konkret ausgedückt, wie verkaufen Sie die Häuser, die Ihnen anvertraut werden?«

Linda sah Matteo an. »Diese Frage kann Ihnen niemand besser beantworten als er. Wärst du so freundlich?«

Matteo sagte sofort: »All unsere Investitionen sind mehr auf die Suche nach dem optimalen Klienten ausgerichtet als auf eine allgemeine Werbekampagne.«

»Und wie ermitteln Sie diesen Klienten?« fragte Loi interessiert, doch immer noch mißtrauisch.

»Abgesehen von der umfassenden Datenbank, die wir in den vergangenen Monaten zusammengetragen haben, besitzt unsere Agentur Informationskanäle, die ich als privilegiert zu bezeichnen wage. Nehmen wir ein praktisches Beispiel: Die potentiellen Kunden Ihrer Wohnungen am Gardasee sitzen größtenteils in der Lombardei, und die Ladenlokale dürften schätzungsweise Erstlizenznehmer interessieren oder aber Gewerbetreibende, die bereits im selben Raum aktiv sind und sich nach einem repräsentativeren Sitz umsehen. Nun, wir sind in der Lage, schon in wenigen Tagen einen Kundenpool auszumachen. Der nächste Schritt wäre dann, unsere Verkäufer mit jedem potentiellen Kunden in Kontakt zu bringen. Dabei denke ich an einen persönlichen Kontakt auf höchstem Niveau und kein lästiges und aufdringliches Überreden. Aber ich will jetzt nicht zu weit ausholen. Wie Sie schon sagten, werden wir in Zukunft sicher eine andere Möglichkeit finden, zusammenzuarbeiten. Und dann werde ich Sie in meine Agentur einladen und Ihnen im Detail zeigen, wie unsere Strategien und unsere ...«

»Ich habe Ihnen doch gesagt, daß ich bei Gerini noch nichts unterschrieben habe«, unterbrach ihn Giovanni Loi fast beleidigt, »und es ist keineswegs ausgeschlossen, daß ich zu meinem ursprünglichen Entschluß, mit Ihnen ins Geschäft zu kommen, zurückkehre!«

Linda lächelte ihm zu. »Warum haben Sie sich für die Agentur Morelli entschieden, Signor Loi? Ich meine, was hat Sie veranlaßt, überhaupt auf uns zuzukommen?«

Der Bauunternehmer sah Matteo an. »Der Direktor Ihrer Bank hat mir viel Gutes erzählt. Er hat mir gesagt, daß Sie ein handfester und absolut ehrlicher junger Unternehmer sind. Und auch die Informationen, die ich über die Agentur eingeholt habe, sind ausgezeichnet. Ein bißchen ... wie soll ich sagen ... altmodisch. Aber von unbestreitbarer Tradition und Vertrauenswürdigkeit. Ihr Vater hat auf dem Immobilienmarkt einen sehr guten Ruf genossen.«

Matteo warf Linda einen vielsagenden Blick zu. »Ich habe mich darauf beschränkt, ein wenig zu modernisieren und die Arbeit der Agentur zu *optimieren*«, meinte er lachend.

»Sie haben sehr interessante Sachen gesagt, Morelli. Geben Sie mir ein paar Tage Zeit, um mir alles durch den Kopf gehen zu lassen ... Es versteht sich von selbst, daß Sie und Signorina Linda dieses Wochenende in Antibes meine Gäste sind und wir uns noch sehen werden. Heute abend kommt mein Sohn, und ich würde mich freuen, wenn ich Sie ihm vorstellen dürfte.«

Matteo lehnte höflich ab. »Treffen wir uns doch in Mailand. Genießen Sie in diesen zwei Tagen Ihr Haus und Ihre Familie ohne Fremde um Sie herum. Ich werde die Zeit nutzen, um Linda die Gegend zu zeigen.«

»Was heißt denn Fremde? Ich würde mich wirklich freuen, wenn ...«

»Laß doch, Giovanni«, flüsterte seine Frau Anna. »Wenn wir in dem Alter wären, würden wir in dieser schönen Gegend auch lieber auf eigene Faust auf Entdeckungsreise gehen!«

»Das stimmt. Aber ich möchte, oder vielmehr ich bestehe darauf, daß Sie meine Gäste in dem Hotel sind, das ich für Sie reserviert habe.«

Als sie sich verabschiedeten, drückte Loi fest Lindas Hand. »Kompliment, Sie sind wirklich eine patente Frau.«

Anna Loi umarmte sie. »Kommen Sie uns bald wieder besuchen.«

Sie begleiteten sie zum Auto und blieben vor dem Tor stehen und winkten, bis der Wagen hinter einer Kurve verschwunden war.

»Das sind wirklich sehr nette Leute,« seufzte Linda, als sie sich anschnallte. Sie wußte nicht, wo er sie hinbrachte, noch wie lange sie im Auto bleiben würden, doch die Stunden, die sie im Hause Loi verbracht hatten, und das Störmanöver der Agentur Gerini boten genug Gesprächsstoff, um sich nicht auf gefährliches Terrain begeben zu müssen.

Ich liebe dich ... Matteos Worte hatten sie nicht einen

Augenblick verlassen, sie stimmten sie kämpferisch, selbstsicher, euphorisch. Doch schon jetzt versetzte sie der Gedanke, er könnte sie wiederholen, in Angst und Schrecken. »Ich hoffe, daß Giovanni Loi sich doch noch für unsere Agentur entscheidet«, sagte sie, um das heimtückische Schweigen zu brechen.

»Hast du etwa Zweifel daran? Du warst einfach phantastisch. Ich hatte mich schon damit abgefunden, daß uns das Geschäft durch die Lappen gehen würde, und als du angefangen hast zu reden ...«

»Freu dich lieber nicht zu früh. Die von Gerini werden sicher zum Gegenangriff übergehen und ein paar überzeugende Argumente zu ihren Gunsten vorbringen. Unter uns gesagt, der Reklamerummel auf den Lokalsendern, die Anzeigen und all das sind hervorragend.«

»Da stimme ich dir vollkommen zu. Aber du hast sie so geschickt schlechtgemacht, daß Loi sie jetzt geradezu als kontraproduktiv und vulgär ansehen wird. Gott, du hättest dich sehen sollen, wie du diesen Satz betont hast: *sozialer Wohnungsbau*!« Er grinste.

»Ich habe Lois Gesicht gesehen: Es hat genau die Angst ausgedrückt, die ich vermitteln wollte.«

Matteo wurde ernst. »Wenn ich bedenke, daß ich anfangs entschlossen war, dir zu kündigen ...«

Linda fuhr hoch: »Wann?«

»In den ersten Tagen. Ich hatte den Eindruck, daß du nichts auf die Reihe kriegst und völlig konfus bist, infolgedessen absolut überflüssig.«

»Gut, daß du dir das nicht hast anmerken lassen. Ich wäre in Panik ausgebrochen.«

»Ich sage und entscheide nie etwas, wenn ich nicht ganz sicher bin«, gab Matteo feierlich zurück.

War das eine Anspielung auf sein »ich liebe dich« wenige Stunden zuvor? Linda beeilte sich, das Gespräch auf die Arbeit zurückzulenken. »Loi war auch beeindruckt von deinem ...«

»Loi interessiert mich nicht. Ich will über uns beide sprechen, Linda.« Er fuhr plötzlich an den Straßenrand und brachte den Wagen zum Stehen. Dann faßte er sie an den Schultern. »Ich habe noch nie für eine Frau empfunden, was ich für dich empfinde.«

»Ich bin achtunddreißig!«

»Wie könnte ich das vergessen? Du wiederholst es doch andauernd.« Seine Augen blitzten heiter auf.

»Bitte, laß uns ins Hotel fahren.«

»Sofort? Ich wußte gar nicht, daß alte Damen so ungeduldig sind.«

»Matteo, ich bin nicht zum Scherzen aufgelegt«, erwiderte sie finster.

»Dann red nicht so einen Unsinn.«

»Ich hatte schon zwei Ehemänner, während du noch ...«

»Im Gegensatz zu dir hatte ich nicht die Manie, alle Frauen zu heiraten, die mir gefallen haben.«

»*Mädchen*: In deinem Alter verkehrt man noch nicht mit Frauen«, berichtigte sie ihn.

»Vielleicht ist deshalb die erste Frau, die ich getroffen habe, zu meinem Schicksal geworden. Was sagst du dazu?«

»Ich sage gar nichts mehr. Es ist unmöglich, sich mit dir zu unterhalten.«

»Aber genau das versuche ich doch.«

»Dann versuch endlich einmal, ernst zu bleiben. Ich bin acht Jahre älter als du, habe zwei Kinder und einen Haufen Probleme. Schreckt dich das nicht ab? Stellt sich dir nicht einmal das Problem von all den Hindernissen, die uns trennen?«

»Du irrst dich, Linda. Ich bin weder verantwortungslos noch ein überspannter Schwärmer.« Er nahm die Hände von ihren Schultern und blickte vor sich hin. »Ich schäme mich nicht zuzugeben, daß ich mit der Korinthenzählerei eines Buchhalters all die Hindernisse, von denen du sprichst und die auch mir bewußt sind, einkalkuliert habe ... Zum Beispiel das Theater, das meine Mutter macht. Aber letztendlich habe ich kapiert, daß das einzige wirklich Unerträgliche wäre, auf dich verzichten zu müssen.«

Er packte sie erneut an den Schultern. »Obwohl du wie eine verrückte und leichtsinnige Rothaarige wirkst, bist du ein außergewöhnlicher Mensch.«

Das Theater, das meine Mutter macht ... Dieser Satz hatte ihr das Blut in den Adern gefrieren lassen und sie gedemütigt. Linda schob Matteos Arme von sich. »Du scheinst dir ganz schön sicher zu sein, daß auch ich in dich verliebt bin.«

Wieder dieses fröhliche Aufblitzen in seinen Augen. »Ich habe mich darauf beschränkt, es abzuleiten. Nachdem du schamlos all deine außergewöhnlichen Qualitäten zur Schau gestellt hast, hast du plötzlich Panik bekommen und dich zurückgezogen. Heute morgen auf der Fahrt hast du ganz erstaunliche Dinge gesagt und getan, um mich zu entmutigen.«

Linda errötete. »Wie es scheint, war ich nicht gründlich genug«, sagte sie trocken.

»Ich würde eher sagen, daß du meine Intelligenz unterschätzt hast.«

»Matteo, Ich bin wirklich müde. Das ist nicht der geeignete Moment, um ...«

»Einverstanden. Ich bringe dich jetzt ins Hotel und laß dich ein paar Stunden schlafen.«

»Wie ich sehe, lernst du sehr schnell, wie man mit alten Damen umgeht.«

Matteo lachte. »Du mußt immer das letzte Wort haben, stimmt's?«

XI

Linda schloß die Balkontür, zog die Vorhänge zu und legte sich aufs Bett. Das eindrucksvolle Panorama, das Signora Loi so angepriesen hatte, ließ sie völlig kalt, ebenso die harmonische Raffinesse des im provenzalischen Stil eingerichteten Zimmers. Es bedurfte eines gewissen Seelenfriedens und eines freien

Kopfes, um das Naturschauspiel schätzen zu können, und keines von beidem traf auf sie zu.

Die Ungewißheit quälte sie, doch in ihrem Innersten wußte sie sehr wohl, daß sie sich bereits ergeben hatte: Matteo wollte sie mit sehr viel größerer Entschlossenheit haben, als sie aufbringen konnte, um ihn zurückzuweisen. Er war ein Mann von Klasse, wie sie ihn noch nie kennengelernt hatte, ein Mann, von dem jede Frau träumte. *Aber nicht du*, sagte ihr eine Stimme. Seit du ein junges Mädchen bist, hast du immer vor den tollsten und schönsten Jungen, denen, die allen Frauen gefielen, Reißaus genommen. Du hattest Angst, dich mit ihnen messen zu müssen, und vor allem, deine Allmacht, derer du sicher warst, aufs Spiel zu setzen.

Hast du deshalb zwei Versager geheiratet? fragte sie sich entsetzt. Nur weil das Fehlen von Rivalinnen dir Sicherheit gab und weil ihre Dummheit deine Überlegenheit hervorhob? Noch nie hatte sie sich diese Hypothese vor Augen geführt, und noch nie hatte sie die bittere Gewißheit gehabt, der Wahrheit so nahe zu sein. Matteo war nicht der einzige ehrenwerte Mann gewesen, dem sie begegnet war, doch er war der erste, mit dem sie sich zu messen wagte. Und es war verrückt, daß dieser Mut erst in ihr erwacht war, als sie die Kraft ihrer ersten Jugend verloren hatte. Sie würde mit gebrochenem Herzen aus der Sache herausgehen: Doch auch die Vorstellung, auf Matteo zu verzichten, brach ihr das Herz.

Es komme, wie es kommen muß, sagte sie sich und schloß die Augen. Ich will jetzt nicht mehr darüber nachdenken. Doch sie war zu müde, um all die düsteren Gedanken zu vertreiben, die sich in ihrem Kopf tummelten. Sie stand auf, zog die Vorhänge wieder auf und blieb vor dem Balkon stehen. Sie war es nicht gewohnt, nichts zu tun, und diese erzwungene Untätigkeit machte sie seltsam unruhig, als würde sie etwas Wichtiges und Unaufschiebbares vergessen.

Sie trat vom Fenster zurück und begann, ihren Koffer auszupacken. Sie legte das Nachthemd unter das Kopfkissen und stellte die Pantoffeln neben das Bett, dann breitete sie ihre

Kleidung auf einem Sessel aus, um zu entscheiden, was sie am Abend tragen wollte. Wieviel Zeug sie nur mitgenommen hatte! Sie kannte Matteos Programm nicht: In ihrer Unentschlossenheit entschied sie sich für eine dunkle Hose, die sie mit einer Bluse und einem sandfarbenen Cardigan kombinierte. Das war ein Ensemble von Krizia, das sie in einem Secondhandladen gekauft hatte, das einzige, das jeder Situation angemessen war, ganz gleich, ob er beschlossen hatte, sie zum Abendessen in ein elegantes Restaurant zu führen oder mit ihr durch die Gegend zu fahren und dann irgendwo auf dem Weg einzukehren.

Sie stülpte sich eine Plastikhaube über die Haare und ging duschen. Danach fühlte sie sich viel besser. In den Bademantel gehüllt legte sie sich wieder auf das Bett. Es war noch zu früh, um sich zu schminken und anzuziehen.

Matteo kam um sechs zu ihr. Er hatte einen Tisch in einem Restaurant am alten Hafen reserviert und fragte, ob sie bis dahin lieber im Auto die Küste entlangfahren oder das Zentrum von Antibes besichtigen wollte.

»Wenn es dir recht ist, würde ich lieber ein paar Schritte laufen. Außerdem habe ich meinen Kindern Geschenke versprochen, und ich möchte auch Sara eine Kleinigkeit mitbringen,« erklärte sie. Sie vermied es, hinzuzufügen, daß sie, ganz gleich, wohin sie kam, leidenschaftlich gern Jagd auf Märkte und alte Geschäfte machte.

Doch Matteo schien ihre Gedanken zu erraten. »In der Altstadt ist ein typisches Geschäft neben dem anderen. Ich bin sicher, es wird dir gefallen.«

Während er fuhr, erzählte er, daß seine Eltern vor fünf Jahren Urlaub in Antibes gemacht hatten. »Eines Nachmittags bat meine Mutter meinen Vater, ›zehn Minuten‹ in einer Bar auf sie zu warten, weil sie sich ein paar provenzalische Tischtücher ansehen wollte«, erinnerte er sich lachend. »Drei Stunden später war sie immer noch nicht zurück. Mein Vater wollte sie gerade als vermißt melden, als er sie aus der Querstraße kommen sah, beladen mit Päckchen und Paketen. Statt sich zu entschuldigen, beklagte sie sich auch noch, daß sie sich so hetzen mußte!«

»Mir ist mal auf einem Schulausflug in Venedig etwas Ähnliches passiert«, erinnerte sich Linda, die froh war, daß die Diskussion nicht wieder eine persönliche oder peinliche Wendung nahm. »Ich entfernte mich einen Augenblick von der Gruppe, um schnell ein Tierchen aus Kristallglas zu kaufen, das ich in einem Schaufenster gesehen hatte, und als ich wieder aus dem Laden herauskam, waren meine Klassenkameraden und die Lehrer verschwunden. Ich sah auf die Uhr und stellte fest, daß ich mich eine halbe Stunde in dem Geschäft aufgehalten hatte!«

»Und was hast du getan?«

»Jedenfalls habe ich sie nicht gesucht. Ich habe Venedig auf eigene Faust erkundet und die Gruppe um fünf am Bahnhof wieder eingeholt. Zu Fuß, denn ich hatte nicht einmal mehr Geld für die Fähre!«

»Nicht schlecht, für ein kleines Mädchen … Wie alt warst du damals?«

»Dreizehn. Ich war in der dritten Klasse in der Mittelstufe.« *Und du gingst wahrscheinlich noch in den Kindergarten,* dachte sie unwillkürlich. Sie warf ihm einen Blick zu: Wer weiß, vielleicht dachte er gerade dasselbe.

»Dafür war ich ein stiller und gehorsamer Junge. Ich habe nie gewagt, zu schwänzen oder auch nur ohne Hausaufgaben zur Schule zu kommen.«

»Da hast du viel versäumt!«

»Das glaube ich nicht«, erwiderte Matteo ernst. »Die ganze Zeit die Angst im Nacken, aufgerufen oder zum Direktor bestellt zu werden, kann auch nicht so toll sein.«

»Man muß schon das Zeug dazu haben, etwas Verbotenes zu tun. Ich hatte vor nichts Angst!«

»Wie's scheint, hat sich das mit dem Erwachsenwerden geändert.«

»Wenn du auf uns beide anspielst, dann denk daran, daß …« Sie unterbrach sich, weil sie nicht wußte, wie sie den Satz zu

Ende führen sollte. Warum hatte sie ihn bloß mit dieser blöden Bemerkung provoziert? Zum Glück waren sie am Parkplatz angelangt, und die Unterhaltung konnte beendet werden, ehe sie richtig unangenehm wurde.

Matteo peilte eine kleine Lücke an, in die er einparken wollte. Obwohl die Feriensaison noch nicht begonnen hatte, war der Platz voller Autos, und es herrschte reger Verkehr. Es ist schon Mai, und ich habe es gar nicht bemerkt, dachte Linda, als sie die Tür zuschlug. Die Verkehrsinsel war mit blühendem Lavendel bepflanzt, und von den Balkonen der Wohnhäuser wuchsen farbenprächtige Geranien herab. Seit wie vielen Jahren lief sie durch die Welt, ohne nach oben zu blicken?

Matteo nahm sie am Arm. »Wir müssen über den Platz und dort drüben links. Da oben ist es.« Er sah sie verstohlen an. »Wolltest du vorhin etwas über uns beide sagen?«

»Das war nur Blödsinn.«

Sie überquerten den Platz und schlugen die Straße zum historischen Zentrum ein, in einem Schweigen, das Linda immer peinlicher schien. »Ich möchte, daß wir wenigstens heute abend aufhören, so persönliche Gespräche zu führen«, sagte sie plötzlich.

»Das hängt von dir ab, meine Liebe. Ich bin nicht derjenige, der ständig meint, sich verteidigen zu müssen.«

»Was soll das heißen?«

»Egal, worüber wir sprechen, du fängst an zu grübeln, machst Anspielungen oder schneidest direkt das alles überschattende Thema an: die abgrundtiefen Unterschiede zwischen uns beiden.«

»Heute abend könnten wir über Antibes sprechen«, versuchte Linda die Lage zu entschärfen. »Das scheint mir ein sicheres Thema ...«

»Solange wir es vermeiden, von *Alt*stadt zu sprechen, archäologischen Fundstücken oder kleinen Antiquitätenhändlern: Sonst könntest du dich persönlich angegriffen fühlen!«

»Bin ich so empfindlich?«

»Leider ja.«

Der ironische und zugleich verbitterte Ton, in dem er das sagte, traf Linda. Und plötzlich wurde ihr bewußt, daß sie, bevor sie Matteo kennenlernte, nie Komplexe wegen ihres Alters gehabt hatte. »Wenn man sich in einen jüngeren Mann verliebt«, hatte Sara einmal gesagt, »fühlt man sich, selbst wenn man erst fünfundzwanzig ist, fatalerweise als die älteste Partnerin auf der ganzen Welt, und nach kurzer Zeit hat man das Gefühl, daß die Jugend vorbei ist.« Sie sprachen damals über Giulia Marega, eine ihrer Klassenkameradinnen vom Gymnasium, die mit sechsundzwanzig einen Jungen von vierundzwanzig geheiratet hatte und sich mit dreißig zum erstenmal liften ließ.

Ich will nicht auch so paranoid werden, lehnte sich Linda innerlich auf. Ich bin *erst* achtunddreißig, ich bin nicht Gloria Swanson an ihrem Lebensabend. Und Matteo ist ein erwachsener Mann, kein Jüngelchen, das sich von der Freundin seiner Mutter angezogen fühlt. Was auch immer geschehen mag, jetzt sind wir erst einmal hier an diesem wunderschönen Ort. Zum Teufel mit den Problemen.

Sie waren an einem großen Platz mit Karussells, Grünanlagen und einem Kiosk mit einer kleinen Bar unter einer großen Platane angelangt.

»Wenn ich wagen darf, es so zu formulieren, dies ist der *alte* Teil«, sagte Matteo und machte eine demonstrative Geste. Sie begaben sich in den verkehrsberuhigten Ortskern, und Linda sah sich hingerissen um. Die Straße schlängelte sich bergauf, bergab durch ein Labyrinth aus kleinen Gassen, gesäumt von kleinen Restaurants, alten Cafés und Bistros mit verblichenen schmiedeeisernen Schildern und kleinen, in eine Insel aus Grünpflanzen und Blumen eingeschlossenen Tischchen.

Zwischen den Lokalen reihten sich endlos Läden und Geschäfte aneinander: Gewürzläden, Keramikhandlungen, Geschäfte mit provenzalischen Stoffen und Einrichtungsgegenständen, Kunstwerkstätten, Antiquitäten- und Schmuckhändler, Parfümerien, Trödelläden ...

»Ich könnte alles kaufen«, rief sie begeistert.

»Fangen wir mit den Geschenken an«, beschwichtigte Matteo sie. »Vielleicht gefällt Sara eine provenzalische Tischdecke.«

»Sara ißt in der Küche von Plastiktischdecken! Sie ist kaum zu Hause und hat überhaupt keinen Sinn für schönes Geschirr oder Einrichtungsgegenstände. Es ist immer schwierig, ihr etwas zu schenken.«

»Und was schenkst du ihr normalerweise?«

»Korkenzieher: Das ist ihre Leidenschaft. Ich dachte, das wäre das Hobby einiger weniger Irrer, aber du kannst dir nicht vorstellen, wie viele Leute so was sammeln, es gibt richtige Tauschbörsen, und sie reichen untereinander Kataloge und Adressen herum. Manche Exemplare kosten ein paar Millionen Lire. Letzten Sommer habe ich ein Schnäppchen gemacht: Auf einem Flohmarkt zwischen Brescia und Parma habe ich einen Korkenzieher für achtzigtausend gekauft, und später stellte sich heraus, daß es sich um ein seltenes Stück handelte. Er gehörte zu einer limitierten Serie, die ein Weinbauer aus der Gegend von Pavia Ende des achtzehnten Jahrhunderts als Geschenk für seine Kunden herstellen ließ«, schloß Linda aufgeregt.

Sie bemerkte, daß Matteo sie beobachtete. »Du denkst bestimmt, daß ich genauso fanatisch bin wie meine Freundin Sara«, meinte sie lachend. »Vielleicht stimmt das sogar. Märkte sind meine …«

»Ich denke gerade, daß ich verrückt nach dir bin, Linda.«

Sie spürte, wie ihr die Röte in die Wangen schoß. »Ich auch«, flüsterte sie.

Matteo legte einen Arm um ihre Schultern, und engumschlungen liefen sie weiter, sie schwiegen und genossen die Geborgenheit, die dieser Kontakt ihnen gab, und das plötzliche Gefühl der Vertrautheit.

Sie blieben stehen, um ein kleines Radio in Form einer Schildkröte für Francesco zu kaufen und eine Sammlung kleiner Seifen in einem Keramikkrug für Carlotta. Matteo ging zur Kasse und bezahlte, ehe Linda protestieren konnte.

Für Sara kauften sie eine Ledertasche zum Umhängen. »Die paßt gut zu ihr. Außerdem kann man nicht nur von Korkenziehern leben«, sagte Linda befriedigt. Bevor sie weitergingen, legten sie eine kurze Pause ein, um etwas zu trinken.

»Ich möchte dir etwas schenken«, sagte Matteo plötzlich.

»Kommt nicht in Frage! Du hast schon genug ausgegeben!«

»In Wirklichkeit möchte ich dir *alles* schenken«, fügte er hinzu, als hätte er sie nicht gehört.

»Wie es aussieht, treibe ich dich schon jetzt in den Ruin«, sagte Linda in gespielt finsterem Ton.

»Weil ich bald eine alte Dame im Rollstuhl herumschieben werde, oder weil ich mein Hab und Gut für ein unwiderstehliches, bezauberndes Wesen verschwende?«

»Ich bin es gewohnt, *mein* Geld auszugeben. Ich bin nie von Männern beschenkt worden«, erwiderte Linda ernst.

»Jede Pechsträhne hat mal ein Ende.« Er blieb vor einem kleinen Laden mit antikem Schmuck stehen und betrachtete aufmerksam die Broschen und Ringe in der Auslage. Doch als er Linda etwas fragen wollte, bemerkte er, daß sie schon gar nicht mehr neben ihm stand. Er entdeckte sie auf der anderen Straßenseite, vor einem Schaufenster mit grellbunten Bildern.

Verblüfft lief er zu ihr und zog sie am Arm. »Komm, ich habe was für dich gefunden ...«

»Sieh doch mal!« rief Linda begeistert.

»Was denn?«

Sie zeigte auf ein Bild mit gelbem Hintergrund, vor dem drei riesige Äpfel prangten: ein roter, ein grüner und ein gelber.

»Du willst mir doch nicht erzählen, daß dir dieser Schinken gefällt? Es ist einfach furchtbar.«

»Sieh dir doch mal die Äpfel an: Sie sind *glücklich*!«

Matteo mußte sich das Lachen verkneifen. »Wie *das* denn?«

»Sie sind einfach glücklich, da zu sein, voller Stolz auf ihre Farben und in der Gewißheit, daß niemand sie schälen wird, um sie zu essen ...« Lindas Blick kehrte wieder zu dem Bild zurück. »Wenn man diese Äpfel betrachtet, kann man *unmöglich* besorgt oder traurig sein, denn sie strahlen Festigkeit, Sicherheit und Optimismus aus«, schloß sie ernst.

»Also ist es *unmöglich*, es hier zu lassen!« Er machte Anstalten, in das Geschäft zu gehen, doch der Besitzer stand schon in der Tür.

»Wir möchten dieses Bild«, erklärte Matteo in einem Französisch, das Linda perfekt erschien.

Nun ergoß sich der Mann in einen Monolog wie ein Wasserfall, von dem sie nur wenige Wörter verstand: wundervoll, großer Künstler, Preis in Vallauris ... Sie zuckte zusammen, als sie den Preis vernahm: In Lire umgerechnet fast zwei Millionen.

Sie zog Matteo am Arm. »Laß doch. Das ist Betrug.«

Der Besitzer lenkte schleunigst ein. »Mais non ... Ich kann etwas billiger machen«, fügte er in bemühtem Italienisch hinzu.

»Laß es, Matteo«, wiederholte sie.

»Kann ich mit Kreditkarte zahlen?«

Der Mann sprach wieder französisch, und in einem weiteren Redeschwall erklärte er, ja, es sei möglich, er nehme zwar keine Karten, aber man könnte in das Geschäft seines Bruders gehen, es war gleich nebenan, und dort die Zahlung vornehmen.

»Warte hier mit den Äpfeln«, befahl Matteo entschlossen und ging davon. Nach zehn Minuten kehrte er zurück. Der Ladenbesitzer wickelte das Bild in Packpapier und gratulierte nochmals zu dem Kauf.

»Wieviel Nachlaß hat er dir gewährt?« war Lindas erste Frage, als sie wieder auf der Straße waren.

»Keinen. Er hat nicht mehr davon gesprochen, und ich habe ihn nicht danach gefragt. Es schien mit etwas kleinlich, um das Glück und mein erstes Geschenk zu feilschen.«

»Wie kann ich dir danken?«

»Sei einfach selbstsicher und fröhlich wie deine Äpfel.«

Um acht Uhr gingen sie ins Restaurant. Keiner der beiden hatte Hunger, und sie aßen nur wenig. Es war ein merkwürdig schweigsames Abendessen, als fürchteten sie, mit Worten das magische Einverständnis zu zerstören, das sie verband. Beide wußten, daß sie sich in der kommenden Nacht lieben würden, und Linda erkannte in Matteos Blick die eigene Aufregung, die eigene Erwartung, voller Verlangen, doch ohne Eile.

Um halb zehn kehrten sie engumschlungen zum Parkplatz zurück und fuhren zum Hotel.

Linda öffnete die Augen: Matteo hatte sich auf einen Ellbogen gestützt und betrachtete sie. Noch nie hatte sie soviel Bewunderung in dem Blick eines Mannes gesehen.

»Wie spät ist es?« fragte sie und setzte sich auf.

»Fünf. Es ist noch früh, schlaf noch ein bißchen.«

»Ich bin nicht mehr müde ...«

Matteo zog mit dem Finger sanft die Umrisse ihres Gesichtes nach. »Du hast im Schlaf gelächelt. Du bist so schön, daß es mir den Atem verschlägt.«

Linda kuschelte sich an seine Schulter. »Ich frage mich, wie du es machst, mich so sehr zu lieben.«

»Und ich frage mich, wie ich glauben konnte, geliebt zu haben, bevor ich dich kannte.«

»Hast du viele Freundinnen gehabt?« Sie war wirklich neugierig.

»Nur zwei oder drei wichtige. Glaube ich zumindest.«

»Und ... Isabella?«

»Sie war eine davon.«

»Warum habt ihr euch getrennt?« fragte Linda, ermutigt durch das Verb in der Vergangenheitsform.

Er zuckte die Achseln. »Sie wollte eine festere Beziehung, und ich war nicht bereit dazu«, sagte er nach kurzem Zögern.

Auch Linda zögerte. »Ich wollte dir sagen ... Du mußt dich mir gegenüber keineswegs verpflichtet fühlen. Ich weiß, daß unsere Affäre früher oder später zu Ende sein wird, und wenn der Augenblick gekommen ist, wird es keine Szenen und keine Tränen geben. Ich bin trennungserprobt«, fügte sie mit einem Lachen hinzu.

Matteo zwang sie, ihn anzusehen. »Wenn ich dir sage, *ich liebe dich*, was denkst du dann? Was bedeuten diese Worte für dich?«

»Sie drücken ein Gefühl aus, eine Gemütsbewegung ... Man sagt oft *ich liebe dich*!«

»Ich nicht. Und ich habe auch noch nie, wenn ich mit einer Frau geschlafen habe, ein derartiges Gefühl, ein derartiges Verlangen empfunden wie heute nacht. *Ich liebe dich* bedeutet für mich, ich will dich, ich fühle mich wohl bei dir, ich möchte immer mit dir zusammensein. Am Montag werden wir anfangen, eine passende Wohnung zu suchen, in der wir alle zusammen wohnen können.«

»Matteo, das ist noch zu früh! Wir müssen darüber nachdenken, herausfinden, ob ...«

»Ich habe schon nachgedacht und entschieden.«

»Aber da sind noch deine Mutter, meine Kinder ...«

»Ich hatte nicht vor, einen Killer zu bezahlen, damit er sie aus dem Weg räumt. Sie sind da, und wir werden etwas gegen ihren Widerstand und ihre Ängste unternehmen müssen, ohne gleich den Kopf zu verlieren.«

»Ich habe auch Angst!«

»Sieh dir die glücklichen Äpfel an. Was glaubst du, warum ich diese verrückte Investition gemacht habe?«

»Dir vergeht wohl nie die Lust, Witze zu machen.«

Er nahm sie in den Arm und drückte sie an sich. »Mir vergeht nie die Lust auf dich.«

Bei der Berührung seines Körpers spürte Linda, wie sie schwach wurde. Dieser Körper wollte den ihren. Dieser außergewöhnliche und junge Mann liebte sie. Das Glück verschlug ihr den Atem. Wie hoch auch immer der Preis sein wird, den ich dafür zahlen muß, dachte sie, während sie sich an ihn klammerte, er wird niemals zu hoch sein für diese Augenblicke.

Sie spürte, wie er in sie eindrang und innehielt. »Meine Linda ...«, sagte er, und seine Stimme kippte, vom Gefühl überwältigt. Und dann begann er wieder, sich zu bewegen, seine Augen sahen sie an, ekstatisch, verwundert, als hielte er es nicht für möglich, eine derartige Lust zu empfinden.

ZWEITER TEIL

Nichts macht ein Unglück schlimmer als Worte des Trostes.

Chu Hsi

XII

Carlotta kam langsam auf sie zu, den Kopf rasiert und die Beine in graugrünes Armeetuch gewickelt. Trotz der eisigen Kälte trug sie nur ein erbärmliches Baumwollhemd. Plötzlich hob sie ihre Hände, als wollte sie sich vor dem Wind schützen, und Linda sah entsetzt, daß ihre Finger verstümmelt waren und bluteten.

Sie versuchte, ihr entgegenzulaufen, doch es war, als wäre sie am Boden festgenagelt. Sie schrie ihren Namen, brachte jedoch nur einen erstickten Ton hervor. Carlotta überquerte nun die Straße. Ein Mann tauchte plötzlich hinter ihr auf und zog sie zurück, wobei er nervös eine Glocke schwang.

»Lauf weg!« schrie Linda. Aber sie hatte keine Stimme. Sie sah, daß der Mann Antonio war, ihr Exmann, doch die Erleichterung war nur von kurzer Dauer, denn er hatte begonnen, ihre gemeinsame Tochter mit der Glocke zu schlagen, während er sie immer weiter fortzog. Carlotta reckte verzweifelt ihre blutenden Fingerstummel nach ihr, dann verschwand sie hinter einer hohen Mauer, und immer noch läutete die Glocke …

Schlagartig und zitternd vor Angst erwachte Linda und begriff, daß sie schlecht geträumt hatte. Sie seufzte erleichtert. Aber warum hörte diese Glocke nicht auf zu läuten? Es dauerte eine Weile, bis sie begriff, daß es das Telefon war.

Sie streckte die Hand zur Kommode aus und nahm den

Hörer ab. Auf ihr »Hallo?« antwortete eine entschlossene Stimme. »Meinen Sohn, bitte.«

Matteo hatte die Augen geöffnet, und Linda hielt ihm stumm den Hörer hin.

»Wer ist es denn?«

»Deine Mutter.«

»Mama, weißt du eigentlich, wie spät es ist?« fuhr Matteo sie grußlos an.

Sieben, antwortete Linda stumm und stieg aus dem Bett. Sie zog den Morgenmantel über, ging aus dem Zimmer und schloß die Tür hinter sich. Das war das dritte Mal in sechs Monaten, daß Signora Morelli ihren Sohn in der neuen Wohnung anrief, und unglücklicherweise war immer sie es, die den Hörer abnahm. Aber immerhin hat sie Fortschritte gemacht, sagte sie sich sarkastisch. Mit diesem *meinen Sohn, bitte* tat die Signora nicht mehr heuchlerisch so, als wüßte sie nicht, daß sie unter einem Dach wohnten.

»Ist da Fabbri?« hatte sie beim erstenmal gefragt. Fabbri war der Nachname von Fabio, Lindas zweiten Ehemann. Da sie die Stimme von Matteos Mutter nicht kannte, hatte sie die Provokation nicht wahrgenommen. Und da sie dachte, daß sie eine Psychologin oder eine Sozialarbeiterin vom Jugendgericht anrief, hatte sie sich auf ein unsicheres »Wer spricht da?« beschränkt.

»Die Mutter von Anwalt Morelli. Ist mein Sohn zufällig bei Ihnen?«

Beim zweitenmal war Linda nicht mehr in die Falle getappt. Auf die Frage »Ist da Fabbri?« hatte sie bedauernd gesagt: »Tut mir leid, Sie haben sich verwählt«, und hatte aufgelegt.

Das Telefon hatte kurz darauf erneut geklingelt. »Ist das nicht die Nummer der Familie Fabbri?«

»Nein, das ist die Nummer von Matteo Morelli und Linda Parodi.«

Einen Augenblick Schweigen. »Linda Fabbri, geborene Parodi.« Giftig.

»Nicht mehr. Herr Fabio Fabbri und ich sind seit einem

Monat geschieden. Wenn Sie sich mit ihm in Kontakt setzen möchten, sehen Sie bitte im Telefonbuch nach«, hatte sie zuckersüß hinzugefügt.

»Machen Sie keine Geschichten, geben Sie mir meinen Sohn.«

Linda ging in die Küche und setzte sich an den Tisch ihre Schläfen pochten, und sie hatte einen Kloß im Hals. Die Feindseligkeit von Matteos Mutter war eines von vielen Problemen, die sie von Anfang an vorausgesehen hatte, und gewiß nicht das schmerzlichste. War nach diesen sporadischen Anrufen ihr Zorn erst verflogen, konnte sie sie einfach ignorieren.

Leider war das bei Carlotta nicht der Fall. Die Bilder des Traumes von eben jagten ihr eisige Schauer über den Rücken. War der Traum nicht vielleicht eine Vorwarnung? Vielleicht ging es ihrer Tochter wirklich schlecht, und ihr Vater verbot ihr, sie anzurufen ... Oder vielleicht war es sogar Carlotta selbst, die es ihm verbot.

Ihre Treffen in den letzten Monaten waren kurz und schmerzlich gewesen. Die wenigen Male, die Carlotta ihren Bitten, sie vor der Schule zu treffen, nachgegeben hatte, hatten sie sich in die Bar gegenüber gesetzt, und Linda hatte vergeblich versucht, mit ihr zu reden.

Den Blick stur geradeaus gerichtet, mit verschlossenem, gelangweiltem und ungeduldigem Gesichtsausdruck, beschränkte Carlotta sich darauf, ihre Fragen einsilbig zu beantworten. Ja, bei ihrem Vater zu Hause war alles in Ordnung. Nein, sie hatte keine Probleme mit der Stiefmutter. Ja, das Brüderchen war hübsch und wuchs. Ja, die neuen Lehrer gefielen ihr.

Am Ende dieser Treffen, wenn Carlotta aufstand und sie mit einem eisigen »Ich muß jetzt gehen« verließ, ging Linda auf die Toilette und ließ ihren Tränen freien Lauf. Dann wusch sie sich das Gesicht und schminkte sich sorgfältig, bevor sie ins Büro zurückkehrte.

Matteo kam ihr entgegen und sah sie besorgt an. Die ersten Male fragte er sie, wie es gelaufen war. »Gut«, lautete die lakonische Antwort. Mit der Zeit hatte er aufgehört zu fragen, und sie, sich zu überlegen, ob er ihre geröteten Augen bemerkt haben mochte.

Aufgrund eines stillschweigenden Abkommens vermieden sie es, über ihre Probleme zu sprechen. Tagsüber nahm ihre Arbeit sie vollkommen in Anspruch, und abends, wenn sie nach Hause kamen, schickte er die Haushälterin nach Hause und kümmerte sich um Francesco, während sie das Abendessen vorbereitete.

Manchmal hatte sie Schuldgefühle. »Was für ein Leben lasse ich dich führen?« hatte sie ihn eines Abends verbittert gefragt.

»Das Leben, das ich mir ausgesucht habe«, hatte er geantwortet.

Obwohl sie immer auf der Hut war, vermochte sie in Matteos Verhalten nicht das geringste Anzeichen von Reue oder Überdruß zu erkennen. Und all ihre Ängste verschwanden, wenn sie endlich allein im Zimmer waren und er sie in den Arm nahm. Seine Leidenschaft schien unerschöpflich, und doch war es keineswegs nur körperliche Anziehungskraft. Linda war sich voller Stolz bewußt, daß er sie auch als Mensch *mochte:* Er lachte über ihre Witze und neckte sie liebevoll, er war gern mit ihr zusammen. Und bevor er einschlief, suchte seine Hand die ihre, oder er legte einen Arm um ihre Taille.

Doch es verging keine Nacht, in der der Gedanke an Carlotta sie nicht gequält hätte, sobald das Licht gelöscht war. *Ich werde zu meinem Vater ziehen.* Wie sollte sie jemals diesen schrecklichen Augenblick vergessen, in dem sie sie verloren hatte? Sie hatte ihr offen und voller Zärtlichkeit von ihrer Liebe zu Matteo erzählt und von ihren Zukunftsplänen, in dem Wunsch, verstanden zu werden, aber vor allem, sie nicht zu erschrecken oder zu verletzen. Sie hatte sich weder von der ersten Fassungslosigkeit noch von dem mitleidigen und verurteilenden Blick entmutigen lassen, mit dem ihre Tochter ihren Ausführungen gefolgt war. Als sie fertig war, hatte Carlotta mit tonloser Stimme gesagt: »Bist du wirklich entschlossen, mit diesem Matteo zusammenzuleben?«

»Ja.«

»Dann ziehe ich zu meinem Vater.«

Sonst nichts. Drei Stunden später hatte Antonio sie fassungslos angerufen: War sie verrückt geworden, sich auf ein Jüngelchen einzulassen? Er war *äußerst besorgt* um seine Tochter. In Wahrheit aber brachte ihn mehr die Vorstellung aus der Fassung, sie zu sich nehmen und um sie kümmern zu müssen, einen Fremdkörper in der glücklichen neuen Familie zu haben. Aber nachdem er seine Liebe zu Carlotta und seinen Schmerz darüber, das Sorgerecht nicht erhalten zu haben, damals so lauthals verkündet hatte, war es unmöglich, sie zurückzuweisen.

Zwei Monate nach dem Umzug kam der nächste Schlag: Das Jugendgericht hatte »angesichts der Situation, die sich amtlich und auch in der Praxis ergeben hat«, Linda als ungeeignet für eine Adoption erachtet. Francesco sollte »schrittweise« von ihr entwöhnt und auf die Aufnahme in eine neue Familie vorbereitet werden.

Am ersten Morgen, an dem die Sozialarbeiterin und die Psychologin gekommen waren, um ihn abzuholen, hatte Francesco sich an sie geklammert und verzweifelt geschrien, fast als hätte er verstanden, worauf diese Trennung von zwei Tagen hinauslief. Linda hatte ihre Tränen zurückgehalten und ihm beruhigende und tröstende Worte zugeflüstert. Doch als ihr Kind fort war, war sie zusammengebrochen.

Matteo hatte sie den ganzen Morgen im Arm gehalten, erschüttert und hilflos angesichts ihres heftigen Schmerzes. Doch mit den Stunden war seine Empörung immer größer geworden, und schließlich hatte sein Kampfgeist überhandgenommen: Ohne auf Saras Protest Rücksicht zu nehmen, hatte er sich in die Anwaltskanzlei eines der besten Anwälte Mailands begeben und ihm, nachdem er leidenschaftlich und in allen Einzelheiten den Fall von Linda und Francesco dargelegt hatte, freie Hand gelassen, sie bestmöglich zu vertreten.

Der Einspruch war schließlich vor dem Jugendrichter gelandet, und zwar am selben Tag, an dem die Psychologin ihren Bericht über Francesco geschickt hatte: Der Kleine schien »ausgesprochen unruhig und labil« angesichts der Trennung von einer Pflegemutter, mit der ihn »offensichtlich eine starke Zuneigung verband«. Weiterhin erging sich der Bericht in einer allgemeinen beschreibenden Analyse des Verhaltens und der Reaktionen eines Kindes von viereinhalb Jahren und sprach schließlich – für diesen speziellen Fall – »starke und begründete Zweifel« an einer erfolgreichen Integration in eine andere Familie aus.

Das Gericht hatte, wenn auch nur teilweise, dem Einspruch stattgegeben: Das Kind sollte weitere sechs Monate von der Psychologin und der Sozialarbeiterin beobachtet werden, die zeitweiligen Trennungen von der Pflegemutter jedoch wurden vorerst aufgehoben.

Nun waren es nur noch neunundfünfzig Tage, bis die Frist ablief, doch ihr Unterbewußtsein registrierte das erbarmungslose Verstreichen der Zeit: Und jedesmal, wenn Müdigkeit oder Niedergeschlagenheit den Panzer der Selbstbeherrschung ankratzten, schnürte die Angst ihr die Kehle zu.

Dies war einer dieser Momente. Langsam und beschämt, sich selbst als Idiotin beschimpfend, hob sie den Blick zu dem Bild mit den Äpfeln, das gegenüber vom Tisch hing. Sie ruhten reglos auf dem gelben Hintergrund. In hundert Jahren, wenn die Enkel und Urenkel das Bild nicht wegwerfen würden, würden sie immer noch da sein, mit ihrem Stolz auf ihre grellen Farben und ihre Unantastbarkeit. Sie verlangten nichts: Ihre Kraft und ihre Freude bestand einfach nur darin, dazusein.

Ich muß diese Monate überstehen und einfach nur Vertrauen haben, zwang Linda sich zu sagen. Carlotta wird nach Hause zurückkommen, Francesco wird für immer bei mir bleiben, und mit der Zeit wird sich unser Leben wieder normalisieren. Ein winziger Funken Optimismus bahnte sich einen Weg an die Oberfläche. Sie stand auf und steckte den Stecker der Kaffeemaschine ein.

»Machst du mir auch einen Kaffee?« fragte Matteo, der gerade in die Küche kam.

»Ja, natürlich.« Sie stellte zwei Tassen unter die Düsen.

»Schläft Francesco noch?«

»Heute ist Samstag, da geht er nicht in den Kindergarten. Ich gehe später mit ihm in den Park, mit seinem neuen Fahrrad.«

»Ich müßte für den Sohn meiner Schwester ein Geschenk kaufen.«

»Gut. Willst du den Kaffee mit Milch oder ohne?«

»Ohne, danke. Er wird morgen getauft. Meine Mutter hat mich angerufen, um es mir zu sagen.«

»Gut«, wiederholte Linda.

»Was heißt das, *gut*?«

»Ich hab das nur so gesagt, ich habe keine *bedeutsamen* Kommentare auf Lager.«

»Ich schon. Meine Mutter hat mich in die Kirche und zum Essen eingeladen, aber natürlich ohne dich, und ich hab sie natürlich zum Teufel gejagt. Ich werde das Geschäft damit beauftragen, dem Kleinen das Geschenk zukommen zu lassen: Er kann ja nichts dafür ...«

»Wenn du mich fragst, solltest du lieber hingehen«, unterbrach Linda ihn großherzig. Hätte er zugesagt, ohne vorher mit ihr darüber zu sprechen, hätte sie das als Beleidigung aufgefaßt.

»Und warum sollte ich?«

»Sie ist deine Mutter.«

»Aber ich bin nicht mehr ihr Kind. Solange sie mich nicht wie einen Erwachsenen behandelt und meine Entscheidung respektiert, ziehe ich es vor, sie aus der Ferne zu lieben.«

»Wenn du nicht hingehst, wird sie wieder denken, daß ich daran schuld bin, und wird mich noch mehr hassen.«

»Das geht, glaube ich, gar nicht. Ich habe mich entschieden, und damit basta: Die Diskussion ist damit beendet, Linda.«

»Wie lange wollen wir noch so tun, als gäbe es keine Probleme, nur weil wir nicht darüber sprechen?« Endlich war es raus.

Matteo sah sie verbittert an. »Glaubst du, ich hör das nicht, wenn du dich nachts im Bett wälzt? Oder ich merke nicht, wenn du manchmal frustriert bist oder Angst hast? Leider *gibt es keine* Worte, die trösten könnten oder helfen, Klarheit zu schaffen. Unsere Probleme sind gerade deshalb so beängstigend, weil wir warten müssen, bis sie sich von allein lösen. Und darüber zu reden, würde nur dazu führen, daß wir uns wie Masochisten in dieser Angst wälzen.«

Lindas Augen füllten sich mit Tränen. »Warum hast du dich nicht in ein glückliches junges Mädchen verliebt?«

»Das habe ich seit meinem dreizehnten Lebensjahr versucht.« Er näherte sich ihr und legte seine Arme um ihre Schultern. »Das einzige Problem, das wir nicht haben, ist unsere Beziehung, also hör auf, so einen Blödsinn zu denken ... Heute ist Samstag, wieso gehen wir nicht wieder ins Bett?«

»Ich bitte dich, geh zu deiner Mutter.«

»Ist das eine Drohung?« fragte er lächelnd.

»Es ist das erste Mal, daß ich dich um etwas bitte.« Sie verstand selber nicht warum, aber plötzlich wünschte sie aufrichtig und von ganzem Herzen, daß Matteo das Eis mit seiner Mutter brechen möge.

XIII

Sich selbst verfluchend, weil er sich hatte überreden lassen, rief Matteo am nächsten Morgen seine Mutter an, um nachzufragen, in welcher Kirche das Kind getauft werden sollte. Ohne sich ihre Überraschung anmerken zu lassen, so als hätte sie die erbitterte Auseinandersetzung vom Morgen zuvor vergessen, antwortete sie mit der größten Selbstverständlichkeit, daß Paolas Ehemann das Kind bei seinem Onkel taufen lassen wollte, einem Ordensbruder, der gerade von einer Mission in Kenia zurückgekehrt war. Sicher erinnerte er sich noch, er hatte auch die Hochzeitszeremonie ...

»In welcher Kirche?« fiel Matteo ihr ins Wort.

»In der Klosterkapelle, in der deine Schwester geheiratet hat. Fahr aber nicht in die Via Lamarmora, das ist jetzt nämlich eine Einbahnstraße, mach besser einen großen Bogen ...«

»Ich werde mich schon nicht verfahren, Mama. Um wieviel Uhr ist die Taufe?«

»Nach der Elfuhrmesse. Wenn du Natalina und mich abholen könntest, würdest du uns einen großen Gefallen tun.«

»Kann ich leider nicht. Vielleicht komme ich auch erst etwas später«, antwortete Matteo sofort. Ein trockenes »Ciao«, und er legte auf, genervt von dieser Bitte, die mehr ein Befehl gewesen war.

Mehr noch nervte ihn aber der krampfhaft herzliche und ungezwungene Ton seiner Mutter. Sicherlich kam sein Sinneswandel für sie einem Sieg gleich: Auch wenn sie Linda weiterhin ignorierte und provozierte, auch wenn sie immer noch offen Krieg führte, kehrte ihr braver Sohn letzten Endes doch immer reumütig zu ihr zurück, unfähig, sich der mütterlichen Autorität zu entziehen.

Ich gehe nicht hin, beschloß Matteo impulsiv. Sie muß endlich begreifen, daß sie, wenn sie mich will, auch Linda akzeptieren muß. Und solange das nicht geschieht, wird der einzige Kontakt zu mir über diesen Verkäufer laufen.

Er beschloß auch, Linda nichts davon zu sagen. Um Diskussionen zu vermeiden, ging er um halb zehn aus dem Haus. Nach der Taufe war ein gemeinsames Mittagessen vorgesehen, also mußte er bis zum fortgeschrittenen Nachmittag fortbleiben, um kein Mißtrauen zu erregen. Na prima, dachte er, als er in den Wagen stieg, was mache ich jetzt die ganze Zeit? Die Idee kam ihm, als er den Motor anließ: Er konnte die Zeit nutzen und an den Gardasee fahren. Der Wohnkomplex von Giovanni Loi war fertiggestellt, und der Verkauf hatte begonnen. Zanetti und Casio, die beiden Makler der Morelli Immobilien, arbeiteten seit drei Monaten Vollzeit vor Ort, sie würden sich sicher über seinen Besuch freuen. Inzwischen waren nur noch vier Ladenlokale, zwei Penthousewohnungen und vier Zweizimmerwohnungen zu verkaufen: Sie hatten wahre Wunder vollbracht.

Aber das größte Wunder war Lindas beherztes Einschreiten in Antibes gewesen. Es war allein ihr Verdienst, daß nur zwei

Tage später Giovanni Loi angerufen hatte, um ihnen mitzuteilen, daß er ihnen den Vorzug vor der Agentur Gerini gab.

Am Tag vor dem Treffen war Linda bis elf Uhr abends im Büro geblieben, um sich von Erminia zeigen zu lassen, wie die Computer funktionierten. Und am nächsten Tag hatte sie mit der Kompetenz einer Expertin das Gespräch mit Loi geführt. »Mit der Unverfrorenheit einer Expertin«, hatte Linda präzisiert.

Je besser er sie kannte, um so überzeugter war er, an der Seite einer außergewöhnlichen Frau zu leben. Weder die Niederlagen der Vergangenheit noch der viele Kummer der Gegenwart hatten ihrem Elan Abbruch getan. Selbst wenn sie Tränen in den Augen hatte, blitzten sie entschlossen und herausfordernd. Sie war die geborene Kämpferin: waghalsig, impulsiv, unaufhaltsam.

Manchmal warf er ihr vor, in ihren Entschlüssen zu voreilig zu sein. All ihre Probleme waren direkt auf Irrtümer in der Vergangenheit zurückzuführen. »Du müßtest lernen, kritischer und vorsichtiger zu sein«, hatte er einmal bemerkt.

»Im Leben zählt nicht nur gewinnen, sondern auch mitspielen«, hatte sie ernst geantwortet. »Das Schlimmste ist, sich zu Hause zu verkriechen und denen zuzusehen, die gewinnen.«

»Das ist doch dummes Gerede, Linda!«

»Nein, das ist die Wahrheit.«

Er hatte darauf verzichtet, mit ihr zu diskutieren: Weil er sie so liebte, wie sie war. Vielleicht gerade *weil* sie so war. Dinge, die für ihn sonst schlichtweg unerträglich gewesen waren, wie offengelassene, unökonomisch ausgedrückte Zahnpastatuben, Zeitschriften, die überall herumflogen, Klamotten, die vor dem Bett lagen, fand er bei ihr eher belustigend. Manchmal entschuldigte Linda sich sogar. »Du wirst sehen, mit der Zeit werde ich meine Rolle als Hausfrau *optimieren*!« scherzte sie.

Ich liebe diese Frau, dachte Matteo, als er in die Umgehungsstraße einbog. Er war schon fast an dem Mauthäuschen an der Autobahn angelangt, als ihm plötzlich einfiel, daß es völlig unüberlegt war, an den Gardasee zu fahren: Linda hätte es sofort von einem der Makler erfahren. Und nicht nur das: Seine Mutter würde sicher anrufen, wenn er nicht käme, und sie in große Verlegenheit bringen.

Enttäuscht verzog er das Gesicht und fuhr an der ersten Ausfahrt raus: Er mußte wohl oder übel zur Taufe gehen. Als er im Zentrum war, fuhr er, ohne es zu merken, genau den Weg, von dem seine Mutter ihm ausdrücklich abgeraten hatte, und verirrte sich in einem Labyrinth aus Einbahnstraßen. Will ich sie unbewußt ärgern, oder ist das ein konkretes Zeichen des Widerwillens, mit dem ich diese Einladung angenommen habe?

Er kam mit fast einer Stunde Verspätung vor dem Klosterportal an, und während er parkte, bemerkte er Natalina, die ihm Zeichen machte, sich zu beeilen. »Seit einer halben Stunde stehe ich hier draußen«, sagte sie vorwurfsvoll, als er zu ihr kam.

Die Erinnerung an ihr letztes Treffen weckte wieder Matteos Zorn. »Wer hat dich denn darum gebeten? Ich habe mich erst in letzter Sekunde entschieden, zu kommen, beinahe hättest du umsonst gewartet.«

»Ich wollte dich nur vorwarnen, Isabella ist auch da. Ich habe deiner Mutter und Paola gesagt, daß sie sie nicht einladen sollen, aber sie hören ja nicht ...«

»Grüß sie von mir«, unterbrach er sie.

»Was hast du vor?«

»Ich gehe.«

Natalina hielt ihn am Arm fest. »Willst du allen zeigen, daß du Angst hast, Isabella zu begegnen? Oder daß diese Signora dir verboten hat, zu kommen?«

»*Diese Signora* heißt Linda«, schnaubte er. »Und ich bin nur gekommen, weil sie darauf bestanden hat.«

Natalina sah ihn einen Augenblick an. »Dann lauf nicht weg.«

Ohne auf eine Antwort zu warten, zog sie ihn hinein. »Als ich rausgekommen bin, war die Messe schon fast zu Ende. Vielleicht hat die Taufe schon angefangen. Beeilen wir uns.«

Matteo blieb im Eingang stehen, und Natalina wich ihm

nicht von der Seite. »Nach der Zeremonie bieten die Mönche eine Erfrischung an, und dann fahren wir zum Mittagessen nach Hause. Zwei Köche bereiten schon alles vor, sie sind mit einem vollbepackten Lastwagen gekommen«, flüsterte sie.

»Kommt Isabella auch mit?«

»Was sonst, soll man einen Gast mitten in der Feier fortjagen?« Er hielt sie an, leiser zu sprechen. »Meiner Meinung nach schuldest du ihr eine Erklärung«, flüsterte sie ihm ins Ohr. »Solange du sie hinhältst, findet ihr Herz keinen Frieden, und sie gibt die Hoffnung nicht auf.«

»Was für eine *Hoffnung*? Weiß sie nicht, daß ich eine Freundin habe und mit ihr zusammenlebe?«

»Sprich leiser!«

»Ich sage überhaupt nichts mehr.«

Natalina zuckte die Achseln, als wollte sie ihm zu verstehen geben, daß es sie nicht interessierte. »Sie taufen das Kind, gehen wir nach vorne, oder willst du in der hintersten Ecke der Kirche stehenbleiben wie ein Dieb?«

Wider Willen mußte Matteo lächeln: Natalina hatte die gleiche Art, Fragen zu stellen, wie Linda, mit einer einzigen möglichen Antwort. »Gehen wir vor«, sagte er also.

Das Kind wurde auf den Namen Michele getauft, wie er der Stimme des Pfarrers entnahm. Es hatte dichtes schwarzes Haar und kleine Schlitzäuglein. Matteo ertappte sich dabei, wie er es betrachtete, und zum erstenmal fragte er sich, ob er gerne Vater werden würde. Linda nahm die Pille, und sie hatten nie die Möglichkeit in Erwägung gezogen, ein Kind zu bekommen. Und nun, da er es tat, wußte er darauf keine Antwort.

In diesem Moment erblickte ihn seine Schwester Paola und lächelte ihm zu.

Erst bei dem anschließenden Empfang grüßte Matteo und unterhielt sich kurz mit den Gästen. Es waren etwa zwanzig Personen, alles Verwandte seiner Familie und der des Schwagers, mit Ausnahme von Isabella und einem jungen befreundeten Paar. Er vermied tunlichst, sich seiner Exverlobten zu nähern, statt dessen ging er von einer Gruppe zur anderen, lauschte deren belanglosen Gesprächen und nahm daran teil: Das Kind ist wunderhübsch, ausgezeichnet dieser Sekt, Rotwein ist leichter, wir leben in einer Welt ohne Werte, Paola ist so fit, man merkt ihr gar nicht an, daß sie gerade ein Kind bekommen hat, in drei Wochen ist Weihnachten, wie die Zeit verfliegt ...

Irgendwann kam seine Mutter auf ihn zu: »Amüsierst du dich?«

»Sehr, das Kind ist zauberhaft.«

»Du hast mich gar nicht richtig begrüßt. Warum gehst du nicht ein bißchen zu deiner Schwester?«

»Wie ich sehe, ist sie sehr beschäftigt mit ihren Gästen.«

»Welche Gäste? Das sind alles Verwandte und Freunde.« Sie sah ihn kopfschüttelnd an. »Du solltest ein bißchen bei Paola bleiben, es sind ihre letzten Tage in Mailand, und ihr Sohn ist dein einziger Neffe.« Es war typisch für seine Mutter, von einem Thema abrupt zum nächsten überzugehen.

»Wohin geht Paola?«

»Nach Rom. Ihr Mann wurde versetzt, und sie werden umziehen. Sie fahren nach den Feiertagen.«

»Das wußte ich nicht.«

»Woher auch. Du bist ja mittlerweile ein Fremder geworden.« Sie sah ihn von der Seite an. »Du hast dich sogar äußerlich verändert. Das habe ich eben schon zu Isabella und Paola gesagt. Du siehst müde und ungepflegt aus ... Ist dir eigentlich aufgefallen, daß du eine Falte am Kragen hast und daß die Hose nicht richtig gebügelt ist?« fragte sie fast triumphierend.

»Ist mir noch nicht aufgefallen. Jedenfalls arbeitet Linda und hat zwei Kinder, die sie versorgen muß.«

»Eben! Eine Mutter ist eben einfach nicht die richtige Frau für dich.«

»Hast du darüber auch mit Paola und Isabella gesprochen?«

»Isabella ist ein so wunderbares Mädchen. Und du hast sie nicht einmal begrüßt.«

Matteo befand, daß er genug ertragen hatte. Er steckte die

Hand in seine Hosentasche, zog ein Päckchen heraus und gab es seiner Mutter. »Das ist ein Geschenk für das Kind. Gib es Paola und gratuliere ihr von mir«, sagte er eisig.

»Du bist verrückt ... Ist es etwa eine Beleidigung zu sagen, daß eine Frau nicht zu dir *paßt*? Seit du mit ihr zusammenlebst, bist du wie ein tollwütiger Hund!«

»Nimm das Päckchen, Mama.«

Carla Morelli versteckte ihre Hände hinter dem Rücken wie ein kleines Mädchen. »Ich denke gar nicht daran. Gib du es deiner Schwester.«

Matteo legte es unhöflich auf ein kleines Tischchen, das neben ihm stand, machte auf dem Absatz kehrt und ging langsam auf den Ausgang des Saales zu. Er wollte weder auffallen noch aufgehalten werden, noch sich von dieser buckeligen Verwandtschaft, die er seit Jahren nur auf Hochzeiten, Beerdigungen und anderen offiziellen Anlässen sah, verabschieden. Es stimmte, er fühlte sich inzwischen wirklich wie ein Fremder.

Er war am Wagen angelangt und öffnete gerade die Tür, als er hörte, wie seine Schwester ihn rief. »Warte!« Paola war ihm hinterhergelaufen. »Du kannst doch nicht einfach so gehen, ohne dich von mir zu verabschieden!«

»Dann verabschiede ich mich jetzt.«

»Ich bin nicht Isabella oder eine deiner Freundinnen, die du dir nach Belieben nehmen und wieder fallenlassen kannst. Ich bin deine Schwester, wir sind zusammen aufgewachsen, wir haben zusammen gespielt, wir waren immer vereint ...«

»Du bist doch diejenige, die das in den letzten Monaten vergessen hat.«

»Wie hättest du dich denn verhalten, wenn ich mit einem Achtzigjährigen zusammengezogen wäre oder mit einem, der aus dem Gefängnis ausgebrochen ist? Hättest du Beifall geklatscht und mich ermutigt? Oder hättest du nicht eher ...«

»Verschwinde, Paola.«

»Das war doch nur ein Beispiel! Ich weiß ja, daß deine Frau keine Achtzigjährige und keine Kriminelle ist. Aber das ändert nichts daran, daß sie zwei Kinder hat und ein paar Jährchen älter ist als du. Deine Familie macht sich große Sorgen um dich.«

»*Sie* ist meine Familie.«

»Und was sind wir? Gibt es uns nicht mehr? Steigst du jetzt in deinen Wagen und streichst uns mit diesem theatralischen Abgang für immer aus deinem Leben?«

»Ganz genau.«

Paola sah ihn mitleidig an. »Du glaubst wohl, daß es dich ehrt und einen großen Mann aus dir macht, wenn du deine Liebe gegen den Rest der Welt verteidigst!«

»Ich beschränke mich darauf, Linda und mich vor eurer Bosheit zu verteidigen.«

»Vielleicht ist es gerade unsere *Bosheit*, die dich so ehrt. Vielleicht würde deiner großen Liebe zu Linda ganz schnell die Luft ausgehen, wenn du nicht so damit beschäftigt wärst, sie zu verteidigen!«

»Ich bin verliebt in sie, Schwester. Das ist etwas, was du nicht verstehen kannst, weil dein Leben schon von klein auf immer nur deiner Eigenliebe und dem Heischen nach Anerkennung gewidmet war. Du hast dich immer als überragend schön, geistreich, scharfsinnig und begabt betrachtet. Und vom Spielzeug bis zum Ehemann hast du immer nur das Beste gewollt. Endlich kann ich es dir sagen: Du bist mir immer auf die Nerven gegangen. Ich konnte dich nie leiden. Wenn es nach mir gegangen wäre, hätte ich mir dich niemals als Schwester oder Spielkameradin ausgesucht.«

»Diese Frau hat dich einer Gehirnwäsche unterzogen.«

»Wahrscheinlich. Es muß ja eine Erklärung geben, wenn jemand so verrückt ist, nicht zu begreifen, was für ein perfektes Geschöpf du bist.«

»Bist du jetzt fertig?«

»Ich für meinen Teil hätte gar nicht damit angefangen. Gute Reise und viel Glück, Mädel.«

»Einen Moment. Bevor wir uns auf immer Lebewohl sagen, kann ich dich noch etwas fragen?« fragte Paola und sah im in die Augen.

»Schieß los.«

»Warum hast du mich in diesen sechs Monaten nie angerufen?«

»Das ist keine Frage, das ist ...«

»Ich habe darauf gewartet, daß du es tust, weißt du das? Auch wenn wir einander auf die Nerven gegangen sind, haben wir uns immer regelmäßig gesehen, einander geholfen. Ich hätte bei Mama ein gutes Wort einlegen können, wäre gekommen, um Linda kennenzulernen, hätte vielleicht sogar gemerkt, daß ich mich getäuscht habe, als ich sagte, daß sie nicht zu dir paßt.«

»Und warum hast du das nicht getan?«

»Weil nicht ich diejenige war, die meine Wahl vertreten mußte, weil nicht ich meine Frau verteidigen, weil nicht ich beweisen mußte, wie wunderbar und tüchtig sie ist!« Sie hatte ihre Stimme erhoben.

»Worauf willst du hinaus, Paola?«

»Du bist genauso wie ich«, antwortete sie, mit einemmal wieder ganz ruhig. »Schlimmer sogar: Wenn du keinen Applaus bekommst, läßt du den Vorhang fallen, flüchtest von der Bühne und verteufelst die Zuschauer als Dummköpfe, die dich nicht verstanden haben. Warum das Schauspiel fortsetzen, damit die Leute ihre Meinung ändern? Ist doch zu riskant, schließlich könntest du ein weiteres Pfeifkonzert ernten, das dich zwingen würde, dein angenommenes Talent zu hinterfragen.«

»Und jetzt mal ohne Metaphern: Was willst du mir sagen?«

»Du hast deine Familie ferngehalten, aus *Angst*, Linda mit unseren Augen zu sehen und dich fragen zu müssen, ob sie wirklich der außergewöhnliche Mensch ist, den du in ihr siehst. Deine Intelligenz ist überdurchschnittlich wie die meine: Also denk darüber nach. Leb wohl, *ich* wünsche *dir* viel Glück.«

XIV

»Linda, was ist das?« fragte Matteo und schwenkte einen rechteckigen Briefumschlag, der noch ungeöffnet war, obwohl er per Einschreiben geschickt worden war.

»Ein Brief von der Bank … Ich hatte ihn nicht gesehen, wo kommt der her?«

»Von dem Tablett, wo du die Post hortest und vergißt, sie zu lesen. Dieses Einschreiben ist *vier Tage alt.*«

»Ich ziehe eben Francesco zu Ende an und mache ihn dann auf.«

»Francesco ist im Badezimmer, und ich möchte, daß du ihn sofort aufmachst.«

Linda kniff die Lippen zusammen und lächelte verlegen. »Ich weiß schon, was drinsteht, ich bin im Minus. Letzte Woche habe ich eine Felljacke für Carlotta gekauft und ein paar andere Weihnachtsgeschenke, darum …«

»Du hast doch eine Vollmacht für mein Konto, warum zahlst du nicht mit meiner Karte?«

»Du weißt doch, daß ich es nicht ertrage, mich aushalten zu lassen. Es ist schon demütigend genug, daß du die Miete bezahlst, die Haushälterin, die Rechnungen und …«

»Demütigend ist es, Mahnungen von der Bank zu bekommen. Bevor wir ins Büro gehen, fahren wir bei der Bank vorbei und gleichen das Konto aus.«

»Das ist nicht nötig! Morgen überweist Erminia mein Gehalt zusammen mit dem Weihnachtsgeld, und dann kann ich das Konto mit meinem Geld ausgleichen.«

»Das Prinzip gefällt mir nicht, Linda. Es gibt nicht dein Geld und mein Geld: In Familien wird das Geld gemeinsam verwaltet.«

Wir sind keine Familie, Mama … Carlottas verbitterte Stimme, bevor sie Matteo kennenlernte, bevor sie sie verließ.

»Ich rede mit dir, Linda.«

»Wir sind keine Familie«, wiederholte sie mit einem Seufzer.

Matteo sah sie sarkastisch an. »Habe ich irgend etwas versäumt? Zusammenleben, dich lieben, mich verantwortlich für deine Kinder fühlen, Probleme teilen: Ist das etwa nichts? Oder spielst du auf die Legalisierung eines Tatbestandes an?«

»Ich habe nie von Ehe gesprochen!« protestierte Linda.

»Ich auch nicht, schließlich warst du bis vor einem Monat noch nicht einmal geschieden. Aber ich war immer überzeugt, daß wir heiraten würden, sobald du frei bist.«

»Ich will jetzt nicht darüber reden.«

»Einverstanden, der Anwalt wird uns mitteilen, wann du die Angelegenheit ...«

»Ich fühle mich auch so wohl mit dir, ohne Trauschein!«

»Das nehme ich mit Freude zur Kenntnis. Unterdessen sollten wir unseren Haushalt *optimieren*«, sagte Matteo halbernst.

»Auch der ist für mich so in Ordnung, wie er ist.«

»Für mich nicht. Zunächst einmal werden wir die Haushälterin auch morgens kommen lassen: Halbtags reicht nicht, zumal sie sich ab vier Uhr um Francesco kümmern muß.«

»Und was soll sie von morgens bis abends machen? Denk bitte daran, daß samstags und nach Feierabend auch ich mich um den Haushalt kümmere.«

»Cinzia könnte bügeln, Fenster putzen, Schränke aufräumen, Regale abstauben ... Die Wohnung ist groß, und es gibt eine Menge zu tun. Du kannst keine Wunder vollbringen und dir eine Doppelbeschäftigung aufhalsen.«

Linda kniff die Augen zusammen. »Du willst mir damit sagen, daß ich als Hausfrau nichts tauge.«

»Du bist keine Hausfrau, sondern eine Frau, die außer Haus arbeitet. Sehr gut und mit Erfolg, nebenbei bemerkt.«

»Da bin ich ja erleichtert. Versteht sich von selbst, daß du *auch* die Stunden zahlen wirst, die Cinzia zusätzlich arbeitet.«

»Ich dachte, das Thema Geld hätten wir geklärt.«

»*Klären* ist nicht immer gleich lösen. In diesem Fall bleibt leider die Tatsache bestehen, daß ich mich nicht von dir aushalten lassen möchte.«

»Meinetwegen, du kannst Cinzia bezahlen, wenn du dich dann besser fühlst.«

»Ich sehe keinerlei Notwendigkeit, sie den ganzen Tag kommen zu lassen, und ich habe auch kein Geld, das ich aus dem Fenster werfen könnte! Im Gegenteil, ich habe überhaupt kein Geld.«

Matteo seufzte. »Die traurige Wahrheit ist, daß du es zum Fenster rauswirfst. Und das ist eine andere Sache, über die wir reden müssen, Linda. Ich bin kein Geizhals, und Geld ist für mich auch kein Heiligtum. Aber ich verwalte es mit Verstand, und ob es dir gefällt oder nicht, es hat seinen Wert.«

»Worauf willst du hinaus?« fragte Linda steif, mit eisiger Stimme.

»Mein Gott, du glaubst wirklich, die Bank ist der Weihnachtsmann und die Kreditkarte sein Geschenk, das das ganze Jahr über gültig ist! Du kannst nicht alles kaufen, was dir gerade in den Sinn kommt, und dir einbilden, daß alles gratis ist oder die Bank für dich bezahlt. Damit das klar ist, ich möchte, daß du endlich lernst, die Einnahmen zu *verwalten*. Das ist kein schändliches Wort und auch keine hochkomplizierte akrobatische Übung: Du brauchst nur ein Minimum an gutem Willen dafür. Bitte, verstehe mich nicht falsch ...«

»Wie sollte ich? Du hast dich ausgezeichnet ausgedrückt.« Eiskalt.

»Linda, ich liebe dich und ich möchte, daß in unserem Haushalt und in unserer Beziehung alles so gut wie möglich funktioniert.«

»Vielleicht willst du einfach eine andere Frau.«

»Wie kannst du so etwas sagen. Das ist der größte Blödsinn, den ...«

»Ich gehe zu meinem Sohn, sonst rede ich noch mehr Blödsinn.«

Matteo kam fünf Minuten später zu ihr, als sie gerade den Jungen anzog. »Soll ich das machen?«

»Das kann ich selbst, danke.«

»Linda, es tut mir leid.«

Francesco sah ihn mit weit aufgerissenen Augen an. »Was *tut dir leid*?«

»Ich war furchtbar blöd und gemein zu deiner Mama, und jetzt ist sie böse auf mich.«

Linda sah ihn durchdringend an. »Ich ziehe meine Kinder normalerweise nicht in meine Probleme hinein.« Sie wandte sich an Francesco. »Du bleibst da, ich geh dir eben die Schuhe putzen.«

Der Kleine sah ihr nach, dann wandte er sich an Matteo und flüsterte komplizenhaft: »Sie ist *wirklich böse*! Aber wenn du ein schönes Bild malst und es ihr schenkst, lacht sie wieder. Ich mache das immer so.«

Matteo zerwühlte zärtlich sein Haar. »Du hast mir wirklich einen guten Tip gegeben. Was würde ich nur ohne dich machen?«

»Du wirst nie böse«, stellte er anerkennend fest.

»Schenkst du mir deshalb nie ein Bild?«

»Ich mal dir heute eins im Kindergarten.«

»Versprochen?«

Francesco kreuzte die Zeigefinger: »Versprochen.«

Linda kehrte mit den blitzblanken Schuhen zurück. »Ich komme heute etwas später ins Büro«, sagte sie, ohne ihn anzusehen, und beugte sich hinab, um dem Kind die Schuhe anzuziehen.

Matteo wagte nicht, sie nach dem Grund zu fragen, noch sie daran zu erinnern, daß sie in die Bank mußten. »In Ordnung. Soll ich Francesco in den Kindergarten bringen?«

»Ja, danke, wenn es dir keine Umstände macht.«

Sobald Linda allein war, rief sie ihre Freundin Sara an. Als ihr »Hallo?« erklang, brach sie in Tränen aus.

»Linda, was ist passiert?«

»Nichts ... ist gleich vorbei ...«

»Soll ich zu dir kommen?«

»Nein, nein ... Ich habe nur mit Matteo gestritten.«

Ein erleichtertes Seufzen. »Ich komme zu dir, und du erzählst mir alles.«

»Könntest du mir bis morgen abend fünf Millionen Lire leihen?« fragte Linda in einem Atemzug.

»Natürlich ... He, sag bloß nicht, daß Matteo jetzt Geld für seine Dienste verlangt!« scherzte sie, denn sie ahnte, daß es ihrer Freundin schlechtging, und wollte sie aufheitern.

»Matteo ist ein Scheißkerl«, platzte Linda mit tränenerstickter Stimme heraus. Sie erzählte ihr, was soeben zwischen ihnen vorgefallen war, und diesmal mußte ihr Sara keine Einzelheiten aus der Nase ziehen, denn Linda rekonstruierte von allein Wort für Wort die erbitterte Auseinandersetzung.

Die Freundin schwieg eine Weile. »Matteo hat recht. Du warst immer *anti*: gegen deine Mutter, Geld, Ordnung, Grenzen, deine Widerstandskraft ... Das ist das, was ich dir immer gesagt habe, und ich finde es sehr positiv, daß Matteo es genauso sieht.«

»*Positiv* in welchem Sinne?«

»Er hat die Nerven, die man braucht. Anders formuliert: Er ist in der Lage, einer Frau mit einer starken Persönlichkeit, wie du es bist, die Stirn zu bieten. Deine Exmänner haben es nicht geschafft, aber er scheint nicht lockerzulassen. Der Himmel möge mir vergeben, aber ich fange an, eine Zukunft für eine Beziehung zu sehen, die mir am Anfang verrückt erschien und der ich keine Chance gegeben habe. Alles hängt jedoch von dir ab. Du hast ihm schon Verantwortung und nicht gerade geringfügige Probleme auf die Schultern geladen: Versuch wenigstens, ihn nicht auch noch mit deiner unorganisierten Art und deiner Unordnung zu belasten. Denn auf Dauer sind das die heimtückischsten Probleme. Eine Frau, die mehrere Scheidungen hinter sich hat, zu lieben und sich um ihren Anhang zu kümmern, mag edel erscheinen, aber mit Mahnungen von der Bank, überall herumfliegenden Zeitschriften und Klamotten zu leben, verursacht nur Ärger und Widerwillen!«

»Ich tu, was ich kann, Sara.«

»Überlaß es einfach der Haushälterin. Wie Matteo ganz richtig bemerkt hat, du kannst dir keine Doppelbelastung aufhalsen. Und hör auf, dich zu ruinieren, um Carlotta mit Geschenken zu überhäufen. Das hat Matteo zwar nicht gesagt, aber als Freundin sage ich es dir: Du wirst deine Tochter nicht wieder nach Hause holen, indem du um ihre Zuneigung bettelst.«

»Sara, ich weiß nicht mehr, was ich tun soll.«

»Du hast schon zuviel getan. Wenn du weiterhin zu Kreuze kriechst und um Vergebung bittest, nimmst du nur die gesamte Schuld auf dich und schürst noch mehr Carlottas Zorn und ihren Wunsch, dich zu bestrafen. Hör auf zu flehen, sie anzurufen, dich zu quälen. Deine Tochter weiß sehr wohl, wie sehr du sie liebst: Wenn sie bereit ist, und vor allem, wenn sie versteht, daß du nicht mehr ihre Geisel bist, wird sie sich melden.«

»Carlotta hat sich von mir verstoßen gefühlt. In gewisser Weise habe ich sie meiner Liebe zu Matteo geopfert«, sagte Linda mit finsterer Stimme.

»Nicht du hast sie vor die Wahl gestellt! Damit das klar ist, ich will die Gefühle deiner Tochter nicht unterschätzen, aber ich stimme dem Jugendrichter zu: Das Wohl der Kinder muß auch auf lange Sicht gesehen werden, und ich glaube, daß es eines der größten Übel ist, an der Seite einer alleinerziehenden, frustrierten, verbitterten und sich aufopfernden Mutter groß zu werden. Carlotta wurde zum erstenmal mit einer Realität konfrontiert, die sich von der unterscheidet, die sie haben wollte: Es ist verständlich, daß sie so heftig reagiert hat, aber erwachsen werden bedeutet auch, sich anpassen zu müssen und lernen zu begreifen.«

»In vier Tagen ist Weihnachten: Ich würde alles geben, um Carlotta bei mir zu haben«, flüsterte Linda niedergeschlagen.

»Auch das weiß deine Tochter, und sie wartet darauf, daß du sie anflehst. Wenn du das nicht tust, wird sie überrascht und verbittert sein, sie wird Angst bekommen und, zum Teufel noch mal, sich auch ein wenig schuldig fühlen.«

»Das ist doch grausam! Wie kann ich ihr auch noch so etwas antun?«

»Das nennt man Schocktherapie, meine Liebe! Manchmal ist sie unerläßlich.«

»Ich bin müde, Sara. Ich hab das alles so satt.«

»Mach ein kleines Nickerchen und schick für heute das Büro zum Teufel. Wenn du mir deine Kontonummer gibst, fahre ich bei der Bank vorbei und überweise dir das Geld, bevor ich in die Praxis gehe.«

»Ich weiß nicht, wie ich dir danken soll.«

»Wofür, für die Kleinigkeit? Da habe ich schon ganz anderes für dich getan und immer nur ein herzliches ›du verstehst überhaupt nichts‹ oder ›kümmere dich um deinen eigenen Kram‹ zum Dank erhalten«, entgegnete sie lachend.

Nach dem Telefonat schaltete Linda das Radio ein, schnappte sich Lappen, Reinigungsmittel und Bürste und fing an, die Wohnung mit der fleißigen Gleichgültigkeit einer Krankenschwester zu putzen, die dafür bezahlt wird, einen Kranken zu pflegen. *Diese Wohnung gefällt mir nicht.* Es war das erste Mal, daß ihr Verstand wagte, ein unbestimmtes Gefühl des Unbehagens zur Kenntnis zu nehmen, und sie erschrak beinahe. Es war die Wohnung, die Matteo, der es kaum erwarten konnte, endlich zusammenzuleben, auf die Schnelle für sie alle gesucht hatte und die sie drei Wochen lang enthusiastisch ausgemessen und auf- und abgeschritten war, in der sie Möbel hin- und hergeschleppt, Objekte angeordnet, Grünzonen und behagliche Ecken geschaffen hatte.

Das ist nicht wahr, bemerkte trotzig eine Stimme in ihr. Als du dein Bücherregal, deinen alten Tisch und dein Schlafzimmer dem Trödler geben mußtest, um Matteos Möbeln Platz zu machen, hast du dich fast vergewaltigt gefühlt. Als du durch die Zimmer gelaufen bist, um die Wände und die Zwischenräume zwischen den Fenstern auszumessen, hast du in Wirklichkeit nur versucht, dich davon zu überzeugen, daß du dich irgendwann in diesen Räumen wohl fühlen würdest. Doch statt dessen hast du immer noch das Gefühl, nur vorübergehend darin zu wohnen.

Jedesmal, wenn du an Carlottas leerem Zimmer vorbeigehst, wendest du den Blick ab und denkst, die Wohnung sei daran schuld, daß deine Tochter dich verlassen hat. Du läufst auf Zehenspitzen, wie ein Gast, der Angst hat zu stören. Wenn du

Wäsche aus der Kommode nehmen willst, öffnest du sie fast heimlich wie eine Diebin, weil es Matteos Kommode ist. Der einzige Ort, der dir ein wenig vertraut ist, ist die Küche. Du setzt dich vor das Bild mit den glücklichen Äpfeln und hast endlich das Gefühl, durchatmen zu können: Bis Matteo dich ungeduldig sucht und dich fragt, was du da ganz alleine machst.

»Diese Wohnung gefällt mir nicht, diese Wohnung gefällt mir nicht«, sang Linda zu der Melodie von *Una zebra a pois* von Mina. Sie rieb rabiat über den Kaffeefleck vor dem Wohnzimmertisch und bemerkte, daß der wertvolle Kashan von Matteo voller Krümel war. Sie holte den Staubsauger und machte alles sauber. *Paß auf, daß du nicht an die Fransen kommst*! Die fast flehende Stimme von Matteo, als er sie das erste Mal staubsaugen sah.

Sie setzte den Staubsauger auf den anderen Teppich (»Das ist ein alter kaukasischer Teppich, den meine Großeltern meiner Mutter zur Hochzeit geschenkt haben: einfach wundervoll ...«). *»Gib ihn ihr zurück, gib ihn ihr zurück«*, sang Linda, diesmal zur Melodie eines Liedes von Raf. Dann stellte sie den Staubsauger wieder weg und nahm die Leiter. Sie lehnte sie an das Bücherregal, stieg auf die oberste Sprosse und begann, die Bücher zu ordnen. Als sie auf der vorletzten Sprosse stand und gerade das letzte Regal abstaubte, klingelte in perfektem Timing das Telefon.

Sie sprang herunter und lief zum Telefon. Es war Matteo. »Linda, bist du noch da?«

»Ja. Ich komme heute nicht ins Büro. Ich werde Erminia bitten, mir einen Tag Urlaub einzutragen.«

Ein kurzes Schweigen. Dann: »Gibst es etwas, was du mir sagen willst, Linda?«

»Absolut nicht.« *Scher dich zum Teufel*, flüsterte die Stimme.

»Willst du, daß ich auch nach Hause komme?«

»Ich wüßte nicht, warum.«

Erneutes Schweigen. »Linda, verzeih mir. Ich fühle mich schlecht.«

»Dadurch geht's mir auch nicht besser. Ich lege jetzt auf«, sagte sie und legte auf, bevor er etwas erwidern konnte.

Während sie telefonierte, hatte sie eine kleine Spinne zwischen den beiden Fenstern ins Auge gefaßt: Sie verschob die Leiter, stieg hinauf und entfernte sie. Am Mittag war das Wohnzimmer spiegelblank. Sie wusch die Lappen, füllte den Eimer mit sauberem Wasser und Putzmittel und begann, die Schlafzimmer mit einer Verbissenheit zu schrubben, die fast schon Haß gleichkam. Als sie in ihr Badezimmer ging und am Spiegel vorbeikam, hatte sie den Eindruck, daß das verhaßte Haus sie in eine Hexe verwandelt hatte: Ihre Haare waren zerzaust, das Gesicht war mit einer grauen Staubschicht bedeckt und der Blick verstört.

Sie drehte die Brause auf, zog sich aus und stellte sich unter den heißen Wasserstrahl. Während sie ihr Haar knetete, hörte sie, wie ein Schlüssel im Schloß umgedreht wurde: Es war zwei Uhr, die Zeit, in der Cinzia kam. Sie schlüpfte in den Bademantel und ging ihr entgegen. »Wer hat denn geputzt, Signora?« fragte Cinzia verwundert.

»Ich. Bevor du Francesco abholst, müßtest du mit dem Badezimmer und der Toilette weitermachen. Und wenn das Kind versorgt ist, muß die Küche aufgeräumt werden.«

»In Ordnung ... Sind Sie heute nicht arbeiten gegangen, Signora Linda?«

»Ich habe heute zu Hause gearbeitet.« *Und jetzt reicht's mir auch,* fügte sie in Gedanken hinzu.

Sie kehrte ins Bad zurück, fönte sich die Haare, schminkte sich sorgfältig und ging wieder zu der Haushälterin. »Ich gehe raus. Ich bin gegen sechs Uhr zurück.«

Ohne auf den Aufzug zu warten, lief sie die Treppen hinunter. Sie wußte nicht, wohin sie gehen noch was sie tun sollte, sie hatte nur einfach das Bedürfnis, ein paar Schritte zu laufen, um diese schreckliche Müdigkeit abzuschütteln. Sie ging aus dem Hauseingang und stand direkt auf dem Corso Monforte: Der einzige Vorteil der Wohnung war, daß sie mitten im Zentrum lag.

Sie schlug den Weg zur Piazza Babila ein. Die milchige Luft des Wintertages kühlte sich im grauen Licht des Sonnenuntergangs allmählich ab: Doch die Weihnachtsdekoration und die erleuchteten Schaufenster, die hier und da aufgehängten Girlanden und die überfüllten Bürgersteige gaben Linda das Gefühl, sich auf einer Kirmes zu befinden. Es herrschte eine aufgeregte, festliche Stimmung, und sie ließ sich trotz allem, was vorgefallen war, mitreißen.

Sie trat in eine Bar, um einen Kaffee zu trinken, und erst jetzt fiel ihr ein, daß sie noch nicht zu Mittag gegessen hatte. Sie setzte sich und bestellte ein belegtes Sandwich und einen Grapefruitsaft. Als sie danach immer noch Hunger verspürte, bestellte sie ein weiteres Sandwich. Als sie später wieder auf die Straße trat, war die wütende Unzufriedenheit, die sie den ganzen Tag schon in eine gereizte Stimmung versetzt hatte, klarer Entschlossenheit gewichen. Sie durfte niemandem erlauben, sie mit Schuldgefühlen zu überhäufen.

Ich werde aufhören, bei Carlotta um Vergebung zu betteln und bei Matteo um Anerkennung zu heischen, nahm sie sich vor. Und jetzt kann ich nach Hause gehen.

Der Taxistand war nicht weit, und auf ihrem Weg dorthin beschleunigte sie ihren Schritt. Eine rote Ampel ließ sie innehalten, und ihr Blick fiel auf eine Alabasterstatue in der Ecke eines Schaufensters. Sie stellte die von der Schlange eingewickelte Eva dar, wie sie, den Apfel im Mund, Adams Rippen entstieg. Noch nie hatte sie etwas derart Geschmackloses gesehen. Wer kauft bloß so etwas, fragte sie sich amüsiert.

Du, du Verschwenderin, antwortete ihr die Stimme sogleich. Na los, zeig, daß du dich traust! Du könntest keine sinnlosere Investition machen …

Sie betrat das Geschäft wie in Trance und zeigte der Verkäuferin die Statue. »Was kostet die?« fragte sie und beschimpfte sich innerlich selbst als Verrückte.

»Dreihunderttausend Lire.« Die Verkäuferin holte sie aus dem Schaufenster und zeigte sie ihr.

Linda wich unwillkürlich einen Schritt zurück. »Lassen Sie nur, ich wollte nicht so viel ausgeben.«

»Das ist eine Statue aus den Zwanzigern«, erklärte die Verkäuferin ohne allzu große Begeisterung. »Möchten Sie noch etwas anderes sehen?«

»Nein, nein«, sagte Linda und schüttelte den Kopf. *Du hast Angst vor Matteo, stimmt's? Heute morgen hat er dich ausgeschimpft, und jetzt machst du einen auf braves Mädchen.* Als sie sah, wie die Verkäuferin sich vorbeugte, um die Statue in das Schaufenster zurückzustellen, schrie sie fast: »Ich nehme sie! Natürlich nur, wenn ich mit Kreditkarte zahlen kann«, fügte sie mit etwas leiserer Stimme hinzu.

»Kein Problem. Soll ich sie als Geschenk verpacken?«

»Nein, das ist nicht nötig. Sie ist für mich.« Ihr schien, daß die Verkäuferin sie ein wenig verwirrt ansah.

Sobald sie zu Hause war, schickte sie die Haushälterin heim und versteckte das Paket im Wäscheschrank. Matteo kam um sieben und deckte mit Francescos Hilfe den Tisch.

So viel Mühe für nichts. Matteo schien nicht einmal bemerkt zu haben, daß die Wohnung blitzblank war wie ein Spiegel. *Hör auf, Streicheleinheiten und Lob zu heischen wie ein artiges Mädchen.*

Sie stellte die Gemüsesuppe auf den Tisch, füllte die Teller und setzte sich.

»Ißt du nichts?« fragte Matteo.

»Ich habe keinen Hunger.«

Francesco blickte sie vorwurfsvoll an. »Nimmst du nicht einmal die Serviette?«

»Wenn es dir Freude macht ...« Sie streckte die Hand aus und bemerkte, noch bevor sie es sah, daß die Serviette merkwürdig dick war. In der Serviette steckte ein Umschlag, auf den in Großbuchstaben ihr Name geschrieben stand. Und darin lag ein Blatt mit einer Zeichnung.

»Das hat Matteo im Büro gemalt!« erklärte der Junge.

Das Bild zeigte ein unordentliches Zimmer, in dem Bücher auf dem Boden lagen und Aschenbecher auf dem Teppich ausgeschüttet waren. *Dies ist mein Paradies, verzeih mir, wenn ich es heute morgen vergessen habe*, hatte Matteo darunter geschrieben.

Linda spürte seinen Blick und wagte nicht, ihn anzusehen.

»Gefällt es dir nicht, Mama?«

»Doch, sehr.« Plötzlich war ihr ganzer Zorn wie weggeblasen. Sie hob den Blick und sah Matteo an: »Ist diese Wohnung wirklich ein Paradies für dich?« fragte sie in einem seltsamen, zugleich amüsierten und gerührten Ton.

»Ja, wirklich, Linda.«

Sie sprang plötzlich auf, lief zum Wäscheschrank und kam mir dem Paket zurück. Sie öffnete es und drückte ihm die Alabasterstatue in die Hände.

Matteo sah sie verblüfft an. »Was ist das?«

»Adam und Eva, die aus dem Paradies auf Erden vertrieben werden. Sagen wir, es ist ein symbolisches Geschenk, ein Mahnmal.«

Matteo lachte. »Ich bin starr vor Schreck. Es ist wirklich ein furchtbares Mahnmal.«

»Es hat dreihunderttausend Lire gekostet, ich habe es mit meiner Kreditkarte bezahlt«, sagte Linda in einem Atemzug, in gewollt provokantem Ton.

Matteo schwieg kurz und ging dann zu ihr. »Braves Mädchen, so ist es richtig«, sagte er lachend.

XV

Am Vorabend des Weihnachtsfestes fiel Matteo auf, daß die Felljacke, die Linda für ihre Tochter gekauft hatte, immer noch im Schrank hing, doch er erwähnte es mit keinem Wort. Carlotta war zu einem absoluten Tabuthema geworden: Matteo sprach nicht über sie, Francesco hatte aufgehört zu fragen, wann sie wiederkäme, und sogar Sara, die ihnen dringend dazu geraten hatte, sich nicht mehr um sie zu bemühen, zeigte keinerlei Interesse, ob dieser Ratschlag auch befolgt wurde.

Linda selbst verbot sich vergebens, an ihre Tochter zu denken, und so manches Mal ließ Angst sie erschaudern: Es kam ihr vor, als hätten alle sie vergessen und begraben. Sie hatte sie seit nunmehr zwei Wochen nicht gesehen. »Ich rufe dich vor den Weihnachtsferien an, um zu erfahren, ob du einige Tage mit uns verbringen willst«, hatte sie mit flehender Stimme zu ihr gesagt. Sie hatte es jedoch nicht getan. Sie war auch nicht wirklich überzeugt, daß das, was Sara behauptete, richtig war, und der Gedanke daran, daß sie bei Carlotta Unsicherheit und ein Gefühl der Verlassenheit verursachen könnte, ließ sie genauso leiden wie der Gewaltakt an sich selbst, um sie nicht anzurufen.

Nachdem sie jedoch alle Versuche, sie nach Hause zurückzuholen, hatte scheitern sehen, blieb ihr nichts anderes übrig, als sich an die »Schocktherapie« zu klammern, die Sara vorgeschlagen hatte. Eines war sicher: Ob sie nun wirken würde oder nicht, noch schlechter konnte das Verhältnis zu Carlotta nicht mehr werden.

Ihre Tochter warf den einzigen Schatten auf jene vollkommenen Tage. Warum bloß, dachte sie verbittert, fehlt auch in Augenblicken größter Freude immer noch etwas. Vielleicht war es gerade dieses »etwas«, das die Menschen beten ließ. »Wenn es auf der Erde vollkommenes Glück gäbe, bräuchten die Menschen Gott nicht«, hatte Sara einmal gesagt. Die Glückliche, sie fand immer auf alles eine Antwort.

An jenem Tag ging Linda an einer Kirche vorbei und verspürte den unaufhaltsamen Drang, hineinzugehen. Das war ihr zuvor noch nie passiert. Sie öffnete die kleine Tür und war sofort von Halbschatten und Stille umhüllt. Sie tauchte ihre Fingerspitzen in das Weihwasserbecken, bekreuzigte sich und ging einige Schritte vor bis zur ersten Bankreihe. Sie kniete sich hin und stützte ihre Stirn auf die gefalteten Hände.

Ich weiß nicht mehr, wie man betet, dachte sie und starrte den Altar an. Und dann, plötzlich, durchfuhr sie ein anderer Gedanke: Ich bin eine *Sünderin*. Zum erstenmal sah sie ihr

Leben in diesem Licht. Ich bin zweimal geschieden, habe Vater und Mutter nicht geehrt, ich lebe mit einem Mann zusammen, mit dem ich nicht verheiratet bin, habe meinen Kindern Verdruß bereitet, habe mich Eitelkeiten und irdischen Gütern hingegeben …

Sie senkte ihren Blick. Herr, ich bin nicht reuevoll, sagte sie leise. In all den Jahren habe ich mich verzweifelt, traurig, wütend, verschreckt und dämlich gefühlt, niemals jedoch als *Sünderin*. Ich liebe meine Kinder von ganzem Herzen, und ich kann nichts Skandalöses oder Schlechtes an meiner Liebe zu Matteo sehen. Ich weiß nicht, wie lange sie dauern wird, ich werde es jedoch nie schaffen, ihn zu verlassen, um deine Befehle zu befolgen.

Sie stand auf, verließ die Bank, hielt kurz inne und hob noch einmal ihren Blick zum Altar. Herr, ich verdiene nichts, ich weiß nicht, wie man betet, wer weiß, wann ich je wieder eine Kirche betreten werde, doch höre mich trotzdem an: Öffne meiner Tochter das Herz und schicke sie nach Hause zurück.

Sie bekreuzigte sich und wandte sich zum Ausgang. Neben der Tür sah sie einen Opferstock.

Sie öffnete ihre Handtasche, zog das Portemonnaie hervor und ließ zwei Banknoten von zweihunderttausend Lire in den Schlitz hineingleiten. Es war Geld, von dem sie sich eigentlich einen Pullover hatte kaufen wollen, und diese Kasteiung der Eitelkeit schien ihr das mindeste, was sie tun konnte, um wenigstens ein Zeichen von gutem Willen zu setzen.

Matteos Mutter rief am Morgen des 24. an, doch diesmal ging er dran. Linda war nebenan im Bad, und durch die Tür konnte sie nicht anders als zuzuhören. Matteo schlug offenkundig eine Einladung aus. Und bevor er auflegte, sagte er laut und vernehmlich: »Du brauchst nicht weiter zu drängen, Mama, ich habe vor, Weihnachten mit meiner Familie zu verbringen … Wünsche Paola eine gute Reise von mir.«

Linda verließ einige Minuten später das Bad, tat, als wenn nichts gewesen wäre, und wartete, daß er ein Gespräch anfing.

Doch Matteo erwähnte den Anruf mit keinem Wort. Auch seine Mutter war eines der Themen, die nicht angeschnitten wurden. Schon nach der Taufe seines Neffen hatte Linda vergeblich darauf gewartet, daß er erzählte, wie es gewesen war. Hätte sie ihn danach gefragt, hätte er aller Voraussicht nach geantwortet: gut.

Gut war das ritualisierte Eigenschaftswort, eine Art Grabstein, unter dem sie all das begruben, was ihr Leben hätte komplizieren können. Der Himmel möge uns vor dem Tag der Auferstehung bewahren, sagte sie sich in Gedanken bitter.

»Ist Francesco fertig?« fragte Matteo und faltete einen Pullover auseinander, um ihn anzuziehen.

»Er ist gleich mit dem Frühstück fertig. Er muß sich nur noch die Zähne putzen.«

»Brauchst du etwas aus dem Supermarkt?«

»Es fehlt nur Brot, aber Sara wollte heute nachmittag welches mitbringen. Das von ihrem Bäcker ist das einzige, das zwei Tage frisch bleibt.«

»Haben wir noch genug Wein?«

»Ja, wenn du nicht vorhast, all deine Sorgen in Alkohol zu ertränken«, sagte sie lachend.

Matteo kniff die Augen zusammen. »Was willst du damit sagen?«

»Es sollte nur ein Scherz sein, aber der war wohl nicht so gut.«

»Du solltest dich entspannen. Niemand verlangt von dir, immer geistreiche und intelligente Sprüche zu machen.«

»Da bin ich ja erleichtert.« Sie wollte aus dem Zimmer gehen.

»Wo gehst du jetzt hin?« rief Matteo hinter ihr her.

»Raus aus diesem Zimmer. Wir stehen am Rande eines Streits, und ich möchte mir die Flut deiner ›*es tut mir leid, verzeih mir, ich liebe dich, ich bin ein Idiot*‹ ersparen«, äffte sie ihn sarkastisch nach.

»Kommen dir eigentlich nie Zweifel, ob du dich nicht vielleicht auch mal bei mir entschuldigen müßtest?«

»Nein, nie.« Sie schenkte ihm ein strahlendes Lächeln und

ging in die Küche. Kompliment, ein bühnenreifer und wirklungsvoller Abgang, sagte sie sich.

Francesco knabberte an einem Keks, die Tasse mit Milch war noch voll.

»Wenn du dich nicht beeilst«, sagte sie, »geht Matteo ohne dich los.«

»Ich will die Milch nicht, aber ich habe *soooo* viele Kekse gegessen.« Er breitete seine Arme aus, um zu unterstreichen, wie viele es gewesen waren.

Linda war überhaupt nicht danach, eine neue Schlacht zu eröffnen. »Na gut, diesmal lasse ich es durchgehen. Aber denk an die vielen Kinder, die Hunger haben und froh wären, deine Milch trinken zu können. Meinst du, es ist richtig, sie wegzuschütten?«

Francesco sah sie an und schüttelte den Kopf. »Nein, Mama, es ist nicht richtig.« Er runzelte die Stirn. »Aber ob wir sie nun wegschütten oder austrinken, die armen Kinder kriegen sie dann ja sowieso nicht ...«

Linda hörte Matteo, der im Türrahmen stand, lachen. »Francescos Logik kann man nichts hinzufügen! Ich nehme zurück, was ich eben gesagt habe, Linda: Es ist doch besser, wenn du nur geistreiche und intelligente Dinge sagst ...«

Für einen kurzen Augenblick war sie nicht sicher, ob sie belustigt oder beleidigt sein sollte. Dann lachte auch sie. »Ich habe das wiederholt, was meine Mutter mir immer sagte, wenn ich das Essen stehenließ. Und ich schwöre, ich habe genau das gedacht, was Francesco gesagt hat ...«

Das Kind sah die beiden an, froh darüber, daß er sie zum Lachen gebracht hatte, wenn er offenbar auch nicht ganz verstand, wieso.

»Also noch mal von vorn, Linda: Haben wir genug Wein? Brauchst du noch etwas fürs Abendessen?« fragte Matteo und legte einen Arm um ihre Schultern.

Sie schmiegte ihren Kopf an seinen. »Nein, ich brauche nichts. Entschuldige.«

Kaum daß Matteo und Francesco aus der Tür waren, band

Linda sich eine Schürze um und stellte sich mit gekreuzten Armen vor den Kühlschrank. Bevor sie das Essen für den Heiligen Abend vorbereitete, mußte sie sich erst einmal einen Plan machen. Ich putze erst den Fisch, entschied sie, und während der Fisch kocht, mache ich die Mayonnaise. Im vergangenen Jahr hatte sie welche aus dem Glas gekauft, aber Sara hatte es sofort bemerkt. »Die einzige Überlegenheit, die ich dir immer eingeräumt hatte, war die als Köchin! Dies ist Hochverrat!« hatte sie protestiert.

Sara ... Womit hatte sie so eine Freundin eigentlich verdient? Endlich mußte sie sich keine vulgären und dummen Witze über sie mehr anhören: Matteos instinktive Sympathie für Sara war in den vergangenen Monaten zu bedingungsloser Zuneigung geworden. In seinen Augen stand Sara für die Quintessenz aus Vernunft und gesundem Menschenverstand. »Nur weil du gemerkt hast, daß sie dir gegenüber keine Vorurteile mehr hegt«, spottete Linda. »Und du hast dich wie ein Akrobat und gemeiner Herzensbrecher ins Zeug gelegt, um ihre Wertschätzung zu erheischen!«

In jenen Tagen rief Sara sie immer wieder an: nur Mut, bleib hart, wie ich höre, wird Carlotta weich ... Sie war der einzige Mensch, der ihre Verbitterung verstand und auch den Kampf, den sie ausfocht, um der Versuchung zu widerstehen, sich anzubiedern, zu betteln, zu flehen. Ihre Eltern wußten nichts davon, daß ihre Enkelin weggegangen war. Und Linda hatte sich wohl gehütet, ihnen von Matteo zu erzählen. Koch jetzt und grüble nicht, befahl sie sich.

Sie suchte nach einem großen, flachen Topf (wo zum Teufel war der Fischtopf hingekommen?), füllte ihn mit Wasser, legte das Gemüse, eine halbierte Zitrone und einige Lorbeerblätter hinein und machte das Gas an. Während das Wasser siedete, legte sie sich auf dem Tisch die Eier, eine große Schüssel und das Maisöl bereit, um die Mayonnaise zuzubereiten. Natürlich von Hand: Auch der Mixer war qualitätsmindernd.

Als das Wasser kochte, legte Linda die beiden Zahnbrassen auf den Boden des Topfes und machte den Deckel zu. Sie war gerade dabei, das vierte Ei aufzuschlagen, als es an der Tür klingelte: erst so leise, daß sie meinte, sich verhört zu haben, dann mit Nachdruck.

Carlotta, dachte sie. Sie rannte zur Tür und fühlte ihr Herz wild in der Brust pochen. Es war eine alte und sehr kleine Frau. »Ich bin Natalina«, stellte sie sich ohne Umschweife vor und sah sie mit ihren hellen, durchdringenden Augen an.

Sie wußte, wer die Frau war, und einige Augenblicke lang stand sie reglos da und starrte sie ebenfalls an, enttäuscht, daß es nicht Carlotta war, und überrascht von diesem Besuch. »Matteo ist nicht zu Hause«, sagte sie schließlich.

»Ich bin wegen Ihnen hier. Sie sind Linda, nicht wahr?« fragte sie und sah sie zweifelnd an.

»Ja.«

»Sie sehen sehr jung aus«, sagte sie fast zu sich selbst. »Darf ich hereinkommen?«

Linda trat sofort beiseite. »Gewiß, entschuldigen Sie bitte.« Sie führte sie ins Wohnzimmer und bemerkte, wie Natalinas Augen alles musterten, als wollte sie sich jede Einzelheit und jeden Winkel merken. Sie zeigte auf das Sofa. »Ich gehe einen Augenblick in die Küche und komme gleich zu Ihnen.«

»Ich kann auch in die Küche mitkommen«, sagte Natalina und blieb stehen.

»Wie Sie meinen ...«

Sie rückte einen Stuhl vom Tisch ab und räumte die Sachen beiseite. »Entschuldigen Sie, ich war dabei, Mayonnaise zu machen.« *Hör endlich auf, dich zu entschuldigen.*

»Machen Sie sie nicht mit dem Mixer?« fragte Natalina und setzte sich.

»Nein ...«

»Ich auch nicht. Mit dem Mixer schmeckt sie zu sehr nach Öl.« Sie hielt inne und sah sie eindringlich an. »Tun Sie das Salz zum Schluß rein?«

»Nein, am Anfang«, antwortete Linda überrascht. »Es ist ein kleiner Trick, um zu vermeiden, daß die Mayonnaise gerinnt.

Außerdem verteilt sich das Salz dann auch besser.« *Dieser Frau geht es überhaupt nicht um eine Lektion im Kochen.*

»Wer hat Ihnen all diese Dinge beigebracht?«

Ich habe zwei Kinder, und ich war zweimal verheiratet«, antwortete Linda fast schroff.

»Das weiß ich. Aber nicht alle Mütter können auch kochen.«

»Ich koche gern.«

»Arbeiten Sie nicht auch im Büro?«

»Doch, aber meine Familie bekommt trotzdem was zu essen.« Schon wieder schroff.

»Matteos Lieblingsessen sind *orecchiette* mit Spargelspitzen. Aber es dürfen keine tiefgekühlten sein, sonst werden sie matschig.«

»Ich nehme immer frisches Gemüse.« *Prima, eins plus.*

Natalina nickte anerkennend. »Was kochen Sie für heute abend?«

»Ein fleischloses Weihnachtsmahl: Fischrisotto, Zahnbrassen mit Mayonnaise, russischen Salat, gegrilltes Gemüse ... Den Kuchen bringt meine Freundin Sara mit, denn meine Torten werden nicht sehr gut. Sie sind nicht meine Spezialität«, erklärte sie und lächelte ein wenig.

Natalina zeigte auf die Ölflasche. »Ich sehe, daß Sie für die Mayonnaise Maisöl nehmen.«

»Es ist angeblich das leichteste. Aber zum Schluß gebe ich noch zwei Löffel Olivenöl dazu. Dann wird sie aromatischer.«

»Wo sind deine Kinder?« Sie war überraschend zum Du übergegangen.

»Die Älteste ist zu ihrem Vater gezogen.« *Vorsicht, jetzt nicht weinen.* Sie unterdrückte ihre Tränen. »Der Kleine ist mit Matteo unterwegs.«

»Ich habe gehört, daß du ihn adoptiert hast.«

Linda seufzte. »Man hat ihn mir vor vier Jahren in Pflege gegeben.«

»Was für einen Unterschied macht das?«

»Vor dem Gesetz ist er nicht mein Sohn, und sie können ihn mir wegnehmen, wann es ihnen paßt«, vereinfachte sie.

»Unsinn. Das Gesetz ist dafür da, die Menschen zu schützen, nicht etwa, um ihnen zu schaden.«

»So sollte es sein.«

Natalina blickte um sich. »Es ist eine schöne Wohnung. Sie ist sehr gepflegt.«

Linda errötete. »Sie sieht nicht immer so aus. Ich bin sehr unordentlich.«

»Matteo hat dich sehr lieb.« Es war mehr eine Feststellung als eine Frage.

Linda sah ihr in die Augen. »Er ist acht Jahre jünger als ich.«

Natalina legte ihre Arme um sich. »Wenn er eines Tages achtzig ist, wird es keinen großen Unterschied machen, ob die Frau an seiner Seite achtundsiebzig oder achtundachtzig ist.«

Linda lächelte, diesmal von Herzen. »Das Problem ist nur, soweit zu kommen, Natalina.«

»Das stimmt. Aber wer kann das schon wissen? Matteos Vater ist mit sechzig Jahren fortgegangen, mein Mann ist zwei Stunden nach der Hochzeitsfeier gestorben.«

»Ich wußte nicht, daß Sie verheiratet waren.«

Natalina winkte ab, als wollte sie sagen, daß das Dinge waren, die vorbei und unwichtig seien. »Morgen mußt du Matteo nach Hause schicken«, sagte sie plötzlich.

Linda wurde stocksteif.

»Nur zum Essen, was hast du denn geglaubt? Wenn Matteo nicht kommt, werden seine Mutter und seine Schwester denken, daß er wegen dir den Kopf verloren hat und daß du ihn wie eine Marionette tanzen läßt.«

»Matteo ist sehr stur und läßt sich von niemandem etwas vorschreiben!«

»Wem sagst du das? Aber wenn man ihn an der richtigen Stelle packt, kann man mit ihm machen, was man will. Du hast ihn doch auch überzeugt, zur Taufe zu kommen, oder? Ich bin sicher, daß es dir auch für das Weihnachtsessen gelingen wird.«

»Wollen Sie nicht warten, bis Matteo wiederkommt?«

»Nein, es ist zu spät. Ich bin unter dem Vorwand, Milch zu

kaufen, aus dem Haus gegangen ...« Sie lächelte schelmisch und stand auf.

»Ich verspreche Ihnen, daß ich mein möglichstes tun werde, Natalina. Aber ich fürchte wirklich, daß Sie umsonst hergekommen sind.«

»*Umsonst*? Ich habe gesehen, was ich sehen wollte, und jetzt habe ich mir meine eigene Meinung gebildet«, antwortete sie geheimnisvoll.

»Soll ich Matteo sagen, daß Sie hiergewesen sind?«

»Besser nicht. Vielmehr, du *darfst* es ihm nicht sagen.« Sie musterte sie noch einmal. »Kann ich mich auf dich verlassen?«

»Sie haben mein Wort, Natalina.«

»Eines Tages werde ich dir vielleicht das Du anbieten.«

Um halb neun zündete Linda die Kerzen an und schaltete das Lichtermeer am Weihnachtsbaum ein. Das Zimmer tauchte in verschiedene Farben und Lichter, und die bösen Geister verschwanden. Weder Bitterkeit noch böse Erinnerungen überschatteten diesen Abend. Sie aßen zu Abend, plauderten, lachten, spielten Tombola mit Francesco, tauschten ihre Geschenke aus. Es war ein sehr persönlicher, von Liebe erfüllter Weihnachtsabend. Um eins legte Linda ihren Sohn schlafen, und Matteo brachte Sara nach Hause.

Als er zurückkam, brannten die Lichter nicht mehr, und die Auszeit war vorbei. Linda sah ihm in die Augen, und vorsichtig, sanft, sagte sie: »Ich möchte, daß du morgen zum Essen zu deiner Mutter gehst.«

Matteos Reaktion ließ sie erstarren. »Bist du verrückt? Wie bist du denn auf diese Idee gekommen?« Er drehte sich um und verließ das Zimmer.

Sie lief hinter ihm her. »Laß mich ausreden, bitte.«

»Da gibt es nichts zu reden«, antwortete er bestimmt, und seine Stimme zitterte vor Wut und Entschlossenheit.

XVI

Sechster Januar. Linda hielt eine Kaffeetasse in der Hand, starrte auf den Kalender und dachte mit Erleichterung daran, daß dies ihr letzter Urlaubstag war. Morgen würde das normale Leben wieder losgehen und dem Zwang ein Ende setzen, heiter, festlich und voller Erwartungen für das neue Jahr sein zu müssen.

»Du solltest anfangen, die Eventualität in Erwägung zu ziehen, daß Carlotta für immer bei ihrem Vater bleiben möchte«, hatte Sara ihr am Vorabend mit behutsam ineinander verwobenen Möglichkeitsformen gesagt. Als sie ihren Blick sah, beeilte sie sich, hinzuzufügen: »Du benimmst dich, als sei deine Tochter entführt worden oder als müßtest du um ihr Schicksal bangen. Carlotta ist bei ihrem Vater, nicht in irgendeiner Höhle oder in einem Zelt, skrupellosen Gefängniswärtern ausgeliefert. Früher oder später wird sie sich schon melden.«

»Und was mache ich solange?«

»Du mußt lernen, ohne sie zu leben. Tausende von Scheidungskindern leben bei ihren Vätern.«

»Und wie soll ich das machen?« hatte sie ausgerufen.

»Akzeptier dein Los und hör auf, dir Hoffnungen zu machen.«

Wie immer hatte Sara recht. Wäre ihre Tochter entführt worden, hätte sie Aufrufe ausgesendet, Berge versetzt und wie eine Löwin darum gekämpft, sie wieder nach Hause zu holen. Aber sie durfte sich nicht länger von der Verzweiflung und der Ohnmacht hinunterziehen lassen. Carlotta wollte nicht nach Hause zurückkommen, und es war eine Tatsache, der sie sich fügen mußte.

Zwei Tage später jedoch, am achten Januar, geschah etwas Unerwartetes. Um halb acht morgens klingelte das Telefon. Matteos Mutter, dachte Linda, als sie abhob.

Es war ihr Exmann Antonio. »Wir müssen uns treffen«, sagte er trocken und ohne Umschweife.

Ihr Herz stockte. »Geht es Carlotta gut?«

»Ausgezeichnet.« Sie meinte, aus der Art, wie er es sagte, etwas Sarkasmus herauszuhören, doch ihre Erleichterung war zu groß, als daß sie sich nach den Gründen dafür gefragt hätte.

»Wir müssen uns treffen. Wenn es geht, noch heute früh«, drängte Antonio.

»Ist etwas passiert?«

Es war, als sei ein Damm gebrochen. »Es ist passiert, daß du aus deiner Tochter eine unmögliche und verwöhnte Göre gemacht hast! Meine Frau ist mit den Nerven runter, und ich habe die Schnauze gestrichen voll, mich ständig mit ihr herumzuschlagen! Auch die Geduld eines Vaters hat einmal ein Ende!«

»Schick sie nach Haus zurück«, stieß Linda hervor, hin und hergerissen zwischen Glück und Empörung.

»Genau das habe ich vor. Noch heute früh, sofort.«

»Ich ziehe mich an und komme sie holen.«

»O nein, meine Liebe! Ich bringe sie dir persönlich, denn ich habe dir noch viele Dinge zu sagen, bevor du dir selbst den Glorienschein der leidenden und heiligen Mutter verpaßt und mich in die Hölle unwürdiger Väter verbannst.«

»Genau das bist du aber!«

»Während dein Freundchen einen edlen Charakter hat«, zischte Antonio.

»Mein *Freundchen* hat mit alledem nichts ...«

»Und ob! Frag ihn mal, wieso er deine Tochter vor Weihnachten *bei mir zu Hause* angerufen hat, frag ihn mal, wieso er es sogar gewagt hat, sie von der Schule abzuholen. An deiner Stelle würde ich die Augen aufmachen: Carlotta ist ein hübsches Mädchen, und was das Alter angeht, steht sie ihm sicherlich näher als du.«

»Du bis vulgär und niederträchtig! Typen wie du sollten ...« Noch ehe sie ausreden konnte, riß Matteo ihr den Hörer aus der Hand. Wie lange hatter er schon mitgehört?

Sie stürzte mit hochrotem Kopf und vor Wut zitternd davon.

Zwei Minuten später folgte Matteo ihr in die Küche. »Ich

fahre Carlotta abholen«, sagte er in einem Tonfall, der keinen Widerspruch duldete. Er strich ihr übers Haar. »Jetzt beruhige dich. Es ist vorbei.«

Als Matteo gegangen war, rief sie bei einem von Francescos Freunden an, der in der Nähe wohnte, und bat seine Mutter um den Gefallen, den Jungen zum Kindergarten mitzunehmen. Das sei kein Problem, antwortete die Frau freundlich. Ebenso freundlich dankte sie ihr. Dann machte sie sich fertig, setzte sich in die Küche und wartete, daß Matteo mit ihrer Tochter nach Hause käme. Wie lange brauchte er bloß?

Es war inzwischen elf Uhr, als sie hörte, wie die Eingangstür aufging. Bei Carlottas Anblick blieb sie stehen: Ihre Haare hingen wirr herunter, das Gesicht war von Pickeln übersät, und sie hielt den Blick gesenkt. *Mein Gott, was ist mit dir passiert?* fragte sie stumm. Verängstigt blickte sie Matteo an, und Matteo winkte ab, als wollte er sagen »laß sie in Ruhe, das ist jetzt nicht der richtige Moment.«

Ihre Arme schmerzten sie schier vor Anstrengung, sie nicht nach ihrer Tochter auszustrecken.

»Gibt es einen Platz, wo ich meine Sachen hintun kann?« fragte Carlotta mit kehliger und ausdrucksloser Stimme.

»In dein Zimmer ...« antwortete sie zögernd.

Matteo nahm die beiden Taschen vom Boden und forderte das Mädchen mit einer Geste auf, ihm zu folgen.

Auch Linda folgte ihnen. So hatte sie sich diese Rückkehr nicht sieben Monate lang erträumt und erhofft. Plötzlich erschienen ihr die geblümten Vorhänge, das blaulackierte Bett mit dem Kopfteil in Form eines Engels, die mit blauer Spitze versetzte Tagesdecke und all die Dinge, die sie liebevoll für ihre Tochter ausgesucht hatte, lächerlich geziert.

Sie schielte ängstlich nach ihrem Gesichtsausdruck, in der Hoffnung, sich zu irren, und sie entdeckte darin ein fast unheimliches Lächeln. »Man könnte meinen, man sei im Paradies«, kommentierte Carlotta mit dieser seltsam kehligen Stimme. »Ist das alles für mich?«

»Dein Brunder hat ein eigenes Zimmer«, antwortete Matteo ruhig.

Carlotta blickte abwechselnd ihn und ihre Mutter an. »Hat man ihn euch noch nicht weggenommen?«

»Willst du uns oder dir selbst weh tun?« fragte Matteo zurück. Immer noch ruhig.

»Fahrt doch zur Hölle ...« Sie holte Luft. »Ich weiß, daß ich euch zur Last falle, und ich bin nur hergekommen, weil ich keinen anderen Ort habe, wo ich hingehen könnte. Ihr müßt jetzt nicht einen auf liebende Eltern machen und euch auch gar nichts von mir erwarten. Wenn ihr mich einfach nicht beachtet, werdet ihr nicht einmal merken, daß ich da bin.«

»Wie soll ich dich nicht beachten?« rief Linda aus. »Du bist meine Tochter, und ich habe nur auf diesen Augenblick gewartet!«

Matteo nahm sie beim Arm. »Vielleicht möchte deine Tochter ein wenig allein sein.«

»Prima, wenigstens einer, der was kapiert.«

Linda ließ sich wegführen.

»Sie ist verstört«, sagte Matteo, als sie in ihrem Zimmer allein waren. »Sie war vorhin Zeugin einer Riesenszene. Ihr Vater hat ihr leider nicht einmal das erspart.«

»*Nicht einmal ...*?« Linda riß die Augen auf.

»Ich glaube, sie haben sie in den vergangenen Monaten praktisch als Kindermädchen für ihren Stiefbruder benutzt. Carlotta hat den Weihnachtsabend und Silvester allein verbracht und ihn gehütet«, erklärte er mit Widerwillen.

»Und woher weißt du das?«

»Ich habe es mir aus den Andeutungen zusammengereimt, die sie gemacht hat, als ich mich mit ihr getroffen habe.« Er seufzte. »Ich wollte nicht, daß du davon erfährst, aber in den letzten Monaten habe auch ich einige Versuche unternommen, um sie zu überreden, zu dir zurückzukommen.«

»Und was meinte sie dazu?«

»Sie ist überzeugt davon, daß du sie nicht einmal liebst. Sie ist sehr unglücklich, voller Zorn ...«

»Ich zeige diesen Mann an! Er ist ihr Vater, wie konnte er …« Ein Schluchzer brach ihre Stimme.

»Linda, dein Exmann ist ein armer Kerl. In gewisser Weise ist es nicht seine Schuld, daß er engherzig und zu Gefühlen unfähig ist. Und du müßtest mal seine Frau kennenlernen … Sie ist genau so ein Ekel wie er.« Er nahm sie in die Arme. »Nimm ganz einfach an, sie sei krank. Wir müssen lediglich Geduld haben.«

»Noch ein Problem, das ich dir aufbürde«, murmelte Linda. Das *wir müssen* tat ihr jedoch unendlich gut. Zum erstenmal in ihrem Leben stand ein Mann ihr zur Seite.

Carlotta weigerte sich, auf die Schule zurückzuwechseln, die sie verlassen hatte, als sie zu ihrem Vater zog, und einige Tage lang weigerte sie sich auch, überhaupt zum Unterricht zu gehen.

Sara riet Linda, ihr den Rücken zu stärken, und erklärte ihr, daß das Mädchen sich wahrscheinlich schämte, den alten Schulkameraden den Grund für ihre Rückkehr zu erklären. Sie brachte sie davon ab, einige Tage Urlaub zu nehmen, um bei der Tochter zu bleiben: Carlotta sollte so schnell wie möglich das Gefühl wiedererlangen, daß alles *normal* lief, und sich mit eigenen Augen davon überzeugen, daß ihre Rückkehr den Alltag weder auf den Kopf gestellt noch gestört hatte.

Linda beschwor sie, mit ihrer Tochter zu reden. Sie sei schließlich Psychologin und müsse doch einen Weg wissen, sie zu beruhigen und zum Reden zu bringen.

Sara entgegnete ihr, daß das schier unmöglich sei. »Ich bin zugleich deine beste Freundin«, erklärte sie, »und das macht mich in ihren Augen unzuverlässig und nicht vertrauenswürdig. Die einzigen Worte, die ich ihr sagen kann, sind die eines Menschen, der sie liebhat und sich um sie sorgt, aber nur wenn Carlotta auf mich zukommt.«

»Dann nenn mir wenigstens den Namen eines deiner Kollegen! Meine Tochter braucht Hilfe, und ich kann ihr keine sein.«

»Deine Tochter ruft aber nach *deiner Hilfe*.«

»Indem sie mich ignoriert? Indem sie mir feindselig antwortet? Indem sie ihren Bruder wegstößt, als würde er sie anwidern? Indem sie sich in ihrem Zimmer einschließt, sobald sie hört, daß ich nach Hause komme? Indem sie dafür sorgt, daß das Wohnzimmer und die Küche wie ein Saustall aussehen?«

»Sie stellt dich auf die Probe, um zu testen, wie weit sie gehen kann und wieviel deine Liebe aushält. Wenn du sie einem Psychologen anvertrauen würdest, würde sie sich abgeschoben fühlen ... sie würde meinen, sie sei dir egal.«

Matteo war mit Sara einer Meinung. Und abends, wenn sie allein waren, half er ihr, die Wohnung wieder in Ordnung zu bringen und zu putzen. »Wir werden deiner Tochter beweisen, daß unsere Liebe und unsere Leidensfähigkeit keine Grenzen kennen!« tröstete er sie scherzhaft.

Linda war gerührt und verwundert zugleich über die Hilfsbereitschaft und die unendliche Geduld, mit der Matteo ihr zur Seite stand. Er hatte sogar die plötzliche Abnahme ihres Liebeslebens nicht tragisch genommen: Die Angst, Carlotta könnte sie hören, hatte Linda zu einer fahrigen und passiven Geliebten gemacht. Bis Matteo verständnisvoll aufgehört hatte, sie zu drängen. Er hielt sie fest in seinen Armen und schlief so ein. »Eine Phase der Enthaltsamkeit stärkt ein Paar«, scherzte er manchmal. »Wir liefen ja schon Gefahr, maßlos zu werden!«

Eines Tages dann, in der Mittagspause, nahm Matteo sie in ein Hotelzimmer mit, und dort fanden sie die unerschöpfliche Leidenschaft wieder. Es waren Stunden voller Feuerwerke, Zärtlichkeit, Heiterkeit. Als sie an diesem Abend nach Hause kam, sah Carlotta sie sonderbar an. Und Linda merkte verlegen, daß sie noch nicht aufgehört hatte zu lächeln.

Im Verlauf der folgenden Tage meinte sie, im Verhalten ihrer Tochter einige ermutigende Zeichen zu entdecken: der Hauch eines Lächelns, ein Wort, das in normalem Tonfall dahingesagt wurde, ein flüchtiger Blick auf Francesco ...

»Ist Carlotta dabei, gesund zu werden, Mama?« hatte der Junge sie eines Abends gefragt. Sie und Matteo hatten ihm erklärt, daß die Schwester krank war und er sie weder stören oder zum Reden zwingen noch sie bitten sollte, mit ihm zu spielen.

Sie hatte ihn an sich gedrückt. »Ich hoffe es so sehr, mein Kleiner.«

Ende Februar geschah etwas, was das Problem mit Carlotta sofort in den Hintergrund rücken ließ.

Der Anwalt rief an und teilte ihnen mit, daß sie und Matteo vom Jugendrichter vorgeladen worden waren. Das Treffen wurde auf den darauffolgenden Mittwoch um zehn Uhr festgesetzt.

An dem betreffenden Tag war Linda einem Nervenzusammenbruch nahe. Sie stand im Bad und machte sich zurecht, als Carlotta im Türrahmen auftauchte. »Was ist los, Mama?« fragte sie mit besorgter Stimme.

Die Angst und die Beklemmung, die seit Tagen wie der Würgegriff einer Schlange ihren Brustkorb eingeschnürt hatten, stiegen ihr in die Kehle und schossen wie ein Giftstrahl heraus. »Vielleicht nimmt man uns heute morgen Francesco fort!« schrie sie. »Aber das kann dir ja egal sein! Francesco existiert für dich ja überhaupt nicht! Er ist ein Fremder, den du dir aus dem Weg schaffst!«

Sie sah, wie ihre Tochter erblaßte. Statt sich zu legen, wuchs Lindas Wut. »Wenn du dich von ihm verabschieden willst, dann mach es jetzt gleich! Es könnte sein, daß er nicht mehr hier ist, wenn du aus der Schule kommst!«

Ein spitzes Schluchzen entstieg Carlottas Kehle. Linda drehte sich von ihrer Tochter weg. Es ist mir egal, ich will sie nicht trösten, ich will sie nicht sehen, ich wünschte, sie wäre tot. *Herr, vergib mir*, sagte sie sich entsetzt. Sie drehte sich abrupt zu ihrer Tochter um. Reglos stand sie in der Tür, ihre Schultern bebten, und Tränen rannen ihr leise übers Gesicht. Linda breitete ihre Arme aus, und Carlotta stürzte sich hinein. »Ich hab dich lieb, Mama!« schluchzte sie und krallte sich an ihren Schultern fest. »Und ich hab auch Francesco lieb ... Es ist meine Schuld, wenn man ihn uns wegnimmt!«

Linda faßte sie an den Schultern. »Was sagst du da? Welche

Schuld trifft dich denn dabei?« Sie drückte sie an ihre Brust und wiegte sie wie früher, als sie noch ein kleines Mädchen gewesen war. »Ich hab dich auch lieb ... Vergiß, was ich gesagt habe, ich war außer mir. Du wirst sehen, der Richter wird ihn uns schon nicht wegnehmen.«

»Wenn Francesco weggeht ...«

»Aus diesem Haus geht niemand mehr weg, Carlotta«, unterbrach sie sie, bemühte sich, eine ruhige Stimme zu behalten, und hoffte still, es möge wahr sein. Gerade war ein Wunder geschehen, warum sollte sie nicht hoffen, daß der Herr noch eines vollbringen würde?

Der Richter empfing sie mit noch nie dagewesener Höflichkeit. War er jetzt eingeschüchtert? Wegen Matteos beschützender und wachsamer Gegenwart vielleicht? Wegen des angesehenen Anwalts, der dem Treffen beiwohnte? Ohne jede Aufdringlichkeit und in völlig normalem Tonfall informierte sich der Richter über ihre Beziehung zu Matteo: Seit wann sie bestehe, wie ihre Pläne aussähen, wie das Verhältnis des Kindes zu ihm sei.

Schließlich sagte er: »Es ist eine Tante von Francesco gefunden worden. Sie ist die ältere Schwester seiner Mutter.«

»Was bedeutet das?« fragte Linda und beugte sich zu ihm vor.

Der Richter gab ihr mit einem Zeichen zu verstehen, sie möge ihn fortfahren lassen. »Die Tante ist vierzig Jahre alt, verheiratet und hat keine Kinder. Und jetzt will sie ihren kleinen Neffen haben.«

»Wo war sie, was tat sie, als der kleine Neffe im Heim steckte?«

»Linda, laß uns erst weiterhören«, schlug Matteo vor und nahm ihre Hand.

Der Richter nickte lächelnd. »Sagen wir einmal, daß sie keinen vorbildlichen Lebenswandel führte. Bevor man jedoch erklärt, daß sie für die Mutterrolle ungeeignet ist, sollte man Beweise dafür haben, daß sie, wie soll ich sagen ... mit ihrer

Vergangenheit nicht abgeschlossen hat.« Jetzt beugte sich der Richter zu Linda vor. »Theoretisch steht die Existenz von Verwandten, die bereit wären, ein minderjähriges Kind aufzunehmen, einer Adoption entgegen. Praktisch gesehen jedoch, zudem in diesem Falle, könnte es sich als günstig erweisen. Sobald man bewiesen hat, daß diese Verwandten keine Sicherheit in Bezug auf Moral und Vertrauenswürdigkeit bieten, wird Francesco zur Adoption freigegeben werden können.«

Er wandte sich an den Anwalt. »Ich habe veranlaßt, daß in der Zwischenzeit die Situation des kleinen Jungen unverändert bleibt, das heißt, daß er weiterhin bei Signora Parodi in vorübergehende Pflege verbleibt.

«*Vorübergehend*?« begehrte Linda auf. »Was soll das heißen? Meinen Sie nicht, daß fünf Jahre mit zitterndem Herzen genug sind?«

»Signora Parodi, nur unter Berücksichtigung der Liebe und der Sorge, die Sie in dieser Zeit dem Kind haben zukommen lassen, sind Sie noch seine Pflegemutter. Und die Zeit arbeitet für Sie. Ich behalte mir weitere sechs Monate für die Überprüfung von Onkel und Tante vor: Wenn sie sich, und ich habe Grund, davon auszugehen, als ungeeignet erweisen, werde ich Ihren Adoptionsantrag mit besonders wachsamem Blick verfolgen. Ich bin mir ferner sicher, daß ich in diesen sechs Monaten weitere Argumente zu Ihren Gunsten werde sammeln können.«

»Was für Argumente?«

»Eine fundierte Familiensituation und ein positives Gutachten der Psychologin und der Sozialarbeiterin über die Beziehung zwischen dem Kind und Ihrem Lebensgefährten.«

»Ich habe die Absicht, Signora Parodi zu heiraten«, stellte Matteo fest.

»Wollen Sie mir also sagen, daß ich hoffen darf?« fragte Linda den Richter mit zitternder Stimme, als hätte sie nicht richtig verstanden.

»Ich glaube, ich habe Ihnen schon weit mehr gesagt«, sagte der Richter beinahe barsch und stand auf. Und zum Anwalt gewandt: »Ich müßte Sie sprechen, können Sie noch einen Augenblick bleiben?«

Der Anwalt folgte ihnen zehn Minuten später. Er legte aufmunternd eine Hand auf Lindas Arm. »Signora, haben Sie denn nicht verstanden? Sie haben praktisch schon gewonnen: Niemand wird Ihnen Ihr Kind wegnehmen.«

Matteo sah auf die Uhr. »Es ist Mittag. Holen wir Carlotta von der Schule ab.«

XVII

Giovanni Loi hatte ein altes ländliches Anwesen zwischen Mailand und Agrate gekauft, und bevor er mit dem Umbau anfing, rief er Matteo an und lud ihn und Linda für den folgenden Abend zum Essen ein: Er hatte bezüglich des Projekts einige Bedenken und wollte ihre Meinung dazu hören. Er fügte hinzu, daß seine Frau Anna sie gern wiedersehen würde, und das sei doch eine hervorragende Gelegenheit.

Matteo sagte sofort zu, doch als er es Linda ausrichtete, reagierte sie mit Bedauern. »Morgen abend ist ausgeschlossen, ich habe Carlotta versprochen, mit ihr ins Kino und anschließend Pizza essen zu gehen.«

»Das kannst du doch um einen Abend verschieben!«

»Man kann auch das Abendessen bei den Lois verschieben.«

»Es ist ein sehr wichtiges Arbeitsessen. Er ist unser bester Kunde.«

»Meine Tochter ist wichtiger.«

»Das steht außer Frage, aber was ändert es, wenn du übermorgen mit ihr ausgehst?«

»Ich will sie nicht enttäuschen oder bei ihr den Eindruck erwecken, die Arbeit komme vor ihr.«

Matteo kniff die Lippen zusammen. »Du kannst aber auch

nicht den Eindruck erwecken, die ganze Familie drehe sich allein um sie, nur damit sie …«

»Ruf die Lois an und sag, daß wir übermorgen kommen. Wenn das für dich ein Problem ist, dann rufe ich eben selbst an«, schnitt Linda ihm das Wort ab.

»Das Problem ist deine Beziehung zu Carlotta, und vielleicht ist jetzt der Moment gekommen, es anzugehen. Seit sie wieder zu Hause ist, ist es, als hättest du sie auf einen Altar erhoben: sie die Madonna, du die Dienerin, in Bewunderung und Anbetung vor ihr auf den Knien.«

»Meine Tochter braucht das Gefühl, geliebt und beschützt zu werden, und du kannst nicht leugnen, daß es zwischen uns jetzt viel besser läuft.«

»Linda, seit nunmehr einem Monat gehen wir nicht mehr aus, um ihr zu zeigen, daß wir keinerlei andere Interessen haben und daß es keine besseren Abende gibt als die, die wir in ihrer Gesellschaft verbringen. Du kochst nur ihre Lieblingsgerichte, du tust, als sei nichts geschehen, wenn sie eine schlechte Note aus der Schule mitbringt, du wagst nicht, sie zu bitten, dir zu helfen oder wenigstens ihr eigenes Bett zu machen. Und als wäre es noch nicht genug …«

»Es genügt allerdings.« Linda unterbrach ihn trocken. »Ich dachte, du hättest Carlotta lieb.«

»Ich sage dir diese Dinge, eben weil ich sie liebhabe. Wenn du so weitermachst, wirst du ein egoistisches, verwöhntes und rückgratloses Mädchen aus ihr machen. Das sagt auch Sara, und du solltest wenigstens einmal auf sie hören.«

»Sara hat keine Kinder. Und du auch nicht.«

Matteo sah sie zornig an. »Du großartige Mutter, ist dir nicht aufgefallen, daß Francesco ganz durcheinander ist? Letztens hat er mir abends mal gesagt, daß du ihn nicht mehr liebhättest, seit Carlotta wieder da ist, weil du ihn ›immer ausschimpfst‹. Bei irgendwem mußt du deine Anspannung ja loswerden. Und Francesco und ich sind deine Ventile!«

»Wie es scheint, ist es mein Schicksal, nur auf engherzige Männer zu stoßen«, zischte Linda.

An diesem Abend übernachtete Linda auf dem Schlafsofa im Arbeitszimmer, und zwei Tage lang sprach sie ihn bis auf das Nötigste im Büro nicht an. Zum erstenmal bat Matteo sie nicht um Verzeihung und unternahm auch keinerlei Versöhnungsversuche. Er kochte vor Wut. Er erwähnte das Abendessen bei den Lois nicht mehr. Sollte sie ihm zum Trotz zu Hause bleiben wollen, bitte schön – dann würde er eben alleine gehen. Er war dennoch erleichtert, als er hörte, wie sie die Haushälterin fragte, ob sie an dem Abend auf Carlotta und Francesco aufpassen könnte. Als sie von der Arbeit nach Hause kam, bereitete sie das Abendessen für die Kinder vor und verschwand.

»Steht dir gut«, entschlüpfte es Matteo, als sie fertig war. Sie hatte die Haare hochgesteckt, war leicht geschminkt und trug einen dunkelblaues Kostüm, das er noch nie an ihr gesehen hatte.

Linda reagierte nicht. Und auf der Fahrt von ihrer Wohnung zum Haus der Lois in San Siro starrte sie auf die Straße vor sich und erstickte jeden Versuch, das Eis zu breichen, im Keim. »Ich hoffe, du willst diese Laune nicht den ganzen Abend vorzeigen«, raunte er ihr zu, als sie durch das Tor der Villa fuhren.

Zwei Minuten später wurde Matteo vollkommen verwirrt Zeuge einer unglaublichen Wandlung. Als Anna Loi ihnen entgegenkam, erstrahlte Lindas Gesicht in einem Lächeln. Die Frau umarmte sie herzlich und grüßte anschließend Matteo. »Kommt herein, wir haben auch den Architekten und unseren Ingenieur mit ihren Frauen eingeladen.«

Als sie eintraten, standen die Männer auf, man wurde einander vorgestellt und tauschte die üblichen Höflichkeitsfloskeln aus. Matteo entging nicht, daß in der Art, wie die beiden Ehefrauen Linda anstarrten, ein Hauch von Feindseligkeit und Mißtrauen lag, als wollten sie ihr nicht verzeihen, daß sie so hübsch war. Doch er machte sich keine weiteren Gedanken darüber. Er kannte ihre Geradlinigkeit und ihre Herzenswärme, und er war sich sicher, daß sich dieser Hauch alsbald verflüchtigen würde. Er irrte sich nicht.

Im Verlauf des anschließenden Essens wandelte sich Matteos stolze Gewißheit nach und nach in Erstaunen, Ungläubigkeit und Beklommenheit. So empfand er immer, wenn er sich Menschen gegenüberfand, die so unwiderstehlich und unangefochten sympathisch waren wie Linda. Als er beobachtete, wie sie warmherzig lächelte, aufmerksam zuhörte, eifrig zustimmte und sich ungezwungen unterhielt, konnte er nicht umhin, eine Art Wesen vom anderen Stern in ihr zu sehen: Es lag etwas Außergewöhnliches und sogar Einschüchterndes in ihrer Fähigkeit, Menschen für sich einzunehmen.

Sie tat es unwillkürlich, indem sie *natürliche* Sympathie ausstrahlte. Und auch die Blicke der beiden Frauen drückten eben diese Sympathie für sie aus.

Plötzlich sagte die Frau des Ingenieurs: »Sie sind noch jung, Linda. Wenn Sie einmal vierzig sind wie ich, werden Sie begreifen, daß ...«

»Aber ich bin neununddreißig Jahre alt, Giovanna!« unterbrach sie sie lachend. Dieses spontane Eingeständnis brachte ihr eine Flut von »Das gibt es doch nicht!«, »Sie sehen höchstens wie fünfundzwanzig aus!« ein und ließ ihr Ansehen in schwindelerregende Höhen steigen. Matteo fühlte sich sonderbar verwirrt. Später, als das Essen vorbei war und Giovanni Loi die Pläne für den Umbau des Anwesens holte, rechnete er es ihr hoch an, daß sie sich zu den Frauen setzte und sich darauf beschränkte, zuzuhören.

Aldo Frezzi, der Architekt, breitete den großen Plan auf einem Tisch aus und erklärte, welche Eingriffe und Veränderungen er vorgesehen hatte. »Die ursprüngliche Struktur des Anwesens ist beibehalten worden: ein Hauptgebäude und zwei Seitenteile auf der Tenne.« Er fuhr mit zwei Fingern über die Zeichnung. »In jedem der drei Teile werden sechs Vierzimmerwohnungen liegen. Aus der alten Tenne wird ein begrünter Hof mit Schwimmbad gemacht, während das Gelände hinter dem Komplex zu einem großen Park mit Kinderspielplätzen wird.«

Matteo beugte sich über die Zeichnung. »Welchen Quadratmeterpreis haben Sie für die Wohnungen vorgesehen?« fragte er.

Loi antwortete. »Etwa vier Millionen Lire.«

»Ist das nicht etwas teuer?«

»Ganz und gar nicht«, wandte der Architekt ein. »Abgesehen von den Spielplätzen werden die Wohnungen über eine Luxusausstattung verfügen, die auch im Anschaffungspreis schon hoch liegt: Badewannen in antikem Stil, in lackiertem Eisen und Gußeisen mit Löwenfüßen. Kamin im Schlafzimmer, toskanische Cotto-Fliesen für den Wohnzimmerboden, ›Vecchia Vietri‹-Kacheln in der Küche, Eichentüren ...«

Giovanni Loi fiel ihm ins Wort und sah abwechselnd Linda und Matteo an. »Was meint ihr, werden die Wohnungen leicht zu verkaufen sein?«

Matteo antwortete. »Vier Millionen pro Quadratmeter sind nicht wenig, allerdings handelt es sich um einen hochherrschaftlichen Komplex mit entsprechender Ausstattung ... Es sollte nicht so schwer sein, Käufer dafür zu finden.«

»Sind Sie auch dieser Meinung, Linda?«

Linda schüttelte nachdenklich den Kopf. »Die Lage gibt mir zu denken. Ich glaube nicht, daß es ein Statussymbol oder ein Lebenstraum ist, zwischen Agrate und der Umgehungsautobahn zu wohnen. Für die acht-, neunhunderttausend, die die Wohnungen im Schnitt kosten werden, gibt es hervorragende Alternativen im Stadtkern ...«

Matteo warf ihr einen vernichtenden Blick zu. »Aber wir reden hier von Luxuswohnungen *auf dem Lande*!«

Giovanni Loi mischte sich ein: »Das interessiert mich sehr. Können Sie bitte fortfahren, Linda?«

Sie zögerte. »Es kann sein, daß ich mich irre ... Die Welle, aufs Land zu ziehen, ist vorbei, jetzt werden die historischen Zentren wiederentdeckt, die Vorteile, in der Nähe von Geschäften zu wohnen, von Sporthallen, von Schulen ...« Sie sah Loi an und fuhr mit entschlossenerer Stimme fort: »Ich will damit nicht sagen, Sie hätten mit dem Kauf dieses Anwesens einen Fehlgriff getan oder der Entwurf sei falsch, überhaupt nicht. Doch aus der Sicht des Verkäufers sehe ich da eine andere Lösung.«

»Und die wäre?« Giovanni Loi schien brennend interessiert.

»Die Kosten für den Umbau verringern, damit man auch den Verkaufspreis herabsetzen kann. Das Schwimmbad im ersten Haus hat fast nichts als Ärger und Ausgaben verursacht, den Kamin im Schlafzimmer macht praktisch niemand an, die toskanischen Cotto-Fliesen könnte man durch hübsche rote, herkömmliche Fliesen ersetzen, die Badewannen in antikem Stil sind eng und unbequem, die Eichentüren ...«

Der Ingenieur der Baufirma fiel ihr ins Wort. »Wenn man diese *optionals* alle wegläßt, welchen Vorteil soll es dann noch haben, außerhalb der Stadt zu wohnen?«

»Den Vorteil großräumiger Wohnungen zu angemessenen Preisen. Auch wenn die Mode, aufs Land zu ziehen, vorbei ist, so gibt es dennoch viele Familien, die sich dafür entscheiden, um den Kindern bessere Luft zu bieten oder weil die Preise erschwinglicher sind.« Linda blickte den Architekten an. »Ich würde das große Gelände hinter dem Anwesen in viele kleine private Parzellen unterteilen. Pro Wohnung eine: Ein hübsches Stück Grün, das man nach seinem eigenem Geschmack gestalten und bepflanzen kann, ist das unwiderstehlichste *optional* für den, der außerhalb der Stadt wohnen möchte.«

»Liebe Linda«, sagte Giovanni Loi, »Sie haben nicht nur gezeigt, daß Sie genau meine Bedenken teilen, sondern Sie haben praktische Vorschläge gemacht, die ich für ausgezeichnet halte!«

Die Frauen pflichteten ihm bei. »Es stimmt, als Mütter sehen wir die Sache genauso ...«

Linda hatte sie so weit verhext, daß sie sich jetzt gestatten konnte, die Primadonna zu spielen, dachte Matteo wutentbrannt.

»Du hast mich zum Narren gemacht«, sagte er ihr später auf dem Nachhauseweg.

»Wäre es dir lieber gewesen, in einem Jahr mit vierundzwanzig Wohnungen dazustehen, für die du keine Käufer findest? Der Entwurf war schwachsinnig, und jemand mußte es sagen.«

»Natürlich du! Die genialste, die unwiderstehlichste, die ...«

»Hör auf«, unterbrach sie ihn.

Drei Tage später sprachen sie wieder miteinander: Linda fragte Matteo etwas, und er antwortete ihr. Doch zum zweitenmal gab es nach einem Streit weder Erklärungen noch Entschuldigungen. Am selben Abend zog sie wieder ins gemeinsame Schlafzimmer, und sie liebten sich, doch vor dem Einschlafen rückte Matteo auf seine Seite, ohne einen Arm um ihre Taille zu legen oder ihre Hand zu halten.

Am nächsten Morgen, als er nach einem Hemd suchte, fand er eines, an dem ein Knopf fehlte, und ein anderes mit zwei Knitterfalten am Kragen. Er legte sie kommentarlos beiseite. Später, im Büro, wartete er geduldig auf eine Akte, die Linda suchte und nicht finden konnte. Er hütete sich, auch nur einen scherzhaft gemeinten Kommentar zu ihrer Unordnung zu wagen. Zwei Abende später hatte Carlotta einen heftigen Streit mit ihrer Mutter, und Linda schloß sich wutentbrannt in ihrem Zimmer ein, vergaß dabei jedoch, daß sie ins Kino hatten gehen wollen. Matteo erinnerte sie nicht daran. Er machte Abendessen für sich und die Kinder und blieb bis ein Uhr nachts vor dem Fernseher sitzen.

Er sprach sie behutsam an, wohl wissend, daß ein Witz, ein Vorwurf oder auch ein ganz gewöhnlicher Kommentar Treibminen gleichkam. Würden sie hochgehen, wäre es verheerend. Ihre Wohnung kam ihm vor wie eine Gelände, das man nur auf eigene Gefahr betreten durfte: An manchen Abenden, wenn er Francescos verstreutem Spielzeug auswich, auf dem Teppich vergessenen, überquellenden Aschenbechern oder hier und dort liegengelassenen Schuhen, kam es ihm vor, als seien es Minen, die gleich explodieren würden.

»Was macht Cinzia eigentlich in all den Stunden, die sie hier ist?« fragte Linda schließlich an einem Samstag. Matteo verkniff sich den Kommentar, daß es eben keine gute Haushälterin gab, hinter der nicht eine gute Hausfrau stand.

An einem Freitag nachmittag verließ Linda das Büro um vier:

Sie mußte Baumwollunterhemden für Francesco kaufen, ein Buch besorgen, das Carlotta für die Schule brauchte, und zum Friseur gehen. Sie kam kurz vor sieben völlig außer Atem zu Hause an, und ihre Tochter sagte ihr, sie sollte sich nicht hetzen, Matteo würde nicht zum Abendessen kommen. »Er hat gesagt, er würde es dir selbst erklären«, erzählte sie lakonisch.

Er rief kurz vor zehn an, als Francesco schon schlief und Carlotta sich in ihr Zimmer zurückgezogen hatte. »Meine Mutter und Natalina hatten einen kleinen Unfall, und ich bin jetzt bei ihnen im Krankenhaus. Es ist nichts Schlimmes«, fügte er hinzu und kam ihren Fragen zuvor: »In spätestens einer Stunde bin ich zu Hause.«

Die beiden Frauen waren von einem Kleinlaster erfaßt worden, als sie die Straße überquerten. »Es ist gestern früh passiert«, erzählte Matteo später. »Meine Mutter hat eine leichte Gehirnerschütterung davongetragen und Natalina einen doppelten Knöchelbruch.«

»Wie hast du es erfahren?«

»Meine Schwester hat mich im Büro angerufen, kurz nachdem du weg warst. Sie hat das kleine Kind und muß dringend nach Rom zurück, deswegen hat sie mich informiert und gebeten, mich um die beiden zu kümmern.«

»Du mußt dich nicht rechtfertigen, Matteo.«

»*Mich rechtfertigen*?« fuhr er sie an.

Linda seufzte. »Ich wollte sagen, daß es auch unabhängig von deiner Schwester normal und richtig ist, daß du in so einer Situation deiner Mutter und Natalina beistehst.«

»Dein Segen ist mir ein Trost, danke.«

»Matteo, was ist los mit uns?«

»Was weiß ich denn, zum Teufel. Aber es ist im Moment sicherlich das geringste meiner Probleme.«

Vier Tage später, als Matteo das Büro verließ, gab er zum erstenmal einen Grund an. »Meine Mutter und Natalina werden heute aus dem Krankenhaus entlassen, und ich hole sie ab und bringe sie nach Hause.«

Sara kam zufällig genau an dem Tag von einem Kongreß in

London zurück, und Linda fuhr umgehend zu ihr, um ihr Herz auszuschütten. Als sie mit der haarkleinen Beschreibung von Matteos Verhalten und der stetig schlechter werdenden Beziehung fertig war, stellte sie ihr die Frage, die sie seit langem nicht mehr losließ: »Was ist los mit uns?«

Sara lächelte. »Wahre Liebe ist das, was übrig bleibt, wenn die Verzückung vorbei ist.«

»Ich habe das Gefühl, in die Hölle gestürzt zu sein!«

»Linda, man kann nicht *immer* volle Kraft voraus leben und den Reiz unendlich lange ausdehnen. Wie alle Pärchen erlebt ihr Rückschläge, die sich aus dem Alltag und der unvermeidlichen Einspielungskrise ergeben.«

»Ich weigere mich, mich auf diesem niedrigen Niveau *einzuspielen*! Ist dir klar, daß wir noch nicht einmal verheiratet sind und schon so leben wie ein Pärchen, das seit dreißig Jahren zusammen ist?«

Als sie ins Büro zurückkam, richtete Erminia ihr aus, daß Matteo nach ihr gefragt hatte. Er wollte die Nacht im Haus seiner Mutter verbringen. Er würde sie abends aber noch anrufen. Um Mitternacht hatte er es noch immer nicht getan. Linda schaltete den Ferseher aus und legte sich schlafen.

XVIII

Nach so vielen Monaten in das Haus zurückzukehren, in dem er geboren war und siebenundzwanzig Jahre lang gelebt hatte, empfand Matteo als angenehm vertraut und friedlich. Die aufgeräumten Zimmer, die sauberen Bäder, die glänzenden Böden, die Teppiche ohne ein Körnchen Staub, dieser stille Halbschatten ... Er hatte vergessen, wie erholsam es war, in so einem Haus zu leben, und er war seiner Mutter dankbar dafür, daß sie sein offenkundiges Wohlbefinden, wieder hier zu sein, nicht kommentierte.

Als sie ihn im Krankenhaus auf sich zukommen sah, hatte sie ihn mit einer Natürlichkeit umarmt und ihm gedankt, als hätten sie sich erst gestern zuletzt gesehen. Und in den darauffolgenden Tagen fiel keine Anspielung auf Linda oder die Monate, in denen sie jeglichen Kontakt abgebrochen hatten. Unabhängig davon, ob nun Paola ihr dazu geraten hatte oder aber ihr Instinkt, Matteo war ihr auch dafür dankbar.

Lediglich Natalina, die auf der Orthopädie lag, hatte ein »tja, und wenn sie nicht gestorben sind ...« gemurmelt, als er auf ihr Bett zuging. Und nachdem sie ihn warmherzig umarmt hatte, ließ sie ihn mit einer sonderbaren Frage wieder los: »Geht es Linda gut?«

Als er nickte, fügte sie noch sonderbarer an: »Dieses Mädchen gefällt mir, sie ist keine von den Nichtstuern, die nur an Vergnügen und Kleidung denken.«

Matteo hatte sich darauf beschränkt, noch einmal schweigend zu nicken, überzeugt davon, daß die alte Frau faselte, weil sie noch verwirrt war.

Jetzt, nachdem sie den Schock des Unfalls überwunden hatte, bestand die Schwierigkeit darin, sie davon zu überzeugen, still und ruhig liegenzubleiben. Als er die Küche betrat, um sich ein Glas Wasser zu nehmen, überraschte er sie dabei, wie sie mit einer Geflügelschere an ihrem eingegipsten Bein herumhantierte. »Was machst du denn da?« rief er aus.

»Ich mache mir diesen verdammten Gips kürzer. Ich begreife nicht, warum er bis zum Knie gehen muß, wenn ich mir nur den Knöchel gebrochen habe!«

Matteo riß ihr das Werkzeug aus der Hand. »Das wird der Orthopäde schon wissen! Wenn er dich so eingegipst hat, dann heißt das, daß es so sein soll!«

»Es ist mein Bein und nicht das des Orthopäden. Und er kann auch nicht fühlen, wie weh mir das Knie tut. Siehst du, wie geschwollen es ist?«

»Wenn du dich hinlegst und dir ein paar Kissen unter die Füße tust, wird die Schwellung weggehen, du wirst sehen. Und auch die Schmerzen werden nachlassen.«

»Wenn du und der Orthopäde meint, daß ich hier zwei Monate lang mit hochgelegten Beinen liegen werde, dann irrt ihr euch gewaltig.«

Matteo versteckte die Geflügelschere in seinem alten Zimmer und ging zu seiner Mutter ins Wohnzimmer. Er hatte gerade zu Ende erzählt, was vorgefallen war, als Natalina mit der Behendigkeit einer Zirkusakrobatin hereinkam. Sie hatte das Bein auf einen rollenden Schemel gelegt, und mit dem gesunden Bein stieß sie sich ab.

Als Matteo das sah, beschloß er, ein Geschäft mit orthopädischem Zubehör aufzusuchen und ihr einen Rollstuhl zu besorgen: Zumindest wäre das weniger wackelig. Er suchte die Adresse aus den gelben Seiten heraus, setzte sich ins Auto und fuhr hin. Eine sehr freundliche Verkäuferin erklärte ihm, daß das schmalste und kürzeste Modell am besten dafür geeignet sei, sich in einer Wohnung fortzubewegen: Leider müsse sie es aber aus dem Lager holen, denn im Augenblick sei im Laden kein einziges mehr davon da. Ob er wohl in einer Stunde wiederkommen könnte?

Matteo nutzte die Zeit für einen kleinen Spaziergang durch die umliegenden Straßen. Seine Tage waren inzwischen zu einem Hasten zwischen der Agentur und der Familie geworden. Nach fast einem Jahr dieses Lebens hatte er sogar die Freude vergessen, träge umherzuschlendern, ohne sich über die üblichen Notfälle Gedanken und Sorgen machen zu müssen, die leider zu seinem Alltag geworden waren.

Ich liebe Linda, dachte er ganz intensiv, aber diese Hektik bringt mich um. Ich will sie nicht verlieren, aber ich kann mir auch nicht vorstellen, daß mein Leben in zehn oder zwanzig Jahren immer noch so aussehen soll. Hätte er sie darauf angesprochen, hätte ihre Antwort gelautet: Laß es uns optimieren! Er zwang sich, nicht zu lächeln. Die Wahrheit war, daß Linda ihre Kinder allem voranstellte. Das war kein Vergehen. Genau dieses Verantwortungsbewußtsein und die Fähigkeit zu lieben, die sie bewies, bewunderte er an ihr. Und das hatte er ihr zu verstehen gegeben, als Carlotta weggegangen war und der

Richter offenbar entschieden hatte, Francescos Adoption abzulehnen.

Diese Momente gehörten jedoch der Vergangenheit an. Der Ausnahmezustand war vorbei, und Linda mußte lernen, die Ansprüche der Kinder mit denen ihres Partners in Einklang zu bringen. Niemals Ferien, niemals ein Wochenende für uns, niemals ein spontaner Kinobesuch oder ein kurfristig beschlossenes Abendessen. Ich habe aufgehört, Tennis zu spielen, Ski zu laufen, mich mit meinen Freunden zu treffen. Mein Gott, ich bin einunddreißig, nicht einundsechzig, fluchte er innerlich in seinem aufsteigenden Zorn. Er zwang sich zur Ruhe. Linda war eine intelligente Frau, und sie liebte ihn: Es mußte doch einen Weg geben, ihr sein Unwohlsein klarzumachen, ohne daß das Gespräch in Groll oder Schweigen endete. Doch heute war nicht der richtige Abend zum Reden. Er war zu aufgeregt, zu müde.

Er betrat eine Bar, um einen Kaffee zu trinken, und sah auf die Uhr. Die Stunde war um, und er konnte in das Geschäft zurückgehen, um den Rollstuhl abzuholen. Die Verkäuferin half ihm, ihn zusammenzulegen und in den Kofferraum zu packen. Bevor er den Motor anließ, rief er im Büro an und war beinahe erleichtert, als Erminia dranging und ihm sagte, Linda sei außer Haus. »Richten Sie ihr bitte aus, daß ich heute bei meiner Mutter übernachte und daß ich sie später anrufe.« Er hatte es gerade in dem Augenblick völlig spontan beschlossen, und er konnte sich den Grund nicht erklären. Seine Mutter hatte sich inzwischen erholt, Natalina war trotz des Gipsbeins selbständig: Es gab keinerlei Grund, bei ihnen zu übernachten.

Er war gerade dabei, den Rollstuhl unter den wachsamen Blicken Natalinas wieder auseinanderzuklappen, als Isabella an der Sprechanlage klingelte. Die Verlegenheit seiner Mutter schien ihm allzu echt, als daß sie hätte gespielt sein können. »Wenn es dir unangenehm ist, sie zu sehen, dann geh in dein Zimmer, und ich werde mir einen Vorwand einfallen lassen, um sie so bald wie möglich wegzuschicken.«

Einen kurzen Augenblick lang war er versucht, es zu tun, doch ihm wurde sogleich klar, wie albern dieses Versteckspiel war. »Nicht nötig«, antwortete er lapidar.

Isabella benahm sich tadellos: weder ostentativ freundschaftlich (das hätte ihn geärgert) noch andeutungsvoll frostig (seine Schuldgefühle hätten ihn aggressiv und abweisend gestimmt). Sie beschränkte sich darauf, ihn freundlich zu begrüßen und ihm ein paar höfliche Fragen à la »wie geht es dir?« und »was macht die Arbeit?« zu stellen.

Andererseits hatte er den Eindruck, daß sie sehr herzlich zu seiner Mutter war: Es war offenkundig, daß sie sich im Laufe des letzten Jahres öfter gesehen hatten und daß eine warmherzige Vertrautheit zwischen ihnen entstanden war. Die Hoffnung, daß das gleiche zwischen seiner Mutter und Linda passieren könnte, hatte er längst aufgegeben: Nach all den Monaten hatten sich Fremdheit und Argwohn fest eingefahren.

Als er unwillkürlich – und unbemerkt – Isabella betrachtete, wurde ihm klar, daß jede zukünftige Schwiegermutter ihrem Sohn eine Partnerin wie sie wünschen würde: jung, gut erzogen, hübsch, mit Klasse. Er haßte die Unversöhnlichkeit seiner Mutter, doch er mußte ehrlich zugeben, daß er an ihrer Stelle genauso reagiert hätte, wenn er gesehen hätte, daß sein Sohn sich mit einer Frau einließ, die älter war als er, zwei Kinder hatte, ein turbulentes Leben hinter sich hatte und eine besorgniserregende Bürde an Verantwortung mit sich herumtrug. Aus der Perspektive einer Mutter gesehen, dachte Matteo weiter, waren Lindas Heiterkeit, ihre Begeisterungsfähigkeit, der Stolz und die leidenschaftliche Art, wie sie auf das Leben und die Menschen zuging, lediglich Mittel, zu verführen und hörig zu machen, vor denen man sich hüten mußte.

Und in gewisser Weise stimmte das auch: Hatte Linda nicht etwa mit diesen Waffen all seine anfänglichen Bedenken aus dem Weg geräumt, bis hin zu dem Punkt, da er sich unsterblich in sie verliebte?

Isabella legte eine Hand auf seinen Arm, und Matteo merkte erst in diesem Augenblick, daß sie allein geblieben waren.

»Weißt du, ich verstehe dich«, sagte sie ruhig. »Monatelang habe ich dich gehaßt, doch schließlich mußte ich mich den Tatsachen stellen: Du hattest dich in eine andere Frau verliebt, und du konntest nichts dagegen tun.«

»Ich hätte es dir sagen können«, gab Matteo zurück.

»Das habe ich mir auch immer wieder gesagt. Aber ich war seit drei Monaten verschwunden, und das gab dir das Recht, mich als eine ›Ex‹ anzusehen, die ihrer Wege gezogen war.«

»In Wirklichkeit dachte ich an nichts und an niemanden. Linda hatte all meine Gedanken auf sich gezogen und ....« Matteo unterbrach sich, als hätte ihn dieses *hatte* wie ein Bumerang getroffen. Warum äußerte er sich in der Vergangenheitsform über Linda? War es ein Versprecher gewesen, oder benahm er sich unbewußt wie ein Ehemann, der eine andere Frau in Sicherheit wiegen will, um sie ins Bett zu bekommen?

Isabella schien weder das Wort noch sein Unbehagen zu bemerken. »Wie geht es Linda?« fragte sie ungezwungen.

»Gut. Von unserer Beziehung ganz abgesehen, hat sie sich als wertvolle und unersetzliche Mitarbeiterin entpuppt«, beeilte er sich zu sagen, als wollte er Linda gegenüber unbedingt etwas wiedergutmachen.

»Meine Uni ist hingegen das reinste Desaster«, meinte Isabella lachend. »Ich schaffe den schriftlichen Teil der vorletzten Prüfung einfach nicht, und ich habe noch zwei andere auf den nächsten Termin verschoben.«

»Das kann ich kaum glauben.« Auch Matteo lachte. »Was ist bloß mit dir passiert?«

»Ich wurde von einem Ingenieurstudenten aus der Bahn geworfen, einem Disco- und Rockfanatiker, der die Musik dem Studium vorzieht. Vor zwei Wochen habe ich ihn aus Notwehr verlassen!«

»War es etwas Ernstes?«

»Ernst daran war mein moralischer Verfall: Inmitten von Musik und Tanz fing ich an, mich zu fragen, ob ich nicht alles im Leben falsch gemacht hatte. Aber ich glaube, ich habe jetzt auf den rechten Weg zurückgefunden.«

Ihre Unterhaltung wurde von Matteos Mutter unterbrochen. »Der Rollstuhl funktioniert wunderbar, er paßt sogar durch die Tür zum kleinen Bad«, verkündete sie, als sie ins Wohnzimmer trat. Sie wandte sich an Isabella. »Ich würde dich gern zum Abendessen einladen, aber der Kühlschrank ist leer.«

»Ich hätte daran denken sollen ...« sagte Matteo reuevoll. »Ich kann eben zum Minimarket an der Ecke springen.«

Er wollte aufstehen, aber seine Mutter hielt ihn zurück. »Es ist schon fast acht, und er hat jetzt schon zu. Natalina ist dabei, eine Tütensuppe und ein Omelett zu machen, aber ich glaube nicht, daß ...«

»Ich komme ein andermal wieder«, sagte Isabella und stand vom Sofa auf. Sie wandte sich an Matteo: »Fährst du auch nach Hause?«

»Nein ... Ich bleibe heute über Nacht hier, das ist mir sicherer.«

Seine Mutter ließ sich keinerlei Anzeichen von Überraschung anmerken. »Sehr gut, bleibt allerdings das Problem mit dem Abendessen: Warum gehst du nicht mit Isabella eine Kleinigkeit essen und kommst dann wieder?« schlug sie vor.

Es war eine vernünftige und naheliegende Lösung, und Matteos aufkommendes Unbehagen wurde im Keim erstickt. »Wenn Isabella einverstanden ist, mir ist es recht.«

Seine Befürchtung, sie könnte ihn in eines ihrer Restaurants von früher bringen, um arglistig und nostalgisch die alten Zeiten heraufzubeschwören, erwies sich schnell als unbegründet. Kaum saßen sie im Auto, da sagte sie, daß sie sehr müde sei und gern früh zu Bett gehen würde. »Nicht weit von hier hat ein neues Lokal aufgemacht, in dem sie im Handumdrehen köstliche Pizza machen; wie wär's, wenn wir dort hingehen?« schlug sie vor.

Matteo stimmte voller Eifer zu. Es war erst acht Uhr, und das Lokal war noch nicht sehr voll. Der Kellner begleitete sie zu einem kleinen Tisch draußen, unter einer weinumrankten Pergola, von der hübsche Lampions aus Reispapier baumelten. Sie entschieden sich für zwei Pizzen mit gegrilltem Gemüse,

Tomatenwürfeln und Scheiben von frischem Schafskäse, eine Spezialität des Hauses, und während sie darauf warteten, bestellte Matteo eine Flasche Vino Frizzante.

»Auf den wiedergefundenen Freund«, sagte Isabella und hob ihr Glas.

»Auf die hübsche und liebenswürdige Freundin, die mir verziehen hat«, erwiderte Matteo. Als die Pizzen gebracht wurden, fühlte er sich entspannt und wohl, und auch Isabella schien ihre Müdigkeit vergessen zu haben. Sie plauderten wirklich wie zwei alte Freunde. Warum habe ich mich nicht in sie verliebt, fragte Matteo sich plötzlich. Doch er kannte die Antwort sehr gut: weil Isabella nicht Linda war. Linda war einmalig, keine Frau konnte so sein wie sie.

Er kam um elf nach Hause, und seine Mutter stellte ihm keine Fragen. Sie war gerade dabei, zu Bett zu gehen, und sagte ihm lediglich, sie hätte ihm den Pyjama aufs Bett gelegt und im Bad würde er saubere Handtücher finden. Matteo machte den Fernseher an und schaltete auf den Film um, der kurz zuvor im vierten Programm begonnen hatte. Es war jedoch ein Horrorthriller, und das war überhaupt nicht sein Geschmack. Ich lege mich auch hin, beschloß er. Heute abend hätte er nicht einmal Spaß am Finale der Fußballweltmeisterschaft mit Italien im Endspiel gehabt. Er schaltete den Fernseher aus, machte sich für die Nacht fertig und schlüpfte in die frischen Leinentücher. Ihm war seltsam zumute (angenehm frei oder bitter einsam?), sich kreuz und quer in einem Bett ganz für sich allein räkeln zu können, ohne so tun zu müssen, als würde er einschlafen, nachdem er Linda betrachtet hatte, die ihrerseits vorgab, bereits eingeschlafen zu sein.

Plötzlich erinnerte er sich mit Schrecken, daß er versprochen hatte, sie zu Hause anzurufen. Inzwischen war es jedoch zu spät, er könnte Francesco und Carlotta wecken. Und was hätte er ihr außerdem sagen können? Ich bin bei meiner Mutter geblieben, weil ich einmal durchatmen mußte? Weil ich es nicht ertrage, mich jedesmal schuldig zu fühlen, wenn ich dich ansehe? Weil ich für eine Nacht versuchen wollte, ob es mir wirklich schlechtgeht, wenn ich dich nicht an meiner Seite spüre? Weil ich es müde bin, mich zu fragen, was mit uns passiert, und ich eine kleine Auszeit brauchte?

Ihre Beziehung war in eine Sackgasse der Angst geraten. Wir stellen uns nur noch die wenigen Fragen, deren beruhigende Antworten wir uns ausrechnen können, dachte er verbittert, und wir machen einen weiten Bogen um all das, was wir klären müßten. Ich bin eingeschüchtert von der Angst, die ich aus Lindas Stimme und ihrem Schweigen heraushöre, und wahrscheinlich geht es ihr genauso. Und mir ist nicht klar, ob diese Angst unsere Liebe abtötet oder sie künstlich am Leben erhält.

Er spürte, wie etwas in ihm rebellierte: Ich will Linda, ich weiß, daß ich nicht ohne sie leben könnte, die einzig gewisse Sache ist meine Liebe für sie.

Das Problem lag nur darin, daß diese Gewißheit seinem Verstand entsprang. Er *wußte*, daß er sie liebte, und er *begriff*, daß er sie wollte, ihm fehlte jedoch die Sicherheit bezüglich seiner Gefühle. Offenbar hatte der Verstand seine Gründe, die das Herz nicht zu erfühlen vermochte. Hätte er sich getraut, es ihr zu sagen (oder sie ihm), wäre es das Aus gewesen: Die Furcht, einander zu verlieren, war so groß, daß eine Trennung geradezu einer Befreiung gleichkommen könnte.

Am Morgen stand er um acht Uhr auf, duschte, zog das Hemd und den Anzug an, die Natalina in aller Eile gereinigt und gebügelt hatte, ging in die Küche, wo er mit seiner Mutter frühstückte, und fuhr schließlich in die Agentur.

Linda war bereits da und stand von ihrem Schreibtisch auf, noch bevor er zu ihr gehen konnte, um sie zu begrüßen. Sie hielt ihm ein Einschreiben entgegen: »Giovanni Loi überträgt uns offiziell das alleinige Verkaufsrecht für die Wohnungen in seinem Komplex. Die Provision ist die übliche, er wartet lediglich auf ein Fax mit der Bestätigung ...« Sie hielt einen Augenblick inne und fügte hinzu: »Entschuldige, ich habe dich nicht gefragt, wie es deiner Mutter und Natalina geht.«

»Sehr gut. Sie waren heute nacht natürlich etwas aufgeregt, und ich mußte vom einen zum anderen Zimmer rennen«, log er.

»Es ist ruhig heute morgen, du kannst wieder zu ihnen fahren und die Gelegenheit nutzen, dich etwas auszuruhen.«

»Sie brauchen jetzt nichts. Und wenn ich mich erholen wollte, würde ich zu uns nach Hause fahren«, betonte er in herzlichem Tonfall, in der Hoffnung, daß sie ihn aufgreifen möge.

»Ich bezweifle, daß du dazu kämst: Francesco hat Fieber, und Carlotta ist nicht zur Schule gegangen, weil sie sich nicht aufs Abfragen vorbereitet hat.«

»Hast du den Kinderarzt gerufen?«

»Ich habe mit ihm telefoniert, und er hat mich beruhigt. Es sieht so aus, als hätte die Hälfte aller Mailänder Kinder im Moment die Grippe.«

»Brauchst du etwas aus der Apotheke?«

»Danke, nein. Soll ich dir einen Kaffee kochen?«

»Ich habe gerade einen bei meiner Mutter getrunken, danke.«

»Dann gehe ich wieder an meine Arbeit.«

»Ich liebe dich, Linda«, sagte er und hielt sie am Arm zurück.

»Wunderbar.«

»Ich habe dich gestern abend nicht angerufen, weil ...«

»Weil du ein Idiot bist.« Es war schwer herauszuhören, ob sie es scherzhaft oder ernst gemeint hatte.

XIX

In den darauffolgenden Tagen war Matteo sichtlich um Verzeihung für die schlechte Laune, das Schweigen und die Wutausbrüche der vergangenen Zeit bemüht. Er half Carlotta beim Aufsatzschreiben, er spielte mit Francesco Ball, half Linda im Haushalt, deckte den Tisch und räumte wieder ab, sonntags machte er mit ihnen Ausflüge aufs Land oder zu den Seen.

»Willst du den Titel des idealen Mannes verliehen bekommen?« scherzte Linda eines Abends. In Wirklichkeit wohnte sie diesem perfekten Schauspiel mit dem gleichen Unbehagen bei, das sie früher als Kind verspürt hatte, wenn man sie in den Zirkus mitnahm und sie sah, wie sich Liliputaner in lustigen Kapriolen zur Schau stellten oder die Tiger sich durch brennende Reifen stürzten. Sie konnte nicht umhin, das Schauspiel zu bewundern, doch sie nahm auch die unterschwellige Gewalt wahr. Es war *unnatürlich*, daß Liliputaner glücklich waren, daß die Tiger beim Peitschenschlag des Dompteurs lossprangen und daß Matteo mit ihrem Leben zufrieden war, so wie er es vorgab.

»Wir wirken wie ein Pärchen Sechzigjähriger, die durch die Gewohnheit und Erinnerungen vereint sind«, sagte Linda immer wieder zu Sara. »Und unsere körperliche Beziehung entspricht genau der Definition von ehelichen Pflichten!«

Anfang August schloß die Agentur, und sie fuhren alle zusammen in die Ferien nach Antibes, in dasselbe Hotel, in dem Linda und Matteo ihre erste Liebesnacht verbracht hatten. Zufällig wurden sie auch in demselben Zimmer untergebracht. In der Nacht, als sie sich umarmten, lag sie stocksteif da, von unerträglicher Traurigkeit gelähmt. Sie waren zu zwei Schauspielern geworden, die die Leidenschaft wiederaufführten.

Nur die Nähe zu Giovanni und Anna Loi und deren Freundeskreis machte die drei Wochen an der Côte d'Azur erträglich. Ihre Enkel spielten mit Francesco, sie fuhren oft mit dem Boot hinaus, Carlotta hatte sich mit einigen gleichaltrigen Jugendlichen angefreundet. Sie aßen fast immer im Haus der Lois zu Abend, unterhielten sich anschließend im Innenhof, oder sie suchten gemeinsam die typischen kleinen Restaurants im Umland oder an der Küste auf.

Alle gingen davon aus, daß sie, Matteo und die Kinder eine Familie waren, und behandelten sie auch so. Dank dieses Umstands fühlte Linda sich wohl, zumindest wenn sie sich in Gesellschaft befanden. Manchmal wunderte sie sich darüber, daß Anna Loi sie trotz der vertraulichen und freundschaftlichen Beziehung, die zwischen ihnen entstanden war, nie nach ihrem Privatleben gefragt hatte. Doch zwei Tage vor ihrer Heimreise nach Mailand geschah etwas, das sie zutiefst demütigte, und das, wie ihr später klar werden sollte, der erste Riß in einem Damm war, der zum Brechen verurteilt war und vernichtende Fluten über sie ergießen würde.

Am Ende der Ferien hatten die Lois ein großes Essen im Freien für alle Freunde organisiert. Um sieben Uhr, während sie sich fertig machte, geriet sie mit Carlotta aneinander, die um jeden Preis darauf bestand, mit ihren Freunden am Strand auf den Sonnenaufgang zu warten, statt nach dem Discobesuch ins Hotel zurückzukehren. Zehn Minuten später rief der Portier an, um ihnen mitzuteilen, daß anstatt von Gisèle, der üblichen Babysitterin, ein anderes Mädchen kommen würde. Francesco stampfte mit den Füßen und schrie, er wolle sie nicht haben. Als es Matteo gelungen war, ihn zu beruhigen, und nun er sich fertigmachen wollte, merkte er, daß er kein sauberes Hemd anzuziehen hatte. Linda rechtfertigte sich, indem sie die Hotelreinigung beschuldigte, die sie nicht rechtzeitig zurückgebracht hatte.

Matteo rief wutentbrannt den Portier an und erfuhr, daß das Paket mit der schmutzigen Wäsche erst um elf Uhr dieses Tages gebracht worden war. Er verzichtete darauf, Linda die gewohnte Unordnung und Nachlässigkeit vorzuwerfen, wie er es sonst tat, und zog ein kurzärmeliges Hemd an.

Als sie nervös und schweigsam bei den Lois ankamen, ging Matteo zu Giovanni in den Pavillon, der auf dem Rasen aufgestellt worden war, und Linda blieb im Wohnzimmer mit Anna und einem Pärchen mittleren Alters, die sie noch nie zuvor gesehen hatte. Sie erfuhr, daß es Mailänder Freunde waren, die für das letzte Ferienwochenende nach Antibes eingeladen worden waren. Kurz danach lernte sie auch deren Tochter kennen, eine junge Frau um die fünfundzwanzig, die sehr anmutig und sehr zurückhaltend auf sie wirkte.

Als sie bei Tisch Platz nehmen sollten, zeigte ihre Mutter fröhlich auf den Stuhl neben Matteo: »Er ist der einzige junge

Gast in dieser Gesellschaft, also setzt ihr euch am besten nebeneinander!«

Linda sah, wie das Mädchen errötete und Anna verlegen etwas sagen wollte. Doch Matteo ließ ihr keine Zeit dazu: Er rückte bereitwillig den Stuhl zurück und schenkte dem Mädchen ein freundliches Lächeln.

Linda saß neben Giovanni Loi und gebot sich, die beiden zu ignorieren. Am Ende des Abendessens jedoch erhob plötzlich die kupplerische Mutter ihre Stimme. An Matteo gewandt, fragte sie schamlos: »Sie sind doch nicht verheiratet, oder?«

Linda hatte den lächerlichen Eindruck, als hielten alle den Atem an und warteten auf die Antwort. Sie warf Matteo einen Blick zu und merkte, daß auch er sie ansah. Was wartest du so lange mit der Antwort? forderte sie ihn innerlich heraus. Nach einigen Sekunden, die wie eine Ewigkeit wirkten, stieß er ein kurzes Lachen aus. »Ja und nein ...« Eine blasierte und peinliche Ausflucht.

Linda bemerkte die Verlegenheit der Gastgeber und derer, die nach den drei Wochen auch zu ihren Freunden geworden waren. Sie sah sie an, als würde sie auf eine lange Reise gehen, resigniert und losgelöst. Dann wandte sie den Blick wieder Matteo zu. »Alle wissen, daß du nicht verheiratet bist, mein Lieber. Doch ich glaube, daß du nach so vielen Erfahrungen und Abenteuern bereit für eine Ehe mit dem richtigen Mädchen bist.«

Auf der Rückfahrt zum Hotel schwiegen sie sich eisig und feindselig an, wie zwei Menschen, die nach den rechten Worten suchen, um einen Streit zu beginnen, und sie nicht finden. Linda ging sich ausziehen und abschminken, und Matteo wartete auf dem Balkon, daß das Bad frei würde. Als er ins Bett kam, sah er, daß sie die Augen geschlossen hatte. Offenkundig gab sie nur vor zu schlafen, und vielleicht war es besser so: Ein Streit in diesem Moment würde sie beide Dinge sagen lassen, die nicht wieder gutzumachen wären. Er löschte das Licht und drehte sich auf die Seite. Wir haben das Abendessen bei den

Lois kaputtgemacht und alle Anwesenden erstarren lassen, dachte er. Er wußte nicht, ob er wütender auf sich oder auf Linda war: Er hatte sich wie ein stotternder Judas verhalten, und sie hatte übertrieben reagiert.

Als er morgens aufwachte, war Linda nicht im Zimmer. Durch die Trennwand hörte er ihre erhobene Stimme, wie sie im Zimmer der Kinder mit Carlotta stritt, und spürte etwas in sich, das tiefer Ablehnung nahekam. Wir haben keine Privatsphäre mehr, keine Stille, weder Freiheit noch Ruhepausen, dachte er. Kein Wunder, daß uns die Nerven durchgegangen sind, kein Wunder, daß unsere Beziehung in einer Krise steckt.

Linda stieß die Tür auf, das Gesicht vor Zorn gerötet. »Wir packen und reisen *sofort* ab«, verkündete sie in Befehlston.

»Was ist passiert?«

»Carlotta«, stieß sie hervor. Es waren keine Erklärungen nötig, der Name ihrer Tochter genügte, um Ärger und Probleme auszudrücken.

»Wir hatten uns mit den Lois verabredet, den letzten Tag mit ihnen auf dem Boot zu verbringen«, gab Matteo zu bedenken und bemühte sich, ruhig zu bleiben.

»Ich kann mir kaum vorstellen, daß sie uns vermissen werden.«

»Schon gar nicht, wenn wir uns wie die Bauern benehmen und abreisen, ohne uns zu …«

»Gestern abend haben wir uns schon genug verausgabt, schlimmer geht es nicht mehr.«

»Sprich bitte für dich, Linda. *Du* hast alle mit deinem billigen Sarkasmus zu Salzsäulen erstarren lassen.«

»Dein feiges *ja und nein* hat auch nicht gerade Beifallsstürme hervorgerufen.«

»Es war ein unglücklicher Spruch, das gebe ich zu. Hättest du es geschluckt, wäre die Sache damit erledigt gewesen. Aber nein. Dein übersteigertes Ego forderte Blutrache.«

»So nennt man neuerdings Würde und Anstand? Hast du nicht daran gedacht, daß du mich demütigst und all die in Verlegenheit bringst, die uns für Mann und Frau hielten?«

»Schrei nicht so, Linda.«

»Du kannst mich mal.«

»Ich gehe den Lois Bescheid sagen, daß wir abreisen.«

Auf der Heimfahrt sagte niemand ein Wort. Die Grabesstille wurde nur von Francescos Forderungen und Nörgeleien unterbrochen: Ich habe Durst, ich habe Hunger, ich muß mal, sind wir bald da?

Zwischen Antibes und Genua machten sie an sechs Raststätten halt. Matteo hielt auf Lindas Wunsch hin an und wartete im Auto.

»Du könntest mir diesen noblen, märtyrerhaften Gesichtsausdruck ersparen«, platzte Linda heraus, als sie vom Rastplatz Busalla losfuhren.

Matteo zwang sich, nichts zu entgegnen. In Tortona schlief Francesco ein, und sie konnten in einem Zug bis Mailand durchfahren.

Nachdem Matteo geholfen hatte, das Auto auszuräumen (Carlotta stieg in den Fahrstuhl, ohne auch nur ihre Tasche mitzunehmen), ging er ins Arbeitszimmer, um zu telefonieren, und blieb etwa eine halbe Stunde weg. Als er wiederkam, waren die Koffer geöffnet, und im ganzen Wohnzimmer lagen Kleidungsstücke, Schuhe und zusammengeknüllte Zeitungen herum.

»Ich gehe auf einen Sprung zu meiner Mutter«, verkündete er.

»Einen Sprung mit Abendessen und Übernachtung oder ohne?«

Matteo gab keine Antwort und knallte beim Hinausgehen die Tür zu.

Carlotta beugte sich über einen Koffer und holte ihre CDs heraus.

»Du bist mit deinem Latein am Ende, was, Mama?« sagte sie sarkastisch.

Sie wollte in ihr Zimmer gehen, als Linda sie zu fassen bekam. »Du hilfst mir jetzt beim Kofferauspacken und Aufräumen.«

»Du brauchst nicht auf mich sauer zu sein, wenn auch dein dritter Mann dabei ist, dich sitzenzulassen«, gab sie boshaft zurück.

»Verschwinde! Sofort!«

»Entscheide dich: Soll ich nun verschwinden oder bleiben?«

Linda verpaßte ihr eine Ohrfeige.

Zwei Tage später rief die vom Gericht beauftragte Psychologin Linda im Büro an und kündigte ihren Besuch an. »Bevor ich meinen Bericht abgebe, möchte ich mich noch kurz mit Francesco unterhalten. Und auch mit Ihnen und Signor Morelli«, fügte sie freundlich an.

»Gibt es neue Schwierigkeiten?« fragte Linda besorgt.

»Ich würde sagen, nein. Ich muß nur genau überprüfen, ob das, was ich schreibe, der Wahrheit entspricht.«

»Wir kommen gerade aus dem Urlaub. Dem Kind geht es ausgezeichnet.«

»Daran habe ich keinerlei Zweifel!«

Linda war beruhigt und machte einen Termin für den darauffolgenden Nachmittag um fünf Uhr aus. Sie sagte Matteo Bescheid, und Matteo meinte, das passe ihm wunderbar, um diese Zeit sei er sicher auch zu Hause.

Am nächsten Tag verließ Linda das Büro um drei Uhr. Sie wollte sichergehen, daß die Wohnung aufgeräumt war, und Francesco eine halbe Stunde früher vom Kindergarten abholen, um ihn noch zu baden und sorgfältig anzuziehen.

»Du benimmst dich wie die Besitzer, die ihren Hund striegeln, bevor sie ihn zur Hundeausstellung bringen!« meinte Matteo lachend, als sie sich von ihm verabschiedete und ihn bat, die Verabredung mit der Psychologin nicht zu vergessen.

»Soweit ich weiß, hast du niemals Hunde oder Kinder gehabt«, antwortete Linda trocken.

»Ich schwöre dir, daß ich nur einen Witz machen wollte!« verteidigte sich Matteo aufrichtig bedauernd.

»Scheint dir das der passende Augenblick dafür?«

Es ist nie der passende Augenblick, gab er innerlich zurück.

Er nickte lediglich und versicherte ihr, pünktlich um fünf zu Hause zu sein.

Und es kam zum zweiten Riß. Um viertel vor sieben war er immer noch nicht da, und die Psychologin fing an, ungeduldig auf die Uhr zu blicken. Sie hatten sich über die Schule unterhalten, über Einrichtung, Ferien, Politik, Adoptionen, Werte: Banale und ernste Themen wechselten einander in freundschaftlicher Atmosphäre ab. In der Zeit (das war Linda keinesfalls entgangen) hatte die Psychologin Francesco, der immer wieder ins Wohnzimmer kam und wieder hinausging, nicht aus den Augen gelassen, und es war ihr gelungen, ihm eine ganze Menge Fragen zu stellen.

Um sieben Uhr stand die Psychologin auf. »Es hätte mich gefreut, wenn ich die Gelegenheit gehabt hätte, mich auch kurz mit Ihrem Lebensgefährten zu unterhalten, Linda, aber es wird sich sicher noch die Gelegenheit dazu bieten.«

»Es tut mir leid. Ich verstehe wirklich nicht, wieso ...«

»Haben Sie immer noch vor, zu heiraten?« fragte sie ungezwungen.

Die Türklingel rettete Linda aus der Verlegenheit. »Vielleicht ist es Matteo«, sagte sie und lief zur Tür.

Er war es. Er entschuldigte sich bei der Psychologin, nahm Francesco auf den Arm, der ihm ins Wohnzimmer gefolgt war, legte den anderen Arm liebevoll um Lindas Schultern, setzte sein charmantestes Lächeln auf und entschuldigte sich ein zweites Mal für die Verspätung.

Und die Psychologin erlag dem Charme und erwiderte das Lächeln. »Ich fragte Linda gerade, ob Sie vorhaben zu heiraten.«

Linda fragte schroff: »Würde das für den Jugendrichter etwas ändern?«

Die Frau blickte sie verwundert an. »Theoretisch sollte es eigentlich nicht.«

Linda gab Matteo einen Wink, das Kind hinauszubringen. »Ich will nicht, daß Francesco solche Gespräche mitbekommt«, erklärte sie, als sie allein waren. »Was sagten Sie gerade?«

»Der Adoptionsantrag wurde von Ihnen gestellt, und theoretisch sind Sie die Bezugsperson für den Richter. In der Praxis wäre es allerdings einfacher, wenn Sie zum Zeitpunkt der Vorladung verheiratet wären. Ihr Zusammenleben mit Signor Morelli scheint stabil zu sein und dauert seit über einem Jahr, wenn ich nicht irre.«

»Fünfzehn Monate.« Matteos Stimme. Linda hatte nicht gemerkt, daß er sich beeilt hatte, wieder dazuzukommen.

»Um so besser. Eine so lange Zeit läßt annehmen, daß Ihre Beziehung ernsthaft ist und nicht nur eine Laune oder eine vorübergehende Leidenschaft!«

Nur Linda lachte nicht. »Ich möchte, daß Francescos Adoption unabhängig von dieser Beziehung entschieden wird. Sie haben selbst gesagt, daß ich für den Richter die Bezugsperson bin.«

»Ja, gewiß. Dennoch ...«

»Egal, wie sich meine Beziehung jetzt und in Zukunft gestaltet, die Bindung zu meinem Sohn hat damit nichts zu tun«, betonte Linda. »Und ich glaube nicht, daß ich gezwungen bin, überstürzt zu heiraten, um ihre Stärke unter Beweis zu stellen.«

»Was sagen Sie zu diesem Thema?« fragte die Psychologin Matteo.

Matteo machte eine scherzhaft machtlose Geste. »Was soll ich dazu sagen? Ich nehme es zur Kenntnis und füge mich, wie alle Männer es im allgemeinen mit euch Frauen tun!«

»Wir sind wirklich ein ideales Paar«, sagte Linda. Nur Matteo hörte aus dem scherzhaften Spruch den Hauch von Entweihung und Sarkasmus heraus.

Sie begleiteten die Frau zum Fahrstuhl, und Linda ging sofort in die Küche, um das Abendessen vorzubereiten. Sie verlangte keine Erklärung für seine Verspätung, sie griff ihn nicht wegen seines feigen Rückziehers an, als das Thema Heirat angesprochen worden war, sie zog ihn nicht für seinen Auftritt als perfekter Mann auf. Matteo fühlte sich genauso wie als Kind, wenn er etwas ausgefressen hatte und hin- und hergerissen war zwischen der Erleichterung, aufrichtig gewesen zu sein, und der Furcht, ertappt und bestraft zu werden. Wie früher war er durcheinander und wurde von Schuldgefühlen geplagt.

Der Riß nahm Anfang September beängstigende Ausmaße an, nach einer Reihe von Auseinandersetzungen, die auf ganz banalen Anlässen beruhten: Charlotta, die zu häufig ausging, Francescos Spielsachen, die überall verstreut herumlagen, eine Klempnerrechnung, die Linda überwiesen hatte, ohne zu überprüfen, ob die Reparaturen auch ordnungsgemäß ausgeführt worden waren, ein untragbares Kleid, das sie gekauft hatte, nur weil es ein Sonderangebot war ...

Es waren klägliche Auseinandersetzungen, die nichts klärten, sondern nur dazu dienten, die Anspannung loszuwerden und ihrer Beziehung immer weiter zu schaden.

Eines Morgens wies Matteo Carlotta zurecht, und das Mädchen schrie ihm wutentbrannt entgegen, daß sie ihn nicht mehr ertragen könne: Worauf er denn noch wartete, bis er sich endlich aus dem Staub machte?

»Das ist auch mein Zuhause: Wenn es dir hier nicht gefällt, kannst du ja gehen«, schnitt Matteo ihr das Wort ab.

Um vier Uhr nachmittags rief Cinzia besorgt bei Linda an: Carlotta war noch nicht nach Hause gekommen, dabei hätte sie um ein Uhr Schule aus gehabt.

Linda rief alle Freundinnen ihrer Tochter an, doch sie erfuhr lediglich, daß sie wohl in der Schule gewesen und ganz normal um eins gegangen sei. Nein, sie hätten nicht beobachtet, daß sie zu einem Fremden auf ein Motorrad oder in ein Auto gestiegen sei. Ja, sie waren sich ganz sicher.

Um acht Uhr abends, als Linda mittlerweile von Panik ergriffen und fest entschlossen war, das Verschwinden ihrer Tochter anzuzeigen, rief Sara an, um ihr mitzuteilen, daß Carlotta bei ihr war.

»Sie ist gerade angekommen, und sie weiß nicht, daß ich dich anrufe«, flüsterte sie. »Ich behalte sie heute nacht hier, beruhige dich, und morgen sprechen wir uns wieder.«

Die Erleichterung war so groß, daß Linda meinte, gleich

umzufallen. Die Angst, die von jeder Faser ihres Körpers Besitz ergriffen hatte, zog sich langsam zurück, und sie fühlte sich energielos und blutleer. Matteo, der ihr in diesen Stunden schweigend beigestanden hatte, das Gesicht von Hilflosigkeit und Schuldgefühlen angespannt, packte sie unter den Achseln und stützte sie.

Linda fuhr wie eine Furie herum. »Ich hasse dich! Es ist vorbei!« rief sie aus allen Kräften, die sie plötzlich wiedergefunden hatte.

Matteo sah sie einige Augenblicke wie versteinert an. Dann drehte er sich um und ging aus dem Haus. *Es reicht*, sagte er, als er die Tür hinter sich zuzog. Er hatte sich in seinem Leben noch nie so unglücklich gefühlt. *Es reicht*, wiederholte er sich, während er das Auto aufschloß. Ich kann nicht mehr, es hat nicht funktioniert, ich muß mich damit abfinden. Tränen stiegen ihm in die Augen. Was ist mit uns geschehen? Warum haben wir verloren?

XX

Matteo übernachtete in einem Hotel, und erst als er auf seinem Zimmer war, merkte er, daß er weder Pyjama noch Rasierzeug oder Wäsche zum Wechseln dabeihatte. Zu seinem Kummer gesellte sich noch das Gefühl der Verlassenheit, und er kam sich beinahe wie ein Lump vor. Er lag in Unterwäsche im Bett, die Hände hinter dem Kopf verschränkt, und starrte an die Decke, als stünde dort sein Versagen angeschrieben. Mit Linda war es vorbei, und was ihn wirklich schmerzte, war die Klarheit, daß er um nichts auf der Welt wieder von vorn anfangen wollte. Zu anstrengend, zu bitter, zu erniedrigend: In den vergangenen Wochen hatte er sich wie ein Nichts gefühlt.

Ich wünsche mir, daß morgen früh, wenn ich wach werde, ein Jahr um ist, daß es keine Auseinandersetzungen mehr zu führen, keine Sachen aufzuteilen, keine praktischen Probleme mehr zu lösen gibt. Doch genau das erwartete ihn. Fünfzehn Monate des Zusammenlebens hatten ein Geflecht an Verbindungen und gemeinsamen Interessen entstehen lassen, die auf anständige Weise gelöst werden wollten: Es war undenkbar, daß er einfach verschwinden oder diese Nacht im Hotel als den endgültigen Abgang ansehen könnte.

Morgen früh rufe ich Linda an: Je früher wir uns aussprechen, um so früher wird jeder von uns sein Leben wieder aufnehmen können, beschloß er. Seine einzige Hoffnung war, daß sie es auf anständige Weise schaffen würden.

Am nächsten Morgen, kaum daß er wach war, griff er nach dem Telefon und rief sie an. Erst nach dem ersten Klingeln sah er auf die Uhr und stellte fest, daß es noch nicht einmal sechs Uhr war.

Linda ging nach dem zweiten Klingeln dran, gerade als er wieder auflegen wollte. »Es tut mir leid wegen gestern abend, ich hatte den Kopf verloren«, sagte sie weich und freundlich.

Matteo hatte sich auf den x-ten (und letzten) Wutausbruch eingestellt, und seine Überraschung war so groß, daß er erst einmal nichts herausbrachte. Doch die Erleichterung wich sofort der Angst, Linda könnte den Grund für seinen Anruf mißverstehen und ihn für Reue halten. »Bevor wir auseinandergehen, müssen wir uns noch einmal treffen«, stellte er fast brutal fest.

»Das gleiche wollte ich dir auch sagen«, erwiderte Linda ruhig. »Wir haben einiges zu besprechen und zu regeln, und ich glaube, es ist für uns beide das beste, es so bald wie möglich zu tun. Es ist deine Wohnung, Matteo, und es wäre nicht richtig …«

»Du kannst sie behalten, das ist kein Problem für mich.«

»Ich danke dir, aber für mich wäre es eines: Diese Wohnung hat mir nie gefallen«, gestand sie ohne jegliche Polemik. »Was ich sagen wollte, ist, daß wir einige Wochen lang in aller Freundschaft hier zusammenwohnen können, während wir den Umzug organisieren und unsere Angelegenheiten in Ordnung bringen. Ich meine, es ist unsinnig, daß du wie ein Dieb davonschleichst oder …«

»Ich sitze hier in einem Hotel und habe nicht einmal frische Unterwäsche dabei«, unterbrach Matteo sie, schämte sich aber sofort für diesen banalen Satz. In Wahrheit fühlte er sich fehl am Platz und unwohl.

»Da hast du Glück: Ich konnte heute nacht nicht schlafen und habe alle deine Hemden gebügelt.«

»Linda, es tut mir leid, daß es nicht geklappt hat«, brach es aus ihm heraus. Wiederum ein völlig unpassender Satz, doch ganz plötzlich hatte er Angst verspürt, in eine Falle zu tappen.

»Es hat nicht geklappt, und damit hat sich's.« Die kaum wahrnehmbare heitere Note war verschwunden. »Wenn wir uns nach den Gründen fragen oder auch nur darüber reden, werden wir uns nur unnötig quälen. Oder uns schreckliche Dinge sagen. Ich bin müde, Matteo.«

»Ich auch.«

»Gut, nachdem das geklärt ist, warte ich auf dich.«

Nach dem Telefongespräch ließ Matteo sich einen Kaffee und den *Corriere della Sera* aufs Zimmer bringen und beschloß, erst zu gehen, nachdem er sogar den Sportteil gelesen hatte. Als er fertig war, war es fast neun.

Er öffnete mit seinem Schlüssel. Linda saß in der Küche, hatte einen Stift in der Hand, Textmarker lagen über den Tisch verstreut. Als er hereinkam, stand sie auf. »Ich wollte mir gerade einen Kaffee machen, willst du auch einen?« fragte sie und schaltete die Maschine ein.

»Was machst du da?« Er zeigte auf den Tisch.

»Ich versuche, die Kontobewegungen der letzten drei Monate nachzuvollziehen. Trinkst du einen Kaffee mit?« fragte sie noch einmal.

»Nein, danke. Soll ich dir helfen?«

»Nicht nötig, ich muß nur prüfen, welche Schecks mit meiner Unterschrift von deinem Konto abgegangen sind, und zusammenrechnen, wieviel ich dir schulde.«

»Linda, um Himmels willen, laß das doch.« Er nahm sich einen Stuhl und setzte sich.

»Ich will nicht, daß zwischen uns Rechnungen offenbleiben. Im übertragenen wie im wörtlichen Sinn.« Sie stellte eine Tasse unter die Maschine und ließ den Kaffee hineinlaufen.

»Glaubst du, daß ich dir in einem Monat oder in einem Jahr eine Mahnung schicke?«

Linda trank den Kaffee und stellte die leere Tasse in die Spüle. Dann setzte auch sie sich. »Ich weiß sehr wohl, daß du ein Gentleman bist, aber auf meine Art bin auch ich es. Es paßt mir nicht, daß du Francescos Windjacke oder Carlottas Zahnarzt bezahlst, um nur die letzten Überweisungen zu nennen, die ich von deinem Konto getätigt habe.«

»Wie geht es Carlotta?«

»Sara hat mich vorhin angerufen, da schlief sie noch. Sie sind bis vier Uhr aufgeblieben und haben geredet.«

»Ich habe deine Kinder wirklich lieb, Linda.«

»Das weiß ich. Und ich bin überzeugt davon, daß du eines Tages ein toller Vater sein wirst.«

»Jetzt laß doch diese Rechnerei sein. Ich freue mich, daß ich die Windjacke bezahlt habe, und ...«

»Das kann ich nicht annehmen.« Sie schüttelte traurig den Kopf. »Allerdings kommt nach meiner ersten Rechnung ein Vermögen zusammen. Ich werde es dir von der Abfindung zurückzahlen.«

»*Abfindung*?«

»Du glaubst doch nicht, daß ich in der Agentur weiterarbeiten werde!«

Es war ein Problem, an das er selbst schon gedacht, das er jedoch sofort beiseite geschoben hatte. »Ich will nicht einmal daran denken, daß du arbeitslos wirst«, gab er sofort zurück.

»Ich hoffe, daß Giovanni Loi mir hilft. Der Gedanke ist mir heute nacht gekommen, als ich mir beim Bügeln den Kopf über eine Lösung zerbrach. Ich will ihn noch heute treffen. So lange, wie es dauert, Arbeit zu finden, wird es nicht leicht, aber Giovanni kennt mich, und er weiß, daß ich auf unserem Gebiet ganz gut klarkomme.«

»Ausgezeichnet«, verbesserte Matteo. Er merkte, wie verbittert es geklungen hatte, und fügte sofort hinzu: »Auf dich zu verzichten, wird ein großer Verlust für meine Agentur sein.«

Die Tatsache, daß für Linda ihre Trennung feststand und sie bereits ein Leben ohne ihn plante, erleichterte ihn ungemein, doch die Leichtigkeit, mit der sie es tat, verwirrte ihn unwillkürlich zutiefst. Es war geradezu beleidigend.

»Heute früh am Telefon hast du gesagt, daß diese Wohnung dir nie gefallen hat,« hörte er sich sagen. Es hatte weder mit ihrer Unterhaltung noch mit seinen eigenen Gedanken etwas zu tun, doch plötzlich wurde ihm klar, daß er seit sechs Uhr morgens über diesen Satz gegrübelt hatte.

Linda seufzte. »Ich empfand sie nie als mein Zuhause ... Ich habe mich nur in dieser Küche wohlgefühlt. Ich sah auf das Bild mit den Äpfeln und sagte mir, wenn sie glücklich sind, dann könnte auch ich es sein.« In ihrem Blick blitzte ein Lächeln auf, erlosch aber sofort wieder. »Ich hatte manchmal das Gefühl, es sei etwas Provisorisches, und dadurch ging es mir nicht gut. Ich wäre gern geflüchtet, aber ich fühlte mich wie in einen Käfig gesperrt. *Diese Wohnung* war der Käfig. Und ich werde ihr nicht nachweinen.«

»Die Wahrheit ist, daß du niemals an uns beide geglaubt hast! Du hast niemals Pläne für unsere Zukunft gemacht, niemals auch nur ein Fünkchen Vertrauen und guten Willen investiert, damit unsere Beziehung funktioniert!« Matteo konnte sich nicht länger zurückhalten und unterbrach sie.

»*Ja und nein*«, gab Linda sarkastisch zurück. »Diese drei kleinen Worte, die du in Antibes vor allen ausgesprochen hast, waren der Höhepunkt meiner Unsicherheit und meiner Identitätskrise: Sollte ich mich als deine Frau oder als deine Geliebte betrachten? Als Gegenstand deiner Liebe oder als nur noch flackernde Flamme? Und wolltest du für uns beide kämpfen, oder warst du eher darauf aus, dich von mir zu lösen? Ich konnte mir keine Antwort darauf geben.«

»Warum hast du mich nicht gefragt?«

»Ich hatte zuviel Angst, die Antwort bereits zu kennen.« Sie sah ihm zornig in die Augen. »Weißt du, seit wie vielen Monaten du trostlos und ausweichend bist und deine Nerven blank liegen? Weißt du, seit wie vielen Nächten ich mich auf die andere Seite drehe, um dein unglückliches Gesicht nicht zu sehen, das Gesicht eines jungen und hübschen Mannes, der in ein seltsames Schicksal gerissen wurde?«

»Keine Frau könnte mich so unglücklich machen, wie du es zu tun wußtest.«

»Da bin ich sicher. Ich habe dich plagen und mühen lassen, aber dafür hast du jetzt gelernt, Sturmwinden auszuweichen ... Wie man so sagt, ich war dein Schulschiff.«

»Du hast mir meine Manneswürde genommen! Du hast mir meine Persönlichkeit genommen und mich wie den elendsten aller Männer fühlen lassen!«

Linda zeigte sich unerschüttert. »Das geht wieder vorbei. Wenn du deinen Glanz wiedergefunden hast, wirst du gelernt haben, daß man immer auf seine Mutter hören sollte. Mütter sehen alles voraus und haben immer recht.«

Wut verzerrte Matteos Gesicht. »Willst du mit harten Bandagen kämpfen? Du warst nicht mein Schulschiff, sondern das Grab für einen Teil meines Lebens, der unwiederbringlich bleibt! In fünfzehn Monaten ist aus dem *jungen und hübschen* Mann ein zynischer Sechzigjähriger geworden. Ich will keine Frau, keine Kinder, keine Verantwortung und keine Probleme mehr haben, denn *du* hast mir meine Unzulänglichkeit vorgeführt. Gott allein weiß, wie sehr ich dich geliebt habe und wie sehr ich dir habe helfen wollen ... Aber du hast *immer* die Augen verschlossen. Du hast nie gemerkt, daß ich mit dir schlafen wollte, mit dir reden wollte, mit dir allein sein wollte, die Probleme für dich lösen wollte, versucht habe, deinen Kindern ein Vater zu sein.«

Er hielt kurz inne und senkte den Kopf. Der Zorn war verflogen, und er fühlte sich nur noch verdammt traurig. »Als wir zusammenkamen, war ich erst dreißig Jahre alt, Linda, und diese Tatsache läßt sich nicht leugnen. Ich hatte eine lockere Beziehung, viele Freunde, ich spielte Tennis, ging ins Theater und ins Kino, fuhr an den Wochenenden in die Berge. Ich hatte nie das Gefühl, ein Opfer gebracht zu haben, als ich darauf verzichtete, nur um das klarzustellen, auch wenn ich mich manchmal fragte, warum es uns *unmöglich* war, etwas zusammen zu unternehmen. Und der Blitz soll mich treffen, wenn ich mich auch nur einmal gefragt habe, ob du nicht zu viele Probleme hattest oder ob du zu alt für mich warst. Es hat nicht funktioniert, weil du eine Mauer zwischen uns errichtet hast: Ich versuchte auf der einen Seite, sie einzureißen, du fühltest dich auf der anderen Seite *provisorisch* und in einem Käfig gefangen.«

Er hob den Kopf, und sein Herz zog sich zusammen. Linda sah ihn an, Tränen rannen stumm über ihr trauriges Gesicht. »Es tut mir leid, Matteo. Erst jetzt wird mir klar, was ich dir angetan habe. Und trotzdem ist es hoffnungslos.«

»Auch ich habe meine Fehler gemacht. Vielleicht hätte ich die Mauer einfach überspringen sollen, anstatt sie einreißen zu wollen. Oder vielleicht hätte ich laut schreien sollen, wie sehr ich dich liebe, anstatt stur und stumm Schläge auszuteilen.«

Sie lächelte ihm durch die Tränen zu. »Wenigstens haben wir uns jetzt ausgesprochen.«

Linda rief noch am gleichen Tag Giovanni Loi an und bat ihn um ein Treffen: Es handele sich um etwas Persönliches, fügte sie hinzu. Der Klang ihrer Stimme mußte ihn berührt haben, denn der Unternehmer antwortete, sie könnte jederzeit kommen, auch sofort.

Ohne Umschweife und mit großer Offenheit erzählte Linda ihm, daß ihre Beziehung zu Matteo beendet war und daß ihr Verbleib in seiner Agentur problematisch für beide Seiten wäre. Giovanni Loi kam ihrer Frage zuvor, indem er ihr sagte, er würde sich glücklich schätzen, sie als seine Assistentin einzustellen. »Und glaube nicht, ich tue dir lediglich einen Gefallen«, beeilte er sich hinzuzufügen. »Du verfügst über Erfahrung,

Gespür, Verstand und Begeisterungsfähigkeit. Und sollte das nicht reichen, du bist auch eine liebe Freundin der Familie.«

Sie gingen mit der Absprache auseinander, daß sie ihn wieder anrufen würde, sobald sie bereit wäre, die neue Stelle anzutreten, und er würde ihr persönlich den Arbeitsvertrag zur Unterschrift vorbeibringen. Als er sie zum Fahrstuhl brachte, versicherte Loi ihr, daß sie in der Zwischenzeit auf ihn und seine Frau zählen konnte. »Was immer du auch brauchen solltest, wir werden uns freuen, dir helfen zu können.«

Das erste Problem war also gelöst. Das zweite bestand darin, eine neue Wohnung zu finden. Nicht allzu zentral gelegen, denn sie konnte sich die Mieten, die man dort verlangte, nicht leisten, jedoch auch nicht allzu weit draußen, sonst würden organisatorische Probleme mit Francesco auf sie zukommen: Im Sommer sollte der Kleine in die Grundschule kommen, und sie konnte unmöglich durch die ganze Stadt fahren, um ins Büro zu kommen, nachdem sie ihn zur Schule gebracht haben würde. Außerdem würde Carlotta die Abgeschiedenheit und den Zwang, die Schule wechseln zu müssen, als Zeichen für Abstieg und Ausgrenzung empfinden.

Am folgenden Morgen ging sie in die Agentur und bat Erminia, ihr aus dem Computer alle Wohnungen herauszusuchen, die in der Nähe des Zentrums gelegen waren und deren Miete nicht mehr als achthunderttausend Lire betrug.

Nando Casio, einer der Verkäufer, baute sich hinter ihnen auf, während Erminia den Drucker einschaltete. »Seit wann kümmerst du dich denn um Vermietungen?« fragte er Linda scherzhaft.

Sie überlegte kurz und entschied, daß das die beste Gelegenheit war, ihnen mitzuteilen, was vorgefallen war. Sie erwiderte Casios Lächeln. »Ich suche nach einer Wohnung für mich. Matteo und ich haben beschlossen, uns zu trennen, und sobald ich die offenen Angelegenheiten hier geregelt habe, werde ich für Giovanni Loi arbeiten.«

»Mein Gott«, rief Erminia aus, zu überrascht, um noch etwas hinzuzufügen.

»Es tut mir leid«, sagte Casio. »Es tut mir leid wegen dieser Trennung, aber vor allem, weil du so eine tüchtige Kollegin bist. Wir haben es immer sehr geschätzt, daß du uns deine Verbindung zum Chef nie hast spüren lassen. Ist diese Nachricht offiziell?«

»Ihr seid die ersten, denen ich es erzählt habe, und ich finde es nicht passend, offizielle Ankündigungen zu machen … Wenn sich die Gelegenheit bietet, werde ich es auch den anderen sagen.«

Zehn Minuten später wußten es alle, und bis zur Mittagspause herrschte ein ständiges Kommen und Gehen in ihrem Büro. Ein vielstimmiges »Du wirst uns fehlen«, »das kann doch nicht sein«, »es tut uns leid« erklang. Glücklicherweise war Matteo zu einer Baustelle hinausgefahren, und so konnte sie sich ungezwungen mit den Kollegen unterhalten.

Einer der Verkäufer fand noch am selben Morgen eine Lösung für ihr Problem. Er erzählte ihr, daß eine Dreizimmerwohnung mit Küche, Diele und Bad im obersten Stock des Hauses frei wurde, in dem er selbst wohnte. »Sie liegt in der Via Bellezza, nicht weit vom Corso di Porta Romana. Erst gestern«, lachte er, »hat mich die Hausbesitzerin gefragt, ob ich ihr nicht einen Freundschaftsdienst erweisen, ihr also ohne Maklergebühr einen vertrauenswürdigen Nachmieter stellen könnte.«

»Das ist eine bevorzugte Lage, und ich fürchte, die Miete wird für mich unerschwinglich sein …«, gab Linda zu Bedenken.

»Die Wohnung hat nur ein Bad, die Schlafzimmer sind klein, und durch das Wohnzimmer läuft der Rauchfang. Dadurch wird das Zimmer im Sommer sehr heiß, und so muß eine Klimaanlage eingebaut werden. Wenn ich ein gutes Wort einlege, glaube ich, daß ich die Miete auf achthunderttausend Lire drücken kann.«

»Das wäre perfekt! Kannst du nicht sofort anrufen, bevor sie mir jemand wegschnappt?«

»Zu Befehl!« Nach zehn Minuten kam er wieder. »Die Besitzerin erwartet dich nächsten Montag, damit du dir die Wohnung ansiehst. Die achthunderttausend Lire gehen in Ordnung, aber du mußt auf deine Kosten streichen.«

»Mache ich, das ist kein Problem!«

»Hey, versuch, dir nicht deine ganze Begeisterung anmerken zu lassen, wenn du dich mit ihr triffst«, riet er ihr.

»Alle fünf Schritte etwas aussetzen: Ich werde mich an die eiserne Faustregel der gerissensten Kunden halten, um den Preis zu drücken.«

Linda befolgte Saras Rat und nahm Carlotta zur Wohnungsbesichtigung in der Via Bellezza mit, und sie wartete, daß sie zuerst ihre Meinung sagte. Zunächst sah ihre Tochter sich mit anmaßendem und würdevollem Gesichtsausdruck um. Als sie jedoch die hübsche Dachterrasse entdeckte, zu der man vom Wohnzimmer aus Zugang hatte, konnte sie ihre freudige Überraschung nicht verhehlen. Die vorsichtige Zustimmung schlug in Begeisterung um, als sie zufällig herausbekam, daß ihre Italienischlehrerin, ihr großes Vorbild, im gleichen Haus im zweiten Stock wohnte.

»Laß sie uns nehmen, Mama!« Es war mehr ein Flehen als Zustimmung. Linda ließ einen Scheck über eine Million Lire als Kaution da: Der Schwiegersohn der Besitzerin sollte sie in den nächsten Tagen bezüglich weiterer Absprachen und wegen des Vertrags anrufen.

Matteo empfahl Linda, das Streichen und eventuelle Renovierungsarbeiten dem Maurer zu übertragen, der einst die Agentur umgebaut hatte. »Er ist tüchtig, schnell und hochanständig«, erklärte er.

Linda konnte sich noch sehr gut an ihn erinnern. »Das ist eine ausgezeichnete Idee«, sagte sie und versuchte, ihre Schwermut zu unterdrücken. Der Umbau, der Staub, der Maurer, der herein- und herauslief und mit seinen zahlreichen Familienmitgliedern herumhämmerte ... Auch sie waren Teil eines Kapitels, das nunmehr für immer abgeschlossen war.

XXI

Sie blieben noch zwei Wochen in ihrer Wohnung am Corso Monforte. Morgens ging Linda ins Büro, um die offenen Vorgänge zu Ende zu bringen, wobei sie nach und nach alle Informationen dazu an Matteo weitergab. Nachmittags eilte sie nach Hause, um den Umzug vorzubereiten. Die Firma, die ihr vom Maurer empfohlen worden war, hatte ihr geeignete Kartons gebracht, und jeden zweiten Tag kam ein Mitarbeiter, nahm die vollen Kisten mit und ließ neue, leere da.

Linda begann damit, die Bücher, das Geschirr und die Nippesfiguren, die ihr gehörten, einzupacken, und klebte auf jeden Karton ein Etikett, das auf den Inhalt verwies. Wenn Matteo abends nach Hause kam, räumte er seine Sachen weg, die Linda ihm bereits in fein säuberlich geordneten Stapeln zurechtgelegt hatte. Die persönlichen Gegenstände, die Unterwäsche und die Kleidung sollten in ein Pensionszimmer, alles übrige zu seiner Mutter gebracht werden.

»Du hast den höchsten Grad der *Optimierung* erreicht«, zog Matteo sie eines Abends auf.

»Ich hatte den besten Lehrmeister«, erwiderte sie lachend.

Um acht machten sie Pause fürs Abendessen. Als die Teller und Töpfe weggepackt waren, gingen sie dazu über, im Restaurant oder in einer Pizzeria zu essen. Francesco benahm sich wie ein kleiner Mann, Carlotta wirkte wie die liebste aller Töchter. Sonderbarerweise herrschten in diesem Chaos plötzlich Ordnung und Organisation: Jeder fand alles, Termine wurden eingehalten, jeder half jedem. In diesen letzten Tagen gab es weder Streit noch Spannungen: Es war, als wären sie wie durch ein Wunder einem Sturm entkommen und hätten plötzlich den wahren Wert der Dinge erkannt.

An einem Samstagabend, dem letzten Samstag, den sie zusammen verbringen sollten, beugte Carlotta sich zu Matteo, der vor einer Kiste kniete, hinüber und gab ihm einen Kuß. »Gute Nacht, Arbeiter«, sagte sie heiter zu ihm. Es war eine spontane Geste, die es so noch nie bei ihr gegeben hatte. Linda sah ihrer Tochter überrascht nach, und ihr Herz zog sich zusammen, als sie eine Spur Traurigkeit und Angst in ihrem Blick entdeckte.

In jener Nacht wälzte sie sich schlaflos auf dem Sofa im Wohnzimmer. Die Wahrheit ist, daß der Sturm noch nicht über uns hinweggezogen ist, und wir alle verschreckt darauf warten, dachte Linda. Wir laufen auf Zehenspitzen und halten den Atem an in Erwartung der drohenden Katastrophe, und wir sind artig und fromm, denn wir wissen, daß wir alle auf dasselbe Urteil warten.

Leider gibt es für uns keine Gnade. Blieben wir zusammen, würden wir schon nach wenigen Wochen oder gar Tagen das Zusammengehörigkeitsgefühl und die Furcht dieser Tage wieder vergessen und aufs neue in die Hölle aus Unverständnis und Auseinandersetzungen zurückfallen. Matteo und ich schaffen es nur, miteinander zu reden, weil wir wissen, daß wir uns trennen werden. Er weiß sehr gut, daß – ist der Sturm einmal vorüber – in seinem Leben die Sonne wieder scheinen wird ... Und auch ich werde irgendwie überleben, sagte sie sich in einer Aufwallung von Stolz.

Der letzte Tag. Die beiden Angestellten der Umzugsfirma kamen vorbei, um die Betten abzuholen und sie in die Via Bellezza zu bringen, und die alte Wohnung stand leer.

Um fünf Uhr nachmittags holte Sara Francesco und Carlotta ab und nahm sie mit zu sich: Sie sollten einige Tage bei ihr verbringen, damit die Freundin in Ruhe die neue Wohnung einrichten konnte.

Sonderbar, Sara hatte das dritte Scheitern im Liebesleben von Linda überhaupt nicht kommentiert. Sie hatte sich auf den Ratschlag beschränkt, sich nicht wie eine paranoide Verlassene zu verhalten. »Es gab zu viele Dinge, die gegen euch standen, keine Frau hätte es an deiner Stelle geschafft.«

Vielleicht bestand unser Fehler darin, daß wir nicht gemeinsam gekämpft haben, dachte Linda, als sie allein war. Sie schloß nacheinander alle Fenster und ließ nur das im Wohnzimmer offenstehen, wo sie wartete, daß Matteo kam. Sie hatten sich für halb sechs verabredet: Sie mußte ihm noch ihren Schlüsselbund übergeben, den der Verwalter bekommen sollte, und die Verträge, damit Strom, Wasser, Gas und Telefon gekündigt werden konnten.

Sie rückte einen mit Altpapier und Müll gefüllten Karton an die Wand, setzte sich darauf und zündete eine Zigarette an. Es war schon Herbst, und bald würde der Winter kommen, dachte sie, den Blick auf eine gelb gefärbte Baumkrone hinter dem Fenster gerichtet. Sie blickte zu Boden und sah dort, wo bis vor wenigen Tagen noch der Tisch gestanden hatte, einen Kaffeefleck. Sie hatte alles sorgfältig geputzt, wie konnte es sein, daß er ihr nicht aufgefallen war? Und wie viele andere Dinge waren ihr wohl nicht aufgefallen?

Ich hatte Freunde, spielte Tennis, ging ins Theater, fuhr Ski …

Sie hatte ihm alles genommen, ohne sich dessen bewußt zu werden. Ihr war es nicht einmal seltsam vorgekommen, daß ein junger und reicher Mann wie er keinen Sport trieb, keine Freunde traf, außer ihr keine Interessen hatte. *Denk an das, was Matteo dir genommen hat.* Nichts, mein Leben war öde. *Das stimmt nicht, es war nur anstrengend. Aber dafür hattest du Selbstwertgefühl, Begeisterungsfähigkeit und Hoffnungen. Schau, was aus dir geworden ist: Du sitzt da auf einem Karton, mit gebrochenem Herzen, um dich herum Asche.*

O Gott, die Asche! Sie sprang auf, kehrte sie mit den Fingern zusammen und schafte sie mit einem Papiertaschentuch weg. Dann setzte sie sich wieder, und bevor sie sich noch eine Zigarette anzündete, bastelte sie sich einen provisorischen Aschenbecher aus einem Stück Papier, das sie zu einem Trichter rollte.

Schau, was aus dir geworden ist. Das weiß ich! antwortete sie der anderen Linda. Aber ich will das tiefste Elend erreichen, denn *es tröstet mich*, zu leiden, denn das Gefühl, allein, gescheitert und ohne Hoffnung zu sein, hilft mir, nicht an ihn zu denken. Ich leide *wegen mir*, nicht, weil ich ihn verloren habe. Und ich will, wenn ich an unsere Beziehung zurückdenke, daß das Unglück dieser Zeit mir das Glück, das sie mir gebracht hat, winzig klein erscheinen läßt.

Halb sechs. Im gleichen Augenblick, in dem sie auf die Uhr sah, hörte sie den Schlüssel im Schloß. Matteo. Als sie sich an all die Male erinnerte, wo er zu spät gekommen war, an all die Abende, an denen sie auf ihn gewartet hatte, stieg Groll in ihr auf. Sie sprang auf und stellte sich ans Fenster. Sie wollte nicht sehen, wie er mit gequältem Gesichtsausdruck und auf die Minute pünktlich zur Begräbnisfeier kam. Sie starrte auf den gelb gefärbten Baum und hörte, wie sich seine Schritte entfernten. Sie hielt den Atem an. Sie hörte, wie Matteo stehenblieb, wieder losging, erneut stehenblieb, während die Zimmertüren nacheinander geöffnet und wieder geschlossen wurden.

Sie wandte sich vom Fenster ab und ging ihn suchen. Er stand reglos vor ihrem alten Schlafzimmer, das nur von einer von der Decke herabhängenden Glühbirne erleuchtet wurde, und hatte einen Arm an den Türrahmen gelehnt, als wollte er sich stützen.

»Hier bin ich«, rief sie ihm zu.

Er nickte, ohne sich umzudrehen. »Wo sind die Kinder?«

»Sie sind vorhin mit Sara weggegangen.«

Matteo schaltete das Licht aus und trat einen Schritt von der Tür zurück. Als er sich schließlich umdrehte, sah Linda, daß seine Augen glänzten. »Ich hätte mich gern von ihnen verabschiedet.«

»Ihr habt euch doch heute früh voneinander verabschiedet.«

»Die Umzugsleute haben alles mitgenommen ...«

»Ja. Die leere Wohnung macht einen sonderbaren Eindruck.«

»Du hättest mir gleich zu Anfang sagen sollen, daß dir diese Wohnung nicht gefiel, Linda.«

Sie zuckte mit den Schultern, als wollte sie sagen, daß das jetzt nicht mehr wichtig war.

»Sie erschien mir groß, hell, wie für uns gemacht. Ich habe mich auf den ersten Blick in sie verliebt.«

Linda lächelte schwach. »Aber mit unserem Einzug hat sie sich mit Chaos und Lärm gefüllt. Und deine Verliebtheit wurde zu ...«

»Ich habe nie zuvor drei so unordentliche Menschen gekannt wie euch«, sagte Matteo. Es klang liebevoll.

Einige Augenblicke lang schwiegen sie. Linda sah auf die Uhr. »Es wird langsam spät. Ich habe die Schlüssel und die Verträge ins Wohnzimmer gelegt. Komm mit, dann gebe ich dir alles.«

Matteo folgte ihr. Er sah, wie sie ihre Handtasche öffnete, eine Plastikhülle herauszog und ihm die Hand entgegenstreckte. Er ergriff sie und sagte mit einer Stimme, die fast wie ein Winseln klang: »Was ist mit uns geschehen, Linda?«

Sie brach in Tränen aus.

Die Plastikhülle fiel zu Boden, und Matteos Arme umfingen sie und preßten sie an seinen Körper. »Ich bin verzweifelt«, schluchzte er. Linda schloß die Augen. »Ich auch.«

Sie fühlte sein Herz klopfen. »Ich habe dich noch nie so begehrt wie jetzt, Linda.«

Sie öffnete die Augen und sah ihn an. Matteos Lippen näherten sich den ihren, und sie dachte: Wenn er mich nicht küßt, sterbe ich. Er begann sie zu küssen. Sie glitten auf den Boden, fest aneinandergedrückt, und küßten sich weiter. Linda fühlte, wie Matteos Hand ihren Rock anhob und mit zärtlicher und langsamer Liebkosung ihre Schenkel erforschte.

Als er in sie eindrang, meinte sie, dahinzuschmelzen. Es ist das letzte Mal, dachte sie. Sie krallte sich an seine Schultern und drückte sich mit ungekannter Leidenschaft an seinen Körper. Matteo nahm ihr Gesicht zwischen seine Hände und sah sie an. Er hatte sie noch nie so liebevoll angesehen. Und dann glitten seine Hände wieder tiefer, um sie aufs neue zu umfassen, und krampften sich um ihre Schenkel. »Ich darf dich nicht verlieren ...«, rief Matteo, und seine Stimme zitterte vor Pein und Begehren.

Als sie voneinander abließen, war es im Zimmer bereits dunkel geworden. Linda setzte sich zuerst auf. »Wir müssen gehen«, murmelte sie. Sie sah die Plastikhülle auf dem Boden liegen und nahm sie.

»Ich darf dich nicht verlieren«, wiederholte Matteo und ergriff ihren Arm.

Linda machte sich sanft frei, stand auf und machte das Licht an. Dann ging sie zu ihm zurück. »Wir haben es versucht, und es hat nicht funktioniert. Du weißt genausogut wie ich, daß ...«

»Wir können es noch einmal versuchen!«

»Ich würde es nicht ertragen, noch einmal die Traurigkeit, die Wut und die Frustration der letzten Monate zu durchleben. Und du auch nicht.«

»Wir haben begriffen, wo unsere Fehler lagen, Linda. Und wir haben uns verändert.«

Sie seufzte. »Wir haben vor allem begriffen, was gegen uns steht: mein Alter, meine Probleme, die Probleme meiner Kinder, die Feindseligkeit deiner Mutter, unsere unterschiedlichen Charaktere ... Das wird sich niemals ändern, Matteo. Ich kann meine Vergangenheit nicht auslöschen oder versuchen, mich zu verstellen, nur damit du zufrieden bist.«

»Du bist nie wirklich glücklich mit mir gewesen, nicht wahr?«

»Du auch nicht.«

Matteo sah sie niedergeschlagen an. »Unsere Beziehung ist mir über den Kopf gewachsen.«

Linda nickte. »Jetzt müssen wir gehen.« Sie warf einen letzten Blick auf die Baumkrone, die sich gegen den nunmehr dunklen Himmel abhob, und schloß auch dieses Fenster. Bevor sie hinausgingen, verharrten sie noch einen Moment und blickten auf die leere Wohnung. Dann knipste Matteo das letzte Licht aus und zog die Tür hinter ihnen zu.

Im Fahrstuhl öffnete Linda ihre Tasche und hielt ihm die Papiere und den Schlüsselbund hin. »Das hätte ich beinahe vergessen.«

Sie traten auf die Straße. »Bist du mit dem Auto hier?« fragte Matteo.

»Ja.«

»Ich würde gern die Kinder ab und zu wiedersehen. Und dich auch.«

Linda schüttelte energisch den Kopf. »Das täte uns nur weh. Uns und auch dir.«

»Ich wäre froh, wenn ich es schaffen würde, dich zu hassen.«

»Ich auch.« Tränen stiegen ihr in die Augen. »Auf deine Art warst du perfekt.«

»Du auch.«

»Unsere Perfektionen waren inkompatibel, das ist alles.« Sie versuchte zu lächeln. Sie reichte ihm die Hand. »Dann ciao.«

»Du warst einmalig. Ich werde niemals wieder eine Frau wie dich finden.«

»Und genau das wird dein Glück sein.«

»Du mußt immer das letzte Wort haben, was?« Auch er weinte.

»Nur, wenn ich etwas zu sagen habe.« Sie drehte sich um und lief zum Auto.

Als sie in das neue Haus kam, hielt die Hausmeisterin sie an. »Es ist ein Paket für Sie gekommen, ich habe es vor Ihre Tür gelegt«, sagte sie zu ihr.

Was ist das? fragte sich Linda, als sie nach einer Art Schaufelgriff langte, der in Packpapier gewickelt war. Es war ein Glyzinienstock. Linda entdeckte ein kleines, in Folie gewickeltes Briefchen mit dem Firmenlogo des Blumenhändlers und öffnete es. *Schon seit langem wollte ich mich für die Glyzinie entschuldigen, die ich vor dem Fenster deines alten Büros habe herausreißen lassen.*

Linda zerriß das Briefchen und warf es in den Mülleimer. Dann nahm sie die Pflanze und ging noch einmal hinunter, um nach der Hausmeisterin zu suchen. »Ich schenke sie Ihnen«, sagte sie und hielt ihr die Pflanze hin.

Es würde keine zweite so hohe und üppige Pflanze mehr geben wie die, die Matteo abgeschnitten hatte. Sie wollte keine

Glyzinien mehr, weder Erinnerungen noch Entschuldigungen. Es ist vorbei, sagte sie, als sie wieder in die Wohnung trat und eine Schere holte, um den ersten Karton zu öffnen.

XXII

Völlig unerwartet meldete sich am Abend vor Weihnachten Antonio. Zwei schroffe Worte der Begrüßung, dann: »Ich möchte mit meiner Tochter sprechen.«

Tochter? »Bedaure, aber du wirst dich bis zum zweiten Januar gedulden müssen«, erwiderte Linda und unterdrückte eine spöttische Bemerkung.

»Was soll das heißen?«

»Sie ist gerade mit einem Schulfreund und dessen Eltern in die Berge gefahren und kommt erst nach Silvester zurück.«

»Ich wollte sie mal wieder sehen und ein paar Tage zu mir einladen!«

Anscheinend braucht er einen Babysitter für die Feiertage, dachte Linda säuerlich. »Du wirst dich gedulden müssen«, wiederholte sie. »Außerdem war es dir vorher auch nicht so wichtig, daß …«

»Herr Gott noch mal, ihr habt euch aber auch gut versteckt! Ich habe nur durch Zufall erfahren, daß du umgezogen bist!«

»Mein Name steht im neuen Telefonbuch, und mein Konto besteht immer noch bei derselben Bank, mit der gleichen Kontonummer.«

»Ich habe dir gestern früh etwas überwiesen. Es war wirklich nicht nötig, deinen Anwalt ein Schreiben aufsetzen zu lassen«, entgegnete er beleidigt.

»Sobald du zum erstenmal vergißt, für Carlotta Unterhalt zu zahlen, bin ich bei den Carabinieri. Also, viele Grüße und schöne Feiertage.«

Ist wohl gerade Exmänner-Woche, dachte sie, als sie auflegte. Erst drei Tage zuvor hatte sich auch Fabio gemeldet, um ihr mitzuteilen, daß er vor den Jugendrichter zitiert worden war: Eine reine Formalität, er mußte irgendwelche Papiere unterschreiben.

Linda war bereits darüber auf dem laufenden: Fabio hatte seinerzeit mit ihr zusammen das Sorgerecht für Francesco beantragt, und nun hatte er mit diesen Dokumenten noch einmal bekräftigt, daß er von diesem Adoptionsgesuch Abstand nahm und daß ihm das neue Leben des Kindes vollkommen gleichgültig war. Fabio hatte sie nicht einmal gefragt, wie es Francesco ging: Kein Wunder, daß er gleich zum Richter gelaufen war, um sich von ihm zu distanzieren.

Nur noch Matteo fehlte bei diesem Ex-Revival. Zwei Wochen nach ihrer letzten Begegnung hatte er sie unter dem rührenden Vorwand angerufen, daß er ein paar Erläuterungen bezüglich eines Vertrages benötigte. Und während sie ihm liebenswürdig Auskunft erteilte, unterbrach er sie: Wir können doch nicht wie zwei unzivilisierte Menschen auseinandergehen, erlaube mir doch wenigstens, die Kinder zu sehen, wir können doch unsere Gefühle nicht einfach auf Kommando abstellen wie einen Wasserhahn, ihr fehlt mir, ich habe euch immer noch gern, auch wenn es mit uns vorbei ist …

Sie hatte erwidert, daß Carlotta und Francesco sich an den Verlust gewöhnen mußten; daß ein Wiedersehen nur Verbitterung und schmerzliche Erinnerungen zur Folge haben würde; daß ein sauberer Schnitt weh tat, aber unerläßlich war wie eine Amputation. Und dann hatte sie schwermütig geschlossen: »Die Zuneigung, die nach der Liebe bleibt, ist am zerbrechlichsten: Eine neue Liebe genügt, um sie wegzufegen.«

Matteo hatte irgend etwas von floskelhaften Gemeinplätzen gemurmelt und den Hörer aufgeknallt. Und von da an blieb er verschollen.

Francesco trat in ihr Zimmer. »Wer war denn am Telefon, Mama?«

»Ein Vermessungstechniker von der Baustelle.«

»Ach so. Ich habe dich schimpfen hören.«

»Er hat sich mit der Rechnung vertan. Warum bastelst du nicht weiter?«

»Allein ist mir das zu langweilig.«

»Ich ziehe mich nur schnell an, und dann machen wir einen Spaziergang.«

»Och, immer diese blöden Spaziergänge.«

Sie konnte diese traurigen Augen mit den langen Wimpern nicht ertragen. Sie stellte sich vor ihren Sohn hin, legte ihm die Hände auf die Schultern und versuchte, ihm wenigstens einen Funken Begeisterung zu entlocken. »Hör zu, du zählst mir jetzt ein paar Dinge auf, die du gern machen würdest, und wir machen sie zusammen!«

»Alle, *wirklich alle*?«

»Natürlich nicht alle auf einmal. Schieß los.«

»Können wir Matteo besuchen und ihn fragen, ob er wieder bei uns wohnen will?«

Linda schüttelte den Kopf und küßte ihn auf die Stirn. »Nein, mein Kleiner, das können wir nicht tun.«

»Warum nicht?«

»Matteo wohnt jetzt in einem anderen Haus ... Sieh mal, Erwachsene streiten manchmal, und dann gehen sie auseinander ...« *Hör auf mit deinen floskelhaften Gemeinplätzen.* »Aber Matteo hat dich sehr lieb«, fügte sie eilig hinzu.

»Ich habe nie mit ihm gestritten, Mama. Nur du und Carlotta.«

»Ich weiß! Aber jetzt sag mir, was du als zweitliebstes machen möchtest.«

»Tombola spielen und bei Massimo zu Hause auf den Weihnachtsmann warten. Seine Mama hat mich *eingeladen*«, erklärte er stolz.

»Das weiß ich.« Massimo war der kleine Enkel von Giovanni Loi, und seine Mutter hatte auch sie eingeladen, Heiligabend bei ihnen zu verbringen. »Möchtest du nicht lieber mit Mama und Sara hier zu Hause bleiben?«

»Carlotta ist in die Berge gefahren, und hier zu Hause ist *nie-*

mand. Und unser Weihnachtsbaum ist auch häßlicher als der von Massimo.«

»Ich kann noch ein paar bunte Kugeln und ein paar Girlanden mehr aufhängen. Wir können sie sofort zusammen kaufen gehen.«

Francesco schüttelte den Kopf und starrte fast feindselig geradeaus. »Der Weihnachtsbaum von Massimo ist schöner«, wiederholte er.

Wenn alles schiefgeht, muß nicht auch noch der Körper leiden: So lautete die fröhliche Philosophie von Sara. Am Nachmittag des 24. Dezember verkündete Linda ihr, daß sie »nur für sie beide« nichts Besonderes vorbereiten würde und daß allein schon der Gedanke, die Küche auch nur zu betreten, sie traurig machte. Als einzige Antwort plünderte Sara die Rosticceria unter ihrer Praxis und kaufte sämtliche übriggebliebenen Köstlichkeiten auf.

»Preise wie im Juwelierladen, aber dafür Haute-Cuisine-Rezepte«, erläuterte sie später, während sie den Inhalt der Päckchen auf Serviertellern und Tabletts anrichtete. Sie forderte Linda auf, schon einmal den Tisch angemessen zu decken. »Weihnachtstischdecke, Tafelgeschirr, Kerzen«, präzisierte sie im Befehlston.

Als sie sich zum Abendessen an den Tisch begaben, schaltete sie höchstpersönlich die Lichter des Weihnachtsbaumes an. »Wir sind zwar allein, aber wir gönnen uns ja sonst nichts!«

Linda zwang sich, sich wenigstens ein Minimum an Begeisterung für die Haute Cuisine der Rosticceria abzuringen, und Sara tat so, als bemerkte sie ihre Anstrengung nicht.

»Hör auf, dauernd zum Telefon zu schielen«, sagte sie, als sie beim Kaffee angelangt waren. »Die Rückfallgefahr ist gebannt: Wer bis Heiligabend durchhält, schafft es auch noch über die Weihnachtstage und Silvester!«

»Wenn du auf Matteo anspielst«, entgegnete Linda pikiert, »erinnere dich bitte daran, mit wieviel Überzeugungskraft und Nachdruck ich ihn gebeten habe, mich nicht mehr anzurufen.«

»Es war *deine* Entscheidung, und was dir soviel Kraft gegeben hat, war lediglich die Gewißheit, daß du gegen *seinen* Willen und gegen seine Gefühle für dich gehandelt hast.«

»Was willst du damit sagen?« fuhr Linda sie an.

»Du warst dir sicher, daß er jederzeit zu einem Neuanfang bereit wäre, wenn du es dir noch einmal überlegen würdest. Aber jetzt, da du diese Gewißheit nicht mehr hast und spürst, daß deine Entscheidung unwiderruflich sein könnte, stehst du mit dem Rücken zur Wand, und tausend Zweifel quälen dich.«

»Ich dachte eigentlich, daß die fleißige Psychologin sich über die Feiertage mal Urlaub gönnt.«

»Linda, ich ertrage es einfach nicht, dich als ruhelose Seele umherirren zu sehen. Vielleicht täte es dir gut, wenn du deine Zweifel beseitigen und deinen ganzen seelischen Müll loswerden würdest.«

»Kümmere dich um deinen eigenen Kram. Ich bin nicht eine deiner Patientinnen und will es auch nicht werden.« Sie stand auf, schaltete den Fernseher ein und setzte sich auf das Sofa.

Sara räumte den Tisch ab und setzte sich ihr gegenüber.

Linda wandte kurz den Blick vom Bildschirm. »Ich dachte schon, daß du nach dem Aufräumen türknallend das Haus verlassen würdest.«

»Theatralische Abgänge sind eigentlich immer deine Spezialität gewesen, teure Freundin. Hatten wir uns außerdem nicht geeinigt, daß ich bei dir schlafe?«

»Entschuldige. Ich habe mich benommen wie eine ...«

»Laß uns nicht mehr darüber reden. Interessiert dich diese Reportage über chinesische Mode wirklich?«

»Gott im Himmel, natürlich nicht! Das habe ich mir angeguckt?«

»Du hast zumindest so getan.«

Linda seufzte. »In Wirklichkeit ist es noch schlimmer, als du denkst. Als ich meine ganze Kraft zusammengenommen habe, um Matteo zu verbieten, mich zu besuchen, habe ich gleichzeitig gebetet, daß er nicht auf mich hören würde. Aber als seine Anrufe aufhörten, habe ich es begriffen. Und es sind nicht die

Zweifel, die mich quälen, sondern die Gewißheit: Bei ihm habe ich auch wirklich alles falsch gemacht.«

»Dein größter Fehler war, dich von deiner schlechtesten Seite zu zeigen, als es in eurer Beziehung gekriselt hat. Du wolltest dir selbst beweisen, daß es nur deshalb nicht lief, weil er dich nicht genügend geliebt hat.«

Linda nickte traurig. »Das stimmt ...« Sie sah sie einen Augenblick an. »Ich weiß, daß es zu deinem Job gehört, Verständnis zu haben, aber du weißt doch gar nicht, wie es ist, wenn man sich vor Leidenschaft verzehrt und zu jeglicher Idiotie fähig zu sein scheint ... Wie willst du all das nachvollziehen?«

Nun war es Sara, die traurig lächelte. »Seit zwölf Jahren habe ich ein Verhältnis mit einem verheirateten Mann«, sagte sie einfach.

»O nein, das glaube ich nicht ...« Linda riß die Augen weit auf. »Und du hast mir zwölf Jahre lang nichts davon erzählt? Nicht einmal mir, deiner besten Freundin?« platzte sie heraus.

»Am Anfang habe ich mich geschämt, und dann ... Nun ja. Es war eine erbärmliche und sicher wenig aufbauende Geschichte: Nachdem wir einander tausendmal verlassen und uns wieder versöhnt haben, ist unsere Beziehung seit acht Jahren halbwegs stabil. Wir sind stillschweigend übereingekommen, daß er sich nicht von seiner Frau und seinen Kindern trennen wird, auch wenn sie inzwischen knapp zwanzig sind. Unsere Beziehung läuft in äußerst klaren Bahnen: Die offizielle Seite gehört der Familie, inklusive Feiertage, Pflichtbewußtsein und Zuneigung, mir gehören seine Leidenschaft, seine Freundschaft, heimliche Ferien, Kongresse, an denen ich teilnehmen kann, ohne Mißtrauen zu erwecken. Ich vergaß, dir zu sagen, daß es Domenico Malco ist, der berühmte Psychiater.«

»Aber er ist ein alter Mann gegen dich!«

»Als ich ihn kennengelernt habe, war er ein unglücklicher und faszinierender Fünfundvierziger. In die Waagschale dessen, was er mir gibt, gehört auch noch seine tiefe Dankbarkeit dafür, daß ich ihm die besten Jahre meiner Jugend geschenkt habe, ohne eine Gegenleistung zu verlangen. Sieh mich nicht so an, Linda. In gewisser Weise bin ich heute glücklich. Wie sagte doch der gute Freud, man muß Kompromisse eingehen.«

»Hast du gedacht, daß ich einen Skandal daraus machen und dir die Freundschaft kündigen würde?«

»Ich habe Moralpredigten gehalten und selbst im Dreck gewühlt, Linda ... Du hättest mich mit einem Schlag niederschmettern können. Allerdings muß ich sagen«, scherzte sie, »daß es dir, auch ohne davon zu wissen, vortrefflich gelungen ist.«

»Ich bin schockiert ...«

»Im Kühlschrank ist das Tiramisù, das ich eigenhändig zubereitet habe. Was hältst du davon, es zu vernichten?«

»Ich habe Hunger bekommen!«

Zwischen zwei Bissen gestand Sara mit vollem Mund: »Domenico ist verrückt nach Süßigkeiten, deshalb bin ich mittlerweile zur Expertin geworden.«

Das Geständnis der Freundin riß Linda aus ihrer zwanghaften Fixierung auf ihre eigenen Fehler und linderte ihr Unglück. Ich habe die Adoption für Francesco durchbekommen, ich habe Saras Freundschaft, Carlotta macht mir keine Probleme mehr, ich verdiene ausgezeichnet, ich habe eine komfortable Wohnung, und in drei Monaten werde ich vierzig ... Lieber Gott, mit welchem Recht beklage ich mich überhaupt?

Jeden Abend, wenn sie in ihr Bett schlüpfte, betrachtete sie das Bild mit den glücklichen Äpfeln. Sie hatte es in ihr Zimmer gehängt (*»Mama, erspare mir diesen furchtbaren Anblick ...«*), und ihr war, als lächelten die Äpfel glücklich und zwinkerten ihr zu: Na, siehst du? Alles geht vorüber, und das Leben geht weiter ...

Plötzlich wurde ihr auch bewußt, was für ein Riesenglück sie gehabt hatte, als sie die Stelle in der Firma von Giovanni Loi bekam. Und auf ihre anfänglichen Bedenken folgte wachsende Begeisterung. Es gefiel ihr, ihn bei Besichtigungen von Grundstücken, die er kaufen wollte, oder von Häusern, die saniert werden mußten, zu begleiten, mit ihm gemeinsam die Projekte zu überprüfen, die wichtigsten Termine zu vereinbaren, mit ihm zu den Baustellen zu fahren, Angebote und Rechnungen der Lieferfirmen zu kontrollieren. Es schmeichelte ihr, daß er Wert auf ihr Urteil und ihre Meinung legte. Und sie genoß zutiefst das freundschaftliche Verhältnis, das sich zu der gesamten Familie Loi entwickelt hatte. Sie verbrachten oft die Sonntage zusammen, abends gingen sie manchmal ins Restaurant oder ins Kino, Anna rief sie jeden Tag im Büro oder zu Hause an, um mit ihr zu plaudern.

Mit großem Taktgefühl vermied sie es, von Matteo zu sprechen. Und Giovanni Loi unterband jede mögliche Begegnung, jeden möglichen Kontakt zu ihm.

Als der Frühling kam, fühlte Linda sich geheilt. »*Auf dem Wege der Besserung*«, berichtigte Sara. »Es besteht immer noch die Gefahr, daß du von Bitterkeit oder Reue überwältigt wirst.«

Leider irrte sie sich nicht. An einem Samstag morgen, als Linda gerade die Geranien in die Blumenkästen der Dachterrasse umpflanzte, kam Carlotta zu ihr und begann, mit dem unruhigen und schmollenden Gesichtsausdruck ihrer schlimmsten Tage um sie herumzuschleichen.

»Raus mit der Sprache«, versuchte sie, die Situation zu entschärfen.

Nach vielen »ich hab nichts«, »vergiß es«, »ich weiß nicht, ob ich es dir sagen soll«, stieß Carlotta in einem Atemzug hervor: »Gestern abend habe ich im Kino Matteo mit einem Mädchen gesehen. Er hat ihr den Arm um die Schultern gelegt.«

Früher oder später mußte es so kommen, hast du es nicht immer schon gewußt? Sie gab ihrer Tochter einen Nasenstüber. »Hast du etwa gedacht, daß Matteo sich in ein Kloster einschließt? Ist doch ganz natürlich, daß er wieder etwas mit einer Neuen anfängt. War sie wenigstens hübsch?«

»Ich habe sie nur von hinten gesehen, sie sind ziemlich schnell abgehauen. Mit ihren langen schwarzen Haaren sah sie aus wie Mrs. Addams.«

Isabella ist blond, dachte sie automatisch: Also ist er nicht gleich zu ihr gelaufen, um sich trösten zu lassen. *Was interes-*

siert dich das überhaupt? Ändert es etwas? Linda lächelte die Tochter an. »Vielleicht sieht sie von vorne sogar aus wie Claudia Koll.«

»Macht es dir wirklich nichts, Mama?«

»Wirklich nicht.«

Sie sah ihre Mutter hoffnungsvoll an. »Sara hat mir erzählt, daß ihr letztens mit dem Bruder von Giovanni Loi essen wart und daß er sehr nett ist. Gefällt er dir?«

Sie konnte sich ein Lächeln nicht verkneifen. Ein echtes Lächeln diesmal.

»Giorgio lebt in Rom, ist verheiratet und ungefähr zwanzig Jahre älter als ich!«

»Die Mama von Massimo hat gesagt, daß er sich scheiden läßt. Und außerdem ist das Alter unwichtig.«

»He, Mädchen, was hast du dir da bloß in den Kopf gesetzt? Ich habe doch euch, und mehr will ich im Moment gar nicht.«

In der Nacht konnte sie zum erstenmal seit vier Monaten nicht schlafen. Er hat sich schnell getröstet, dachte sie verbittert. Er hat eine neue Freundin. *Dachtest du, daß er immer noch diesen fünfzehn Monaten Langeweile nachtrauert*? fragte die Stimme spöttisch.

Zwei Samstage später kam der nächste Schlag. Sie hatte Francesco zu seinem Freund Massimo und Carlotta zum Friseur gebracht und war gerade nach Hause gekommen, als es an der Tür klingelte. Sie öffnete, und vor ihr stand Natalina: klein, schroff, die hellen, durchdringenden Augen wie zwei Stecknadeln. »Du hast ja immer noch die schlechte Angewohnheit, einen vor der Tür stehen zu lassen.«

»Entschuldigen Sie.«

Noch bevor Linda zur Seite treten konnte, schob Natalina sie beiseite und trat ein. Sie sah sich um. »Die andere Wohnung hat mir besser gefallen.«

»Sie war zentraler, größer ...«, stimmte Linda eisig zu.

»Und warum bist du dann umgezogen?«

»Matteo und ich haben uns getrennt, wie Sie sicher wissen.«

»Bist du nicht beim Kochen?«

»Nein, ich bin gerade erst zurückgekommen. Warum setzen Sie sich nicht?«

»Sag Natalina zu mir. Ich habe bis eben gesessen.«

Linda fühlte sich so unwohl wie schon lange nicht mehr. Es war in der Tat beschämend, mit Matteos altem Kindermädchen, das sich nicht setzen wollte, vor dem Eingang zu stehen, zumal sie sie die ganze Zeit betrachtete, als sei sie eine Straßenkarte oder ein Zugfahrplan. »Kann ich irgend etwas für Sie tun, Natalina?«

»Ich brauche nichts. Es tut mir leid, daß es vorbei ist«, murmelte sie.

»Mir auch. Ich hoffe, daß wenigstens Matteos Mutter und seine Schwester zufrieden sind«, konnte sie sich nicht verkneifen.

»Zufrieden oder nicht .... Was haben die schon mit Matteos Leben zu tun? Die können ihn schließlich nicht heiraten und Kinder mit ihm bekommen!« Sie beugte sich herab, um einen Teil von Francescos Bastelarbeiten aufzuheben. »Matteo geht jetzt mit einem Mädchen aus, das Lucia heißt«, sagte sie, während sie sich wieder aufrichtete. »Die gefällt mir überhaupt nicht. Auch Marina und Marta nicht, die beiden, die er vor ihr hatte. Du hingegen hast mir *sehr* gut gefallen. Und du gefällst mir immer noch.«

»Leider können Sie und ich nicht heiraten und Kinder bekommen.«

Marina, Marta, Lucia .... das ist ja ein wahrer Harem! lachte die Stimme sie aus.

»Tu nicht so geistreich, Linda, nicht vor mir. Wenn du ihn rufst, kommt er bestimmt im Laufschritt zurück.«

»Das werde ich nie tun!« schrie sie fast.

»Falscher Stolz am falschen Platz«, predigte Natalina und warf ihr einen mißbilligenden Blick zu. »Ich will dich nur warnen, bevor es zu spät ist. Matteo will diese Pension verlassen und sucht eine Wohnung. Und er will auch die Agentur verkaufen. Wenn Junggesellen so viele Veränderungen vornehmen, steckt immer eine Frau dahinter«, schob Natalina gleich wieder eine Weisheit hinterher.

Er will die Agentur verkaufen? »Diese Frau bin jedenfalls nicht ich, Natalina.« Sie atmete tief durch, lächelte. »Unter uns gesagt, es gibt auch in meinem Leben einen neuen Mann.«

Das ist ja schön! Und seit wann? fragte die Stimme.

»Ihr seid wirklich zwei Dummköpfe. Nun ja, diesmal bin ich wohl umsonst gekommen.«

Giovanni Loi bestätigte, was Natalina gesagt hatte. »Ich habe Matteo vor drei Tagen geschäftlich getroffen, und ich hätte es dir sicher gesagt. Sie haben ihm in der Hauptstelle seiner Bank einen Posten als Leiter der Rechtsabteilung angeboten, und er hat vor, zuzusagen. Er hat einen Käufer für das Gebäude seiner Agentur gefunden und hat mir vorgeschlagen, das Personal und die Lizenz zu übernehmen.«

»*Dir*? Aber du hast ein Bauunternehmen, keine ...« Sie unterbrach sich sogleich. »Entschuldige, daß ich es nicht gleich begriffen habe! Wenn wir über eine An- und Verkaufsstruktur verfügen, sparen wir nicht nur die Vermittlung, sondern können damit auch noch Geld verdienen. Wir werden ganz sicher nicht draufzahlen.«

»Genau. Ich möchte die Agentur in unseren Räumen unterbringen, die beiden Angestellten auch für die Baufirma nutzen und die Verkäufer auf die Baustellen verteilen. Matteo rechnet gerade alles mit seinem Handelsrechtler aus: Alles hängt von der Summe ab, die er verlangt.«

Linda sah ihn an. »Was glaubst du, warum er die Firma aufgeben will? Die Agentur ist doch gut gestartet, und bis September liefen die Geschäfte ausgezeichnet.«

»Ich glaube, daß er alle Brücken abbrechen und mit seiner Vergangenheit abschließen will, Linda.«

Dir wird das nie gelingen, sagte die Stimme. Das wurde ihr in den nächsten Tagen bewußt: Ohne Matteo zu leben war unendlich schmerzlicher als mit ihm. Oft ertappte sie sich dabei, wie sie in Gedanken die Verse einer japanischen Hofdame, die vor achthundert Jahren gelebt hatte, aufsagte. *Es ist nichts / nur deine innige Liebe / die für immer versiegt ist. / Und doch steigt / wenn ich stehenbleibe / der Klang der Erinnerung / in meinem Herzen auf / und versetzt meine Seele in Aufruhr.*

So empfand sie. Und sie versuchte, niemals stehenzubleiben, aus lauter Angst vor diesem Klang.

EPILOG

Alles können wir zu verhindern oder im voraus zu bestimmen suchen, mit Ausnahme jener wenigen Augenblicke, die aus nichts als einer Laune heraus über unser Schicksal entscheiden.

Denis Diderot

XXIII

Gibt es denn heutzutage keine eitlen und dämlichen Mädchen mehr? fragte sich Matteo, während Lucia, die ihm im Restaurant gegenübersaß, eine geistreiche Beschreibung der Beziehung ihrer Mutter zur senegalesischen Haushälterin von sich gab. Sie warteten auf die *Taglierini dello chef*, als er ihr klipp und klar sagte, daß er sich noch nicht bereit fühlte, zusammenzuziehen, und da saß sie nun beim Dessert und schwätzte und hatte ihre Gefühle vollkommen unter Kontrolle.

Lucia war intelligent und hatte Stil. Und auch die anderen zwei oder drei Mädchen, mit denen er einige Male ausgegangen war, hatten sich als patent erwiesen. Ganz zu schweigen von Isabella: Sie hatte als erste einen großen Bogen um ihn gemacht, nachdem er mit Linda Schluß gemacht hatte, und ihm aufrichtig erklärt, daß die Rolle der abgelegten Trösterin sie demütigen und seinen Schmerz noch steigern würde.

Vergeblich versuchte Matteo, sich davon zu überzeugen, daß Linda einzigartig war: Die Erkenntnis, daß es noch andere intelligente, faszinierende und würdige Frauen wie sie gab, hatte ihn eher deprimiert als wieder aufgebaut. Warum konnte er sich bloß nicht auf sie einlassen? Zunächst hatte er es nicht einmal versucht. Als die schlimmste Zeit dann vorüber war, hatte er sich mit der Gemütsverfassung eines Sträflings, der die

Freiheit wiedererlangt, in das alte Leben gestürzt. Er nahm alle Einladungen an, tobte sich auf Tennisplätzen aus, ging in alle Filmpremieren, fuhr wieder Ski. Mehr als die Unternehmungen selbst reizte ihn das Gefühl der Freiheit, das er daraus zog. Er konnte ein- und ausgehen, entscheiden, jederzeit seine Pläne ändern, ohne sich vor irgend jemandem rechtfertigen zu müssen. Er fühlte sich sogar in seinem winzigen Pensionszimmer wohl. Er zahlte einen Aufpreis, und anonyme Hände sorgten dafür, daß er es abends sauber und ordentlich vorfand. Es gab keine Zeitpläne, weder Regeln noch Hilfsersuche, noch jähes Erwachen.

Er badete in dieser Freiheit und Euphorie bis Weihnachten. Am 23. Dezember war er nach Cervinia gefahren und blieb bis zum 3. Januar dort, um nicht in die unerträglichen Festessensrituale, den Geschenkaustausch und die künstliche Feiertagsstimmung dieser Zeit zu geraten. Nach seiner Rückkehr war der Drang, auszugehen und sich zu verabreden, vorbei: Nachdem er nun sicher war, es tun zu können, wie und wann immer er Lust dazu hatte, erschien ihm dieses genießerische Junggesellenleben eher leer und langweilig.

Eines Abends, als er gerade das Sofa zum Bett umbauen wollte, stieß ihn plötzlich auch das bequeme Miniappartement ab. Ich kann nicht länger in dieser Als-ob-Wohnung bleiben, hatte er sich gesagt, und er betrachtete die Tapeten an den Wänden, den imitierten Perserteppich, das Scheinwohnzimmer, das sich in wenigen Augenblicken in eine Schlafecke verwandeln sollte, plötzlich mit anderen Augen. Ich kann auch nicht länger *gegen* die Erinnerung an Linda leben und nur mit dem Ziel, die fünfzehn Monate des Zusammenlebens auszulöschen. Ich brauche eine Wohnung und eine Frau. Sie war einzigartig, aber es wird doch wohl einen akzeptablen Ersatz geben.

»Matteo, ich rede mit dir.« Lucia wedelte mit ihrer Hand vor seinen Augen. »Wo bist du?«

Er lächelte sie an. »Ich bin hier.« Nach Marina, Marta und Laura war er bei ihr gelandet. Warum bloß schaffte er es nicht, sie zu lieben?

»Du sagst es, als wünschtest du, woanders zu sein. Du mußt dich deswegen nicht schuldig fühlen, Matteo.«

»Es tut mir leid wegen der Wohnung. Sie war das, was wir suchten, aber als ich den Vertrag unterschreiben sollte, konnte ich einfach nicht.«

»Wir haben uns zu früh kennengelernt – das tut mir am meisten leid.«

»Ich bin nicht bereit für ein neues Zusammenleben, doch das bedeutet nicht, daß wir uns trennen müssen. Du ...«

»Ich habe meine Chance vertan, Matteo.« Sie strich ihm über die Wange. »Ich will dich auch nicht verlassen, aber früher oder später wirst du es tun, denn ich bin aus dem Rennen. Ich bin aus dem Vergleich mit Linda als Verliererin herausgegangen, und eine andere wird es versuchen müssen.«

Eines Morgens, als er das Auto auf dem Gelände parkte, wo früher der Garten die Agentur umgeben hatte, fielen Matteo kleine grüne Blätter auf, die aus einem vertrockneten gestutzten Blumenstock sprießten. Lindas Glyzinie, dachte er, und sein Herz zog sich zusammen.

Ich muß die Agentur verkaufen. Mein Gott, seit wie vielen Monaten lief er Tag für Tag mit Lindas Schatten herum! Seit wie vielen Monaten betrat er das Büro, wandte instinktiv den Blick von ihrem leeren Schreibtisch ab und verbot sich den ganzen Tag zu bemerken, wie leer dieser Raum ohne sie war! *Ich muß die Agentur verkaufen*, wiederholte er.

In den folgenden Tagen hätte er diese Pläne, die praktisch nicht zu verwirklichen waren, sicher verworfen, hätten sich die Ereignisse und der Zufall nicht zusammengetan, um ihn zu leiten und alle Hindernisse aus dem Weg zu räumen.

Die Generaldirektion der Bank, in der er als Rechtsberater gearbeitet hatte, bestellte ihn zu einem Gespräch: Gewiß handelte es sich um ein Versehen oder einen Computerfehler, denn sie würden ihn sicher nicht zu sich rufen, wohl wissend, daß er nach seiner Kündigung die Geschäfte seines Vaters führte. Matteo warf das Einschreiben in den Papierkorb und hätte sich zu dem Termin gar nicht eingefunden, wenn er nicht ohnehin am gleichen Tag im nebenliegenden Gebäude zwei Wohnungen besichtigt hätte. Er war auf dem Weg zum Parkplatz, als ihm zufällig die Einladung wieder einfiel. Er machte kehrt und ging zur Bank: Schließlich kostete es ihn ja nichts, mal zu hören, was man denn von ihm wollte.

Er erfuhr, daß die Bank einen neuen Verantwortlichen für die Rechtsabteilung suchte. Zwei Wochen später, als er schon nicht mehr daran dachte, wurde er erneut zur Direktion geladen, wo man ihm mitteilte, daß man sich zwischen den beiden Kandidaten, die im Rennen waren, für ihn entschieden hatte.

Wahrscheinlich hätte er das Angebot ausgeschlagen, wenn sich nicht am Vortag ein kleiner Puppenhersteller aus Cesena auf der Suche nach neuen Räumlichkeiten in Mailand an die Agentur Morelli gewandt hätte: Sie sollten zentral gelegen sein, möglichst in einem zusammenhängenden Komplex, und etwa eine Milliarde Lire kosten.

Matteo war wie vom Blitz getroffen, als der Personalchef ihm den Vertragsentwurf überreichte: Als wäre es die Beschreibung des Gebäudes in der Via Porpora!

Er erbat sich bei der Bank eine Woche Bedenkzeit und setzte sich unmittelbar mit der Firma in Cesena in Verbindung. Der Besitzer kam nach Mailand, um das Gebäude zu besichtigen, und zeigte sich begeistert. Er erklärte sich sogar einverstanden, hundert Millionen mehr als angesetzt zu zahlen. Bevor er das Haus verkaufte, mußte Matteo zunächst ein anderes Problem lösen: Er mußte jemanden finden, der die Agentur mitsamt Personal und allen Lizenzen übernehmen würde.

Die Aufeinanderfolge glücklicher Umstände und die Aufregung, weil er sich kurz vor der Verwirklichung seiner Pläne wußte, hatten ihn in den Zustand von Gewißheit versetzt, in dem man nicht mehr aufzuhalten ist, in dem man waghalsig und kreativ wird. Wie von selbst drängte sich ihm die Idee auf: Giovanni Loi. Warum sollte er nicht ihm den Vorschlag machen?

In jenen Wochen war er so mit den Verhandlungen und Arbeitsgesprächen beschäftigt, daß ihm keine Zeit blieb, an etwas anderes zu denken. Nicht einmal die Erinnerung an Linda schien mehr zu schmerzen. *Ich bin geheilt*, sagte er sich eines Morgens ungläubig. Doch einige Wochen später ging er mit Lucia ins Kino, und die Vergangenheit holte ihn wieder ein. In der Pause stand er auf, um eine Zigarette rauchen zu gehen, als er Carlotta erblickte, wie sie, gefolgt von einem Jungen, zum Ausgang rannte. Er blieb wie angewurzelt stehen und fragte sich, warum es ihm so dreckig ging.

Als die Vorführung weiterging, nahm er seinen Arm von Lucias Schultern und dachte bis zum Ende des Films an Francesco und Carlotta, indem er die fünfzehn Monate aus Lachen, Schreien, beleidigten Schnuten, Spielen, Streit, zugeschlagenen Türen und Umarmungen Stück für Stück wieder zusammensetzte. Er spürte einen Verlust, der ihm den Atem raubte.

»Die üblichen Gespenster?« fragte Lucia, als sie das Kino verließen.

»Nein, diesmal habe ich eine Person aus Fleisch und Blut gesehen.«

Später, als er sich vor der Haustür von ihr verabschiedete, wußten sie beide, daß sie sich nicht mehr wiedersehen würden.

Am darauffolgenden Sonntag ging Matteo mittags zu seiner Mutter zum Essen. Paola war aus Rom angereist, und er konnte die Einladung nicht aus den sonst vorgeschobenen Gründen ausschlagen. Seine Schwester schien ihm erträglicher als sonst – vielleicht, weil er sie seit Monaten nicht gesehen hatte. Plötzlich sagte sie so dahin: »Ich habe gehört, daß du mit einem Mädchen ausgehst. Warum besucht ihr mich nicht einmal in Rom?«

»Wir haben uns getrennt.«

Seine Mutter zuckte mit den Schultern. »Schade, ich hatte das Gefühl, sie sei die richtige für dich.«

»Ich glaube, so ein Mädchen gibt es nicht«, gab Matteo finster zurück.

Die alte Paola in ihrer ganzen anmaßenden Art tauchte wieder auf. »Hör mal, Bruderherz, du kannst nicht aus deinem und unserem Leben eine Totenwache machen! Wenn deine Linda die Traumfrau war, warum hast du sie dann nicht behalten? Und wenn es dir jetzt so dreckig geht, warum rutschst du nicht auf Knien zu ihr?«

Natalina schleuderte die Bratenplatte auf den Tisch und sagte im gleichen Atemzug: »Dafür ist es zu spät. Sie hat einen anderen.«

Matteos Wut richtete sich nun gegen das alte Tantchen. »Was für einen Mist redest du da? Was weißt du denn von ...«

»Mit schlecht erzogenen Leuten rede ich nicht. Wenn du etwas wissen willst, dann bitte mich gefälligst darum.«

Paola sah ihre Mutter an und tippte sich mit einem Finger an die Stirn, als wollte sie sagen, daß Natalina nunmehr durchdrehte.

Natalina bemerkte die Geste. »Wenn ihr Kartoffeln und Salat wollt, holt sie euch aus der Küche«, sagte sie beleidigt. »Die Verrückte geht jetzt nämlich.«

Matteo folgte ihr auf ihr Zimmner. »*Bitte*, Natalina, würdest du mir erklären, was du vorhin über Linda gesagt hast?«

»Das hast du doch gehört, oder? Sie hat einen neuen Mann! Letztens habe ich sie in ihrer neuen Wohnung besucht, und da hat sie es mir erzählt. Linda ist freundlich, sie ist hübsch, sie kann kochen, der Haushalt ist etwas unordentlich, doch man sieht, daß es kein alter Dreck ist, sie ist tüchtig im Büro, sie liebt ihre Kinder ...« Sie holte Luft und sagte abschließend in feierlichem Ton: »Es ist verständlich, daß so eine Frau von allen begehrt wird!«

Matteo schwieg einige Augenblicke lang. »Warum hast du sie besucht?«

»Weil ich die Frau, die mit dir zusammen war, mit eigenen Augen sehen wollte. Das erste Mal habe ich sie in eurer Wohnung am Corso Monforte besucht«, sagte sie mit kindlichem Stolz.

»Linda hat mir nie etwas davon gesagt ...«

»Das hatte sie mir verprochen. Sie ist ein Mädchen, das Wort hält.«

Giovanni Loi rief ihn an, um ihm zu sagen, daß er im Prinzip interessiert sei, die Tätigkeit der Agentur und das Personal zu übernehmen. Sie machten aus, daß Matteo einen Termin mit seinem Handelsberater vereinbaren würde.

»Wie geht es Linda?« fragte er wie beiläufig, bevor er auflegte.

»Gut, gut«, lautete die ausweichende Antwort.

Matteo nahm all seinen Mut zusammen. »Ich habe gehört, daß sie wieder einen Freund hat.«

»Das kann schon sein.« Wieder ausweichend.

Eines Nachmittags in den ersten Junitagen sah Matteo singende Kinder aus einer Schule kommen und verspürte aufs neue das Gefühl seines herben Verlusts. Am nächsten Nachmittag setzte er sich ins Auto und stellte sich vor Francescos Schule. Er erkannte ihn sofort inmitten der anderen Kinder: Der Anblick seiner dunklen Locken und seines gelb-grünen Anoraks traf ihn ins Herz.

Francesco hielt kurz inne, um dann mit ausgebreiteten Armen auf einen Mann zuzulaufen, der ihn in die Luft hob und hin und her schaukelte, bevor er ihn wieder auf dem Boden absetzte. Der Mann war nicht mehr ganz jung, großgewachsen und trug ein blaues Lacoste-Hemd. Er nahm das Kind an der Hand und führte es zu einem unweit geparkten Auto. Es war Giovanni Lois Mercedes. Aber wer war dieser Mann?

Am nächsten Morgen fuhr Matteo in Saras Praxis und mußte bis mittags warten, um empfangen zu werden.

»Ich habe nur fünf Minuten Zeit, dann kommt der nächste Patient«, sagte sie leicht vorwurfsvoll. Nach dem Bruch mit Linda hatte sie ihn gebeten, sie weder anzurufen noch um Rat zu fragen (»leider bin ich Teil des Päckchens, das du zusammen mit ihr verloren hast«).

»Sara, hilf mir«, stieß er hervor.

»In fünf Minuten?«

»Sag mir nur, was ich tun kann, um Linda und die Kinder wiederzubekommen.«

Sara schüttelte den Kopf. »Laß es. Wie du schon richtig gesagt hast, die Geschichte wächst dir über den Kopf.«

»Jetzt nicht mehr. Ich bin gereift, und ich bekäme es nicht einmal mit der Angst zu tun, wenn Linda zehn Kinder hätte.«

»Die Sorglosigkeit, mit der ihr euch über jegliche Grenzen hinweggesetzt habt, hat mich immer erstaunt, aber zum Glück hat Linda sich doch nicht so weit vorgewagt.« Sara nickte lächelnd.

»Die Dinge, die mir früher Angst machten und mich ärgerten, sind genau die, denen ich heute am meisten nachtrauere. Ich hasse Böden ohne verstreute Legosteine, Schränkchen ohne Abdruckstellen, Sofas mit aufgeschüttelten Kissen, zugedrehte Zahnpastatuben ...« Seine Stimme kippte. »Die Kinder fehlen mir, ihr Lärm, ihre Streitereien. In den vergangenen Monaten habe ich versucht, wie früher zu leben, aber das wahre Leben war eben dieses.« Tränen standen ihm in den Augen.

»Die fünf Minuten sind um«, sagte Sara schroff.

»Willst du mir nicht helfen?«

»Verflucht! Seit einem Monat versuche ich wie eine Kupplerin, Linda in die Arme von Lois Bruder zu treiben, und jetzt soll ich sie wieder zurückzerren? Ich war sicher, du seist hübsch wieder zu deinem freien Leben zurückgekehrt, und jetzt soll ich glauben, was du da sagst? Ich brauche Zeit! Ich habe keine übersinnlichen Kräfte, um sofort zu begreifen, was gut oder schlecht, was richtig oder falsch ist!«

Matteo hörte ihr schweigend zu. Schließlich sagte er: »Ich hätte nicht zu dir kommen sollen. Wenn ich Linda will, dann muß ich alleine kämpfen. Und du kannst darauf wetten, daß ich diesmal nicht wie ein Karnickel Reißaus nehmen werde.« Er drehte ihr den Rücken zu und ging grußlos hinaus.

Der verfluchte Fahrstuhl kam und kam nicht. Matteo verlor die Geduld und begann, zu Fuß hinunterzugehen. Er war auf dem zweiten Treppenabsatz angekommen, als die Sprechstundenhilfe sich über die Brüstung beugte, nach ihm rief und ihm zu verstehen gab, er solle warten. »Frau Doktor hat gesagt, daß das, was Sie suchen, in der Via Bellezza ist«, meinte sie laut.

Matteo hob den Kopf, um noch etwas zu fragen, doch er senkte ihn wutentbrannt wieder und ging die Treppe weiter hinunter. Sara könnte sich zumindest ihren Sarkasmus sparen. Er war sicher nicht zu ihr gekommen, um zu erfahren, daß Linda das war, was er suchte, und daß Linda in der Via Bellezza wohnte.

Er stieg ins Auto und fuhr zu seiner Pension zurück. Er mußte nachdenken. Es *mußte* einfach einen Weg geben, um sie zurückzuerobern, und er mußte ihn finden. So schnell wie möglich. Und zwar ohne weitere Fehler zu begehen.

Seit einem Monat versuche ich wie eine Kupplerin, Linda in die Arme von Lois Bruder zu treiben. Matteo lag auf dem Sofa und dachte seit nunmehr zwei Stunden an nichts anderes als an diesen Satz.

Das war also der Mann vor Francescos Schule gewesen. Er sah ihn vor sich, wie er seine Arme ausstreckte, um den Kleinen hochzuheben, und er stellte sich vor, wie die gleichen Arme Lindas Körper an den seinen zogen. *Basta*! Er sprang mit hochrotem Kopf auf. Er konnte nicht länger in diesem stickigen Loch eingesperrt bleiben, er konnte sich nicht mehr quälen, bis er verrückt würde.

Wohin gehe ich? Was mache ich hier? fragte er sich kurz danach, als er gedankenverloren mit dem Auto immer wieder um den Block fuhr. Bei der zehnten Runde sah er eine Parklücke vor einer Bar. Er hielt an und ging hinein. Der kleine Raum war still und lag im Halbdunkel. Er bestellte einen frisch gepreßten Orangensaft, und erst als der Kellner das Glas vor ihm hinstellte, hörte er auf, auf seine Arme zu starren.

Linda hat mich vergessen, dachte er verzweifelt. Es ist nur natürlich, ich habe ihr so viele schlechte Erinnerungen hinterlassen. Durch meine Schuld hätte sie sogar beinahe Carlotta ein weiteres Mal verloren ... Als er an den furchtbaren Tag zurückdachte, an dem ihre Beziehung zu Ende ging, fragte er sich, wie er sich nur so unsensibel und engherzig hatte benehmen können. Warum habe ich bloß gewartet, bis sie mich um Hilfe bat? Ich hätte ihr gleich helfen müssen. Statt dessen war ich ungehalten, grob, ungeduldig, auch ihren Kindern gegenüber. Ich würde meine Seele hergeben, wenn ich Francesco so in die Luft heben könnte, wie der Mann es getan hat.

Basta. Er wurde langsam verrückt. Er schob das Glas beiseite, ließ einen Schein auf dem Tisch liegen und ging wieder zum Auto. *Nein, Linda, du kannst mich nicht vergessen haben.* Er dachte an den letzten Tag in der leeren Wohnung am Corso Monforte zurück, an die Verzweiflung, mit der sie sich an seinen Körper geklammert hatte, an die Leidenschaft, mit der sie sich geliebt hatten.

Die Arme taten ihm weh, sein Nacken war steif, und seine Augen brannten. Aber er konnte nicht anhalten, er konnte nicht noch eine weitere Nacht ertragen, ohne einen Weg gefunden zu haben, Linda wiederzubekommen. Vielleicht könnte er ihr einen Brief schreiben. Oder ihr hundert rote Rosen schicken, oder auch …

Frau Doktor hat gesagt, daß das, was Sie suchen, in der Via Bellezza ist. Fast wäre er von der Fahrbahn abgekommen. Was für ein Idiot war er nur gewesen? Wie hatte er meinen können, daß Sara ihn auslachen wollte? Es war der Rat einer Freundin gewesen. Er hatte sie um Hilfe gebeten, und im letzten Augenblick hatte sie beschlossen, sie ihm anzubieten: Suche sie bei ihr zu Hause auf.

Er wendete den Wagen und fuhr hin, den Verkehr und die Ampeln verfluchend. Eine letzte Kreuzung, und er war in der breiten, ruhigen, von Bäumen gesäumten Straße. Als er jedoch Lindas Haus sah, wich alle Sicherheit von ihm. Wenn sie ihn zurückweisen würde, wäre es das Ende aller Hoffnungen.

Vielleicht sollte ich warten, dachte er und fuhr langsamer. Vielleicht doch besser einen Brief … Er hielt vor dem Gebäude gegenüber.

Plötzlich sah er, wie die Haustür aufging, und sein Herz blieb stehen. Sie war es. Einige Sekunden lang starrte er wie hypnotisiert den roten Farbtupfer ihrer Haare an, ihren langen Hals, ihre schlanken Beine.

Er sah, wie sie mit großen Schritten auf die metallene Abfalltonne zuging, und erst jetzt bemerkte er, daß sie etwas Großes und Leichtes unterm Arm hielt, wie das Leinen eines Bildes. Er hielt den Atem an. Linda war fast da ...

Er sprang aus dem Auto und rannte zu ihr. Sie hatte schon den Arm ausgestreckt, um die Klappe zu öffnen, als er ihn ergriff.

»Ach, du bist es«, sagte Linda mit ausdrucksloser Stimme. Sie entzog ihren Arm nicht seinem Druck, sie sagte ihm nicht, er solle gehen, sie schien weder erstaunt noch erbost, ihn nach beinahe zehn Monaten des Schweigens zu sehen. Er schien ihr einfach nichts mehr zu bedeuten.

Matteo senkte seinen Blick, und die drei Äpfel lächelten ihn an. Erleichtert? Dankbar? Sicher, daß jemand sie im letzten Augenblick erwischen würde, um sie der Ewigkeit zurückzugeben?

Linda folgte seinem Blick und zog ihren Arm zurück. »Ich wollte gerade diesen schrecklichen Schinken wegwerfen«, sagte sie mit einem trüben Lächeln.

»Das kannst du nicht tun! Es sind die glücklichen Äpfel!« widersprach er, und es klang irgendwie lächerlich.

Lindas alter Stolz blitzte wieder auf, als sie ihm das Leinen hinhielt. »Wenn du willst, nimm es mit zu dir nach Hause.«

»Ich habe kein Zuhause, Linda.«

»Ihr Glück ist mir auf die Nerven gegangen.«

»Bist du nicht glücklich?«

»Ich bin kein Apfel.«

Er holte tief Luft. »Gib mir noch eine Chance, Linda. Die letzten Monate waren die Hölle.«

»Dabei soll es nicht so schlecht laufen: wie es scheint, hat man uns Kino und hübsche Frauen geboten.«

»Ich habe inzwischen begriffen, daß du die Frau für mich bist.«

»Ich bin vierzig Jahre alt, habe zwei Kinder und die üblichen Probleme.«

»Ich nehme das ganze Paket. Wenn du nicht zustimmst, könnte ich sterben.«

Linda schüttelte den Kopf. »Ich beginne langsam, mich davon zu erholen. Und ich muß an mein eigenes Überleben denken.«

»Ich liebe dich!«

»Ich dich auch! Aber wenn ich wieder mit dir zusammenkäme, würde ich mich wieder eingeschüchtert und unglücklich fühlen … Und wie ein kleines Kind oder eine Irre diese dämlichen Äpfel um Hilfe bitten! Ich kann es nicht noch einmal versuchen, Matteo. Es hat nicht funktioniert, und es wird nie funktionieren.«

»Hast du gesagt, daß du mich liebst?« Er lächelte sie an.

»Zum Teufel mit dir, ja! Aber das ändert nichts, unsere …«

»Das ändert alles. In deinem Alter hat man keinen so klaren Verstand mehr, und von jetzt an werde ich das Familienoberhaupt sein.« Er nahm das Bild und öffnete die Mülltonne. »Sollen wir es wegwerfen? Ich bin sicher, daß du die dämlichen Äpfel nicht mehr brauchen wirst.«

Linda hielt ihn zurück: »Bist du verrückt? Wenn es so ist, dann behalte ich sie lieber. Nur so, zur Sicherheit …«

Maria Venturi

Amore heißt Liebe

Roman. 240 Seiten. Geb. Aus dem Italienischen von Monika Cagliesi-Zenkteler.

Laura ist nach der enttäuschenden Beziehung mit Sergio an einem echten Tiefpunkt angelangt. Als er sie auch noch zu einer Abtreibung drängt, zieht sie endgültig die Konsequenz und trennt sich von ihm. Um auf andere Gedanken zu kommen, entschließt sich Laura zu einer Reise. Ausgerechnet in Deutschland läuft ihr Marco über den Weg. Aus dem anfänglichen Strohfeuer wird schnell viel mehr, und schon bald heiraten die beiden. Ihr Glück scheint vollkommen, doch dann wird Laura eröffnet, daß sie nie wieder Kinder haben wird. Verbittert und von Selbstvorwürfen gequält, läßt sie sich immer öfter zu Streitereien mit Marco hinreißen. Da kreuzt Marcos Exfreundin auf und glaubt, leichtes Spiel zu haben ...

Das neue Buch von Maria Venturi, deren »vergnügliche Beziehungsromane mit Tiefgang« (*Freundin*) die Leserinnen auch bei uns begeistern.

Sergio Bambaren

Ein Strand für meine Träume

160 Seiten. Halbleinen. Mit 10 farbigen Illustrationen von Heinke Both. Aus dem Englischen von Elke vom Scheidt.

Mit knapp Vierzig hat der Workaholic John Williams alles erreicht, was im Leben zu zählen scheint: Geld, Erfolg, ein tolles Haus und gesellschaftliches Ansehen. Nur sein persönliches Glück, das hat er noch nicht gefunden. Immer stärker spürt er die innere Leere und Unzufriedenheit. Da trifft er einen geheimnisvollen Weisen, den alten Simon, der sein Freund wird und ihm zeigt, wo der Strand der Träume und der Schlüssel zum Glück liegen. John muß erkennen, daß Statussymbole nicht alles bedeuten, und lernen, ehrlich mit sich selbst zu sein. Als er es wagt, loszulassen und zu verzichten, macht er die wertvollste und schönste Erfahrung seines Lebens.

SERIE PIPER

Judith Lennox

Das Winterhaus

Roman. Aus dem Englischen von Mechtild Sandberg. 541 Seiten. SP 2962

Die drei jungen Freundinnen Robin, Maia und Helen schwören, sich ein Leben lang alles anzuvertrauen – aber das Schicksal läßt sie ganz unterschiedliche Wege gehen. In der Tradition von Margaret Mitchell erzählt Judith Lennox diese große englische Saga: Die bewegte erste Hälfte unseres Jahrhunderts bildet den Hintergrund für diese drei spannenden Frauenschicksale, die immer wieder in ein idyllisches Gartenhaus der Fenlands zurückführen.
Der Gartenpavillon der Familie Summerhayes – genannt das »Winterhaus« – ist ein Ort der Zuflucht für drei Freundinnen, die zwischen den Weltkriegen in der idyllischen Umgebung von Cambridge aufwachsen. Da ist die idealistische, kluge Robin, die in der nahegelegenen Universitätsstadt studieren soll. Da ist Maia, die schönste und ehrgeizigste der drei, auf der Suche nach einem reichen Mann, und da ist die stille Helen, die von ihrem scheinbar gutherzigen Vater, dem Vikar der Gemeinde, mehr als vereinnahmt wird. Dramatisch, romantisch und voller Warmherzigkeit erzählt Judith Lennox, wie sich diese drei jungen Frauen in einer Welt behaupten lernen, die rauher und aufregender ist als das grüne Paradies der Kindheit.

»Judith Lennox' Winterhaus steht in bester Tradition des romantisch-realistischen Gesellschaftsromans.«
Brigitte

Tildas Geheimnis

Roman. Aus dem Englischen von Mechtild Sandberg. 592 Seiten. SP 3219

Rebecca, eine junge Schriftstellerin, soll die Biographie der Tilda Franklin schreiben, einer alten Dame, die sich für sozial benachteiligte Kinder engagiert. Doch Tildas erschütternde Lebensgeschichte entwickelt eine verhängnisvolle Sogwirkung – Rebecca entdeckt ein dunkles Geheimnis in Tildas Vergangenheit und gibt damit auch ihrem eigenen Schicksal die entscheidende Wende. Ein opulenter und bewegender Frauenroman.

SERIE PIPER

Angela Huth

Brombeertage

Roman. Aus dem Englischen von Renate Zeschitz. 382 Seiten. SP 2607

England im Kriegsjahr 1941: Drei junge Frauen haben sich als Landmädchen zur Arbeit auf einer abgelegenen Farm verpflichtet. Die Farmerfamilie steht den jungen Städterinnen zunächst skeptisch gegenüber: Mit Mistgabel, Melkeimer und Overall bieten sie ein eher komisches Bild. Doch die unternehmungslustige Prue, die in puncto Männer nichts anbrennen läßt, die ernste Cambridge-Studentin Agatha, die mit dem Farmersohn Joe nicht nur geistigen Gedankenaustausch sucht, und die verträumte, schöne Stella, die nur an ihren Verlobten Philipp denkt, erweisen sich bald als geschickte, zupackende Kräfte. Dabei sorgen allerlei amouröse Verwirrungen um den attraktiven Joe für Spannungen, für Liebe und für Leidenschaft zwischen Kornfeldern und Kuhställen.

Septembergold

Roman. Aus dem Englischen von Renate Zeschitz. 348 Seiten. SP 6012

Einen Tag und eine Nacht dauert die Party der Farthingoes auf ihrem viktorianischen Landsitz in England. Sie ist der gesellschafltiche Höhepunkt der Saison. Die geladenen Ehepaare und Junggesellen, die Söhne und Töchter kennen sich zum Teil flüchtig, zum Teil sehr gut. Für eine Nacht und einen Tag umkreisen sie die Gäste wie die Gestirne am Himmel der Liebe, alte Bindungen werden in Frage gestellt, geheime Lieben gestanden – natürlich alles unter der Norm der englischen Etikette. Angela Huth hat mit typisch britischem Humor einen feinsinnigen und liebenswerten Roman geschrieben, der um die Rituale des Ehelebens kreist und sie vielschichtig beleuchtet.

Meeresleuchten

Roman. Aus dem Englischen von Regina Keller und Angelika Felenda. 378 Seiten. SP 3051

SERIE PIPER

Susanna Kearsley

Mariana

Roman. Aus dem Englischen von Karin Diemerling. 350 Seiten. SP 2769

«Das ist mein Haus«, erklärte die fünfjährige Julia Beckett ihren Eltern, als sie zum ersten Mal »Greywethers« sah, das große Bauernhaus aus dem 16. Jahrhundert. Julia, inzwischen dreißig und erfolgreiche Illustratorin, erfüllt sich ihren Kindheitstraum und kauft das Haus. Sie liebt ihr neues Leben auf dem Land und findet schnell gute Freunde unter den Dorfbewohnern. Doch kaum ist Julia eingezogen, geschieht Seltsames mit ihr und läßt sie an ihrem Verstand zweifeln: Sie meint, das Leben von Mariana zu führen, einer unglücklich verliebten Dienstmagd, die 1665, zur Zeit der großen Pest, in diesem Haus gelebt hatte. Julia fällt es immer schwerer, zwischen Vergangenheit und Gegenwart zu unterscheiden. Susanna Kearsley ist mit diesem Buch eine spannende Mischung aus romantischer Liebesgeschichte und Historienroman gelungen.

Glanz und Schatten

Roman. Aus dem Englischen von Leon Mengden. 395 Seiten. SP 3048

Der Historiker Harry hat es sich in den Kopf gesetzt, die Juwelen zu suchen, die die unglückliche Königin Isabelle Plantagenet vor achthundert Jahren auf ihrer Flucht in den unterirdischen Gängen von Schloß Chinon versteckt hatte. Harry überredet seine junge attraktive Cousine Emily, ihm von London aus an den malerischen Adelssitz im Loire-Tal zu folgen. Bei Emilys Ankunft fehlt jedoch jede Spur von ihm, so daß sie sich einer Clique von Weltenbummlern anschließt und es genießt, von charmanten Männern umschwärmt zu werden. Die Urlaubsidylle zerbricht, als ein Mord geschieht. Auf der Suche nach Harry, dem Schatz und dem geheimnisvollen Drahtzieher im Hintergrund gerät Emily in höchste Gefahr. – In »Glanz und Schatten« verknüpft Susanna Kearsley gekonnt Geheimnis, Verbrechen und romantische Liebe und führt die Frauenschicksale verschiedenster Epochen in einem ebenso überraschenden wie furiosen Finale zusammen.

Lorna Landvik

Patty Jane's Frisörsalon

Roman. Aus dem Amerikanischen von Mechtild Sandberg. 383 Seiten. SP 2710

Ein gefühlvoller, tempogeladener Roman, in dessen Mittelpunkt ein verrückter Frisörsalon steht: Die patente Patty Jane und ihre verträumte Schwester Harriet, beide zunächst vom Pech in der Liebe verfolgt, nehmen ihr Leben selbst in die Hand und richten einen Laden ein, der bald zum beliebtesten Treffpunkt der Nachbarschaft wird, denn hier finden auch Kochkurse, Diashows und Tanzfeste statt. Bis Patty Jane und Harriet ihr neues Liebesglück finden, müssen noch einige dramatische Situationen gemeistert werden – bei denen weiblicher Zusammenhalt und das Herz am rechten Fleck von unschätzbarer Hilfe sind.

»Ein spritziger und zugleich nachdenklicher Unterhaltungsroman.«
Brigitte

Die Oase am Flammensee

Roman. Aus dem Amerikanischen von Mechtild Sandberg. 366 Seiten. SP 3073

Devera und BiDi, zwei Busenfreundinnen, gehen flott auf die Vierzig zu und teilen alle Probleme, die sie mit Mann und Kindern haben – und mit dem Älterwerden. Devera stürzt sich in eine Affäre, BiDi verfällt dem Schlankheitswahn. Und ihre Ehemänner verfolgen ziemlich hilflos den emotionalen Zickzack-Kurs der beiden Damen. Doch dann drohen die kleinen Alltagsturbulenzen zu eskalieren…

»Lorna Landviks ironisch-kluger Familienroman schildert die mittleren und großen Katastrophen eines Sommers in Minnesota. Bis alle Beteiligten erkennen, daß das große Glück mit dem kleinen beginnt.«
Brigitte